ANNE TROJA

Rheanne – Mord am Kaiserhof

Anne Troja

Rheanne
Mord am Kaiserhof

Roman

blanvalet

MIX
Papier aus verantwortungsvollen Quellen
FSC® C014496

Verlagsgruppe Random House FSC® N001967

1. Auflage

Dieses Werk wurde vermittelt durch die Literaturagentur Kai Gathemann.

Redaktion: Angela Kuepper
Umschlaggestaltung und -illustration: © Isabelle Hirtz, Inkcraft,
unter Verwendung von Motiven von Shutterstock.com
(Enea Kelo; Vasily Gureev; faestock)
BL · Herstellung: sam
Satz: Buch-Werkstatt GmbH, Bad Aibling
Druck und Bindung: GGP Media GmbH, Pößneck
Printed in Germany
ISBN 978-3-7341-6186-5

www.blanvalet.de

Für uns. Und unsere Zukunft.

Kapitel 1

Sie ist tot.

Und in mir tobt das Chaos.

Ich klammere mich an diesen Stift, suche daran Halt und lasse die Worte fließen. Man sagt, im Schreiben finde man Trost, nur merke ich davon noch nichts.

Ich war glücklich, zumindest dachte ich das. Das Leben war gut zu mir. Ich redete und lachte, weinte und betete, ich war ein Mensch wie jeder andere. Doch jetzt … jetzt fühle ich mich einsam, weil es nichts mehr gibt, was mich hält. Alle um mich herum schweigen. Alle um mich herum funktionieren wieder. Nur ich nicht.

Und jetzt sitze ich an einem Schreibtisch und schreibe einen Brief, obwohl ich ihn am liebsten in tausend Stücke zerreißen würde! Warum widme ich dir überhaupt diese Zeilen, warum verschwende ich schon wieder einen Gedanken an dich? Du bist genauso tot wie mein Innerstes.

All die Floskeln, all die dummen Sprüche … Insgeheim weiß ich doch längst, was mich beruhigt. Ja, ich möchte Frieden finden. Aber dafür muss die Wahrheit ans Licht gelangen. Ich will sie vom höchsten Turm schreien! Wahrscheinlich würde ich mich danach freier fühlen als nach dem Schreiben eines Briefes.

Ich weiß nicht, wie lange ich mich noch gegen die gegensätzlichen Gefühle in mir wehren kann. Diese Ratlosigkeit frisst mich auf, aber zeitgleich weiß ich, dass nur die Rache mir Frieden schenken wird. Will ich Genugtuung? Ja. JA! Unbedingt.

Wärst du doch bloß nicht so egoistisch gewesen. Wärst du doch bloß nicht so feige gewesen! Götter, wie ich egoistische Menschen hasse! Der erste Satz, den ich aus tiefer Überzeugung auf das Papier bringe.

Dumm nur, wenn man denjenigen trotz allem noch liebt. Ist das ein Widerspruch? Wahrscheinlich. Was tot ist, bleibt tot. Ich sollte mir diese Tatsache tagtäglich ins Bewusstsein rufen und mein Leben weiterleben.

Kapitel 2

»Ich werde dort auf dich warten. Und jetzt geh, Ritterin Rheanne aus Heptagon, und erfülle deine Pflicht!«

Cormacs Worte hatten sich tief in mein Gedächtnis eingebrannt. Ich roch noch immer seinen Duft, spürte noch immer seine Hände auf meinen Hüften und seinen warmen Atem an meinem Ohr. Die Erkenntnis traf mich wie ein Schlag. Ich war verliebt. Wirklich verliebt. Und das, obwohl unser erstes Kennenlernen alles andere als harmonisch verlaufen war. Er war ein blinder Passagier mit einer finsteren Vergangenheit, ich eine vereidigte Ritterin mit einem geheimen Auftrag. Zwei grundverschiedene Menschen, die durch die haarsträubenden Vorfälle an Bord der verunglückten *Adlerschwinge* zueinandergefunden hatten.

»Elda Ritterin.«

Ich sah auf und kehrte sogleich auf den Boden der Tatsachen zurück. Mein Sichtfeld wurde von einem breitschultrigen Gardisten mit glänzendem Harnisch ausgefüllt. Seinem verkniffenen Gesicht nach zu urteilen schien er über mein kurzes Gespräch mit Cormac nicht begeistert zu sein.

Seine behandschuhten Finger trommelten einen ungeduldigen Rhythmus auf die verschränkten Arme. Mit einer unguten Vorahnung ließ ich den Blick an ihm hinabwandern. Das also war mein Rendezvous für diesen Tag: bärtig, griesgrämig und bis an die Zähne bewaffnet.

Was hätte ich in diesem Augenblick dafür gegeben, Cormac noch einmal zu sehen. Doch er war längst in der Menge verschwunden, und mir blieb nichts anderes übrig, als dem Gesandten des Kaisers meine Aufmerksamkeit zu schenken. Schließlich hatte ich meinen Auftrag zu erfüllen.

»Wir müssen los. Der hochwohlgeborene Kaiser hat einen eng getakteten Zeitplan. Er duldet keine Verspätung.« Der Gardist betonte seine letzten Worte abfällig.

»Natürlich, Verzeihung, ich komme. Wo entlang?«

»Folgt mir einfach«, knirschte der Gardist und machte einen unerwarteten Schritt auf mich zu, sodass ich stolpernd zurückwich, um nicht von ihm umgerissen zu werden.

Ich runzelte die Stirn. Was hatte ich ihm angetan? Ich war zwar mittlerweile dominante und herrische Anweisungen gewohnt, schließlich hatte ich mich eine geraume Zeit mit Cormac und der Alchemistin Sedalé abgegeben. Besonders die von sich selbst eingenommene Sedalé war mir negativ in Erinnerung geblieben, und ich war heilfroh, ihr niemals mehr über den Weg laufen zu müssen. Himmel, ich musste Ruhe bewahren und endlich zu den Vorfällen an Bord der *Adlerschwinge* Abstand gewinnen. Das Abenteuer mit Cormac und die mysteriösen Morde auf dem Schiff waren eine Sache gewesen – jetzt sollte ich mich an meine Pflicht erinnern und dem finsteren Mann das geben, was er von mir verlangte: Gehorsam und Eile.

Mir blieb auch gar nichts anderes übrig, als zu gehorchen. Immerhin wusste nur ein sehr kleiner Zirkel vertrauenswürdiger Personen von Merideths kurzer, aber umso heftigerer Affäre mit dem genzabarischen Kaiser Vargaz vor vier Jahren, und noch weniger wussten, dass die Erste Präsenz ihm für ihren Ehebruch jährlich ein Schweigegeld zahlte. Und das sollte auch möglichst so bleiben. Je früher ich den Worten des Gardisten Folge leistete, desto eher wäre mein Auftrag beendet.

Die grauen Augen des Mannes glitten von meinem Gesicht zu der kleinen hölzernen Truhe, die in meinen Armen lag wie ein schlummerndes Kind.

»Ihr seht müde aus. Einer meiner Männer wird die Kiste für Euch tragen.« Ohne meine Antwort abzuwarten, nickte er einem seiner Soldaten zu.

Doch ich presste die prunkvoll verzierte Truhe noch enger an meinen Körper, als wäre sie mein größter Schatz. Vermutlich entsprach das auch der Wahrheit.

»Ich werde sie selbst tragen«, sagte ich eindringlich und hielt dem Blick des Offiziers stand, der über meine Antwort alles andere als glücklich schien. Sein linkes Augenlid zuckte. »Eure Sorge um mein körperliches Wohlbefinden schmeichelt mir, aber meine Auftraggeberin wäre nicht sehr erfreut, wenn ich sie vorzeitig aus den Händen gäbe.«

Der Gardist, der mir gerade eben noch die Truhe streitig machen wollte, trat zurück. Sein Blick suchte den des Befehlshabers, den mein selbstsicheres Verhalten maßlos ärgerte. Er machte einen Schritt vor und rempelte mich absichtlich mit dem gepanzerten Arm an, sodass ich ins Straucheln kam.

»Ihr seid sehr vorlaut, Elda Ritterin«, meinte er, während er mir zufrieden dabei zusah, wie ich mit dem Gleichgewicht kämpfte. »Eine schlechte Angewohnheit, die nicht wenige Menschen frühzeitig ins Grab gebracht hat.«

»Mir haben schon furchterregendere Personen gedroht«, erwiderte ich unbeeindruckt und dachte an die Schiffsreise zurück.

»Der verehrte Kaiser«, erklärte der Gardist mit gefährlich ruhiger Stimme, »wird für Eure vorlaute Zunge weitaus weniger Verständnis haben als ich.« Ungeduldig zeigte er auf die Kutsche, die am Rand der Straße auf uns wartete. »Und jetzt vorwärts!« Um seinen Worten Ausdruck zu verleihen, legte er die Linke auf das Heft des Schwerts.

Ich nickte und fühlte mich plötzlich unendlich müde. Diese ganze Mission fand nur wegen dieser verdammten Truhe statt! In einem anderen Leben hätte ich Merideth die Kiste allzu gerne in die Hände gedrückt und ihr ins Gesicht gesagt, sie solle verdammt noch mal den Anstand haben, ihren Fehler selbst auszubügeln.

»Himmel, bei den Göttern, Nuvarr, was dauert das denn so lange? Zehn Minuten habe ich gesagt! Zehn. Und jetzt stehe ich mir geschlagene zwanzig Minuten die Beine in den Bauch!« Eine grelle, unangenehme Stimme ertönte, und um uns herum verstummte für wenige Sekunden das Geschnatter der Händler.

Der Mund des Gardisten formte sich zu einem tonlosen O, ehe sein Kopf in Richtung der Stimme schwenkte. Auch ich wandte mich unwillkürlich um und vergaß für einen kurzen Moment den Zwist mit dem Befehlshaber.

Ein übergewichtiger Mann näherte sich uns zielstrebig. Wie ein Rammbock pflügte er rücksichtslos durch die Soldaten der Eskorte, während er eifrig gestikulierte. Ringe blitzten im Sonnenlicht auf.

Ich betrachtete den Neuankömmling voller Neugier. Er war in einen teuren Brokatmantel gehüllt, in dessen Muster feine Goldfäden eingewebt waren. Er trug ihn der Hitze zum Trotz, obwohl ihm der Schweiß an den Schläfen hinabrann. Ein mit Federn bestückter Hut saß keck auf dem haarlosen Hinterkopf. Trotz der Körpermasse war der Mann erstaunlich flink und wendig.

Ehe ich michs versah, stand er dicht vor mir und riss meine rechte Hand an die feuchten Lippen, vollführte einen Kratzfuß und strahlte mich freudig an.

»Ihr müsst die Elda Ritterin Rheanne sein!«

Ich nickte stumm, überwältigt von der schweren Süße seines Parfüms. Ich atmete durch den Mund ein und grinste verzweifelt, um ein Niesen zu unterdrücken.

»Himmel, Nuvarr, welche Laus ist Euch denn über die Leber gelaufen?«, rief er in Richtung des befehlshabenden Gardisten, der den Neuankömmling mit finsterer Miene bedachte.

Der dicke Mann schnalzte missbilligend und wackelte mit dem Zeigefinger drohend in dessen Richtung. Das schien

Eindruck auf Nuvarr zu machen, und er trat, wenn auch widerwillig, zurück.

»War er unwirsch zu Euch?«, wandte sich der Mann mir zu.

Ich schüttelte als Antwort verneinend den Kopf.

»Gut. Gut!« Er lachte etwas kokett und machte eine abfällige Handbewegung, die die Ringe an seinen Fingern zum Funkeln brachte. »Dann können wir ja jetzt endlich aufbrechen.« Er sah in die Runde und klatschte zweimal in die Hände. »Himmel, Ihr seht alle aus, als stündet Ihr am Grab des hochwohlgeborenen Kaisers, möge er bis in alle Ewigkeit leben. Heute ist ein Tag der Freude! Habt Ihr gehört? Wir haben Besuch aus fernen Landen. Etwas Freundlichkeit wäre angebracht. Typisch Soldaten«, murmelte er kopfschüttelnd und sah mit nun wieder düsterer Miene zu Nuvarr, der vor Wut beinahe platzte.

Ich war von der Erscheinung des Mannes zu perplex, als dass ich etwas hätte erwidern können. Als er meinen verständnislosen Blick bemerkte, wippte er gewichtig auf und ab, und seine Miene hellte sich wieder auf.

»Jetzt habe ich bei all der Aufregung glatt vergessen, mich vorzustellen. Wie unhöflich von mir.« Er schlug sich mit der flachen Hand gegen die Stirn und seufzte. »Elda, ich hoffe, Ihr verzeiht mir das Versäumnis. Mein Name ist Reynard, Sekretär und Verwalter aller finanziellen Angelegenheiten des verehrten Kaisers Vargaz von Genzabar. Zu Euren Diensten, Elda Rheanne. Ihr seht übrigens bezaubernd aus!« Reynard neigte den Kopf und strahlte mich mit dunklen Knopfaugen an.

»Vielen Dank. Ich grüße Euch«, sagte ich unverbindlich.

»Kommt mit. Ich führe Euch zur Kutsche. Diese säbelrasselnden Blechgestalten sind dazu anscheinend nicht in der Lage.« Er bedachte Nuvarr erneut mit einem bitterbösen Blick und hakte sich dann gut gelaunt bei mir unter, sodass ich Mühe hatte, die Truhe nicht fallen zu lassen. Ich wusste immer noch nicht, was ich von Reynard halten sollte.

Der Weg zu der Kutsche, die im Sonnenlicht gleißend hell strahlte, erschien mir endlos lang. Ich hatte Hunger und Durst. Die Hitze war unerträglich und so drückend, dass mir der Schweiß aus sämtlichen Poren lief. Es war mir ein Rätsel, wie Reynard es mit seinen zusätzlichen Pfunden in dem Mantel aushielt.

Die schwüle Luft und meine knappen Antworten schienen seiner guten Laune nichts anhaben zu können. Beherzt schritt er voran und zog mich am Ellenbogen mit sich. Seine freie Hand durchschnitt die Luft wie eine scharfe Klinge, während er auf die Gebäude in der Ferne deutete, die er mir kurz beschrieb. Ich sah die Dächer wuchtiger Tempelgebäude hinter der Hafenmauer aufragen. Dutzende Kanonentürme säumten das Hafenbecken; ihre gusseisernen Schlünde waren allesamt auf das offene Meer gerichtet, um einem maritimen Angriff mit zerstörerischer Feuerkraft zu trotzen.

»Da wären wir, Elda«, rief Reynard fröhlich und deutete mit dem Zeigefinger auf die eindrucksvolle Kutsche. Sie wurde von vier Kaltblütern gezogen, deren Köpfe und Rücken mit dünnen Kettenpanzern geschützt waren. Auch die Kutsche war mit Stahlplatten versehen, und nur die eingestanzten Ornamente und das fein gewundene Blattgold an den Außenwänden ließen sie nicht wie einen Gefangenentransporter wirken. Auf beiden Seiten prangte das kaiserliche Wappen: ein steigendes Pferd, dessen Hinterhufe eine Schlange zermalmten.

Berittene Gardisten flankierten das Gefährt und ließen ihre Streitrösser auf der Stelle tänzeln, um neugierige Passanten daran zu hindern, der Kutsche zu nahe zu kommen.

Auf ein Zeichen von Reynard hin wurde die Kutschentür geöffnet. Jetzt gab es kein Zurück mehr. Ich atmete kaum hörbar aus.

»Nach Euch«, sagte Reynard und schenkte mir ein entwaffnendes Lächeln.

Ich stieg gehorsam ein und setzte mich auf das weiche Polster. Reynard gab draußen den Gardisten weitere Anweisungen, und ich hörte, wie einer von ihnen ihm eine ungehaltene Antwort an den Kopf warf. Ich reckte ein wenig den Hals und erkannte Nuvarr, wie er sich auf ein bereitstehendes Pferd schwang und dem Tier brutal die Hacken in die Flanken stieß. Das Pferd machte einen überraschten Satz nach vorne und hätte Reynard beinahe über den Haufen gerannt. Ein hämisches Grinsen stahl sich auf Nuvarrs Lippen, während er im nächsten Zug das Visier herunterklappte und sein Gesicht hinter einer schwarzen Maske verschwand. Ich schüttelte den Kopf. Dieser Mann war mir nach wie vor ein Rätsel.

Währenddessen kletterte Reynard ächzend in das Innere der Kutsche und ließ sich mir gegenüber auf den Sitz fallen.

Er lehnte sich behaglich zurück und faltete die Hände über seinem beachtlichen Bauch.

»Sie folgen nur ihren Befehlen«, teilte er mir mit, als hätte er meine Gedanken erraten und wollte mich besänftigen. Von draußen ertönte das Schnalzen einer Peitsche, und mit einem Ruck setzte sich die Kutsche in Bewegung. »Sie werden von Kindheit an darauf getrimmt, so furchteinflößend wie nur möglich zu werden. Nichts geht über militärische Strenge und Disziplin! Sicherlich kennt Ihr das Verfahren nur zu gut. Es ist normal. In Zeiten wie diesen ist vieles normal.«

»Normalerweise«, erwiderte ich süffisant, »begegnet man Weitgereisten, die unterwegs Havarie erlitten haben, mit etwas mehr Feingefühl.«

»O ja, ich hörte von dem Unglück. Schrecklich. Wirklich ganz furchtbar!« Reynard klang ehrlich betroffen. Er nestelte am Mantelkragen und rückte ihn zurecht. »Viele Menschen sind gestorben. Ihr könnt von Glück reden, dass Ihr dem Tod von der Schippe gesprungen seid. Eine glückliche Wendung des Schicksals!«

Ich hielt mich zurück, ihn zu korrigieren. Dass ein Dämon für den Untergang der *Adlerschwinge* verantwortlich gewesen war, konnte ein Außenstehender sicher nicht begreifen. Selbst in meinen Ohren klang es noch surreal.

»Das Schicksal ist ein gemeines Biest«, gab ich stattdessen zur Antwort und erhielt ein bestätigendes Nicken.

»Umso erfreuter ist der Kaiser, dass Ihr wohlbehalten in Esteban angekommen seid. Die Götter müssen ihre schützenden Hände über Euch gehalten haben!«

»Ich verdanke mein Leben der schnellen Hilfe zweier Händler. Es waren Menschenhände, die mich aus dem Wasser gefischt haben. Die Götter haben damit rein gar nichts zu tun.«

»Ihr seid ungläubig?«

»Ist das eine Feststellung oder eine Frage?«, entgegnete ich, leicht genervt darüber, dass alles immer gleich eine Glaubensfrage war.

»Eine Frage, Elda. Nur eine kleine Frage.«

»Auch kleine Fragen können große Auswirkungen haben.« Ich drehte den Kopf und sah aus dem Fenster.

»Ziemlich beeindruckend, nicht wahr?«, sagte er, als er meinen Blick nach draußen bemerkte.

Ich wusste nicht, ob er die berittenen Gardisten oder die eigenwillige Architektur Estebans meinte. Gedrungene zweistöckige Häuser mit flachen Dächern säumten ohne sichtbare Struktur die Straßen und kleineren Gassen, die mal hier und mal dort von einem größeren Weg abgingen. Farbenfrohe Sonnensegel schützten die Bewohner vor der grellen Sonne, deren Strahlen sich auf den unzähligen bunten Mosaiksteinen brachen, die an den Außenfassaden der Häuser angebracht waren. Die gesamte Stadt wirkte im Sonnenlicht wie ein schillernder Regenbogen.

»Genzabar verändert sich täglich«, erklärte er, und ich konnte den Stolz in seiner Stimme hören. »Jeden Tag aufs Neue. Wir lieben Innovation, aber gleichzeitig halten wir an unseren Bräuchen und Traditionen fest. Genzabar braucht das, genauso wie den Fortschritt. Ohne ihn könnten wir nicht überleben. Moderne Technik, fachkundiges Personal, das Wissen der Einheimischen und der Nomaden … Das Leben in der Wüste ist hart und unberechenbar. Bleibt die Regenzeit aus und tritt der Fluss nicht über die Ufer, um die Felder zu bewässern, stehen Tausende von Leben auf Messers Schneide.« Er wischte sich mit dem Handrücken den Schweiß von der Stirn. »Deswegen meine Frage vorhin. Uns bleibt nichts anderes übrig, als uns den Göttern zu unterwerfen. Ganz Genzabar beugt sich ihrem Willen. Sie sind es, die den Regen bringen. Sie sind es, die uns das Leben schenken. Oder es nehmen.«

Für einen Moment herrschte zwischen Reynard und mir eine unangenehme Stille.

»Wie weit ist es bis zum Palast des Kaisers?«, fragte ich, um sie zu unterbrechen.

»Etwa eine Stunde, wenn die Straßen frei sind.« Er bemerkte offenbar mein hungriges Gesicht und deutete auf ein fest installiertes Tischchen. Darauf stand eine kristallene Schale mit Früchten und Nüssen, daneben eine Wasserkaraffe. »Bitte, greift zu! Während Eures Besuchs in Esteban soll es Euch an nichts mangeln.«

Ich griff zu der Wasserkaraffe, goss mir ein Glas ein und trank es in wenigen Zügen aus. Mein Hals war von dem feinen Wüstenstaub ganz trocken. Reynard beobachtete jede meiner Bewegungen mit einem einstudiert wirkenden Lächeln, welches mir langsam, aber sicher unheimlich wurde.

Um seinem Blick zu entgehen, klaubte ich einige Datteln aus der Schale. Kauend wandte ich den Kopf und sah wieder aus dem Fenster.

»Wir haben soeben den Hafen hinter uns gelassen«, erklärte er mir und deutete mit dem Zeigefinger auf die etwa fünfzehn Meter hohe Mauer aus Basaltquadern. Sie stand im nüchternen Kontrast zu den bunten Häuserfronten der Einheimischen. »Es gibt nur zwei Zugänge zum Hafen. Vor vielen hundert Jahren war er das Zentrum von Esteban, bis der Handel florierte und die Stadt expandierte. Dazu kamen die Landflucht und die rasend schnelle Vermehrung der Bevölkerung. Wie die Karnickel«, fügte er trocken hinzu und schüttelte den Kopf, als hieße er diesen Umstand überhaupt nicht gut.

Ich staunte und dachte im selben Atemzug an meine Heimat Heptagon, die gleichzeitig die Hauptstadt Astrans war. Im Vergleich zu Esteban kam sie mir plötzlich lächerlich klein vor.

»Genzabar ist bekannt für seine Ballungsräume. In Esteban leben derzeit vierhunderttausend Menschen. Besonders die Küste ist dicht besiedelt, das ist klar. Wasser bedeutet Leben. Man flüchtet nicht umsonst aus der Wüste. Zu trocken, zu staubig, zu wenig Wasser. Ich für meinen Teil würde in der Wüste jämmerlich eingehen wie ein zartes Röschen.«

Unwillkürlich dachte ich an Astrans weite Wälder und seine sanft geschwungenen Hügel, die kleinen Dörfer und Weiler und die Felder und Weiden, die sich durch das gesamte Land zogen, und ich verspürte das nagende Gefühl von Heimweh. Das grelle, stickige Esteban kam mir plötzlich entsetzlich laut und unübersichtlich vor. Ich lehnte den Kopf an die gepolsterte Lehne und atmete tief ein. Sogleich brannte meine Nase von den scharfen, fremdartigen Gerüchen der Stadt.

Esteban ließ sich mit drei Worten beschreiben: laut, dreckig und trotzdem schön. Ich konnte nur schwer den Blick an einem Punkt haften lassen. Es gab so vieles zu sehen, so vieles zu bestaunen, dass ich von all den neuen Eindrücken Kopfschmerzen bekam. Mein Kopf rotierte in sämtliche Richtungen, meine Augen versuchten alles einzufangen, was sie als sehenswert empfanden. Was die Menschen Estebans an Sorgfalt in ihr Äußeres investierten, vernachlässigten sie im Umgang mit dem Unrat, den sie achtlos auf die Straße warfen. Ein Karren, mannshoch mit gerupften Hühnern beladen, stand direkt neben einer feiernden Hochzeitsgesellschaft. Jubelnd tanzte sie um den Karrenbesitzer, der sichtlich überfordert zurück zu dem toten Federvieh wollte, bevor seine Ware in der Sonne verdarb.

Die Kutsche bahnte sich auf einer breiten Straße ihren Weg ins Zentrum. Läden säumten links und rechts den Bürgersteig. Davor standen alle paar Meter fahrbare Handelsstände, die frische Backwaren oder Gewürze verkauften. Farbenfrohe Markisen hingen über den Geschäften und schützten vor Sand und Sonne. Es gab alles, was das Herz begehrte: Tuch- und Stoffwaren, fremdartige kulinarische Köstlichkeiten, Schmuck und Eisenwaren, bunte Teppiche und Holzarbeiten.

Hier und da wuchsen Palmen und exotische Gewächse in den verschleierten Himmel. Eine freie Fläche suchte man vergebens. Die Hauptstadt Genzabars war dicht besiedelt, und ich sah von den wenigen, aber breiten Hauptstraßen viele Gassen und kleine Straßen abzweigen, die so eng waren, dass nicht einmal ein Karren hindurchgepasst hätte.

Dicht an dicht wanden sich die Häuser die unzähligen Gassen entlang.

Wir mussten das Zentrum von Esteban erreicht haben, denn inzwischen hatte das Gedränge auf den Straßen so stark zugenommen, dass die kaiserlichen Reiter die Menschen mithilfe der massigen Pferdeleiber beiseitedrängten. Der Lärm von draußen war enorm.

»Wir befinden uns gerade auf dem Platz der tausend Stimmen«, vernahm ich Reynard. Der Sekretär des Kaisers musste mein Erstaunen bemerkt haben. Er beugte sich vor und richtete den mit Ringen bestückten Zeigefinger auf riesige, leicht gedrungen wirkende Hallen, die sich wie schwarze Schlangen in alle vier Himmelsrichtungen wanden.

»Seht Ihr diese Gebäude? Das sind die Markthallen Estebans. Der Platz ist rund um die Uhr verstopft.«

Ich nickte mechanisch und war überwältigt von der Menschenmasse, die sich schubsend und drängelnd in Richtung der Markthallen bewegte. Erst nach einer ganzen Weile verebbten das Stimmengemurmel und die Rufe der Händler. Die Kutsche nahm wieder an Fahrt auf.

Ich lehnte mich zurück, und das sanfte Ruckeln verleitete mich zum Einschlafen. Mit leerem Blick starrte ich aus dem Fenster, während im Hintergrund Reynard vor sich hin plapperte. Eine geschwätzigere Person war mir im Leben noch nicht untergekommen, doch ich hatte binnen kürzester Zeit gelernt, das Geschnatter weitestgehend auszublenden.

Verhalten gähnte ich, als es im Inneren der Kutsche unerwartet dunkler wurde. Ich reckte den Kopf, um einen Blick aus dem Fenster zu werfen, und vergaß dabei, den Mund wieder zu schließen. Reynard grinste sichtlich amüsiert über meine Verblüffung und verschränkte die Arme vor der Brust.

»Elda Ritterin Rheanne – wir haben soeben den Palast des erlauchten Kaisers Vargaz erreicht.«

Kapitel 3

Vor mir erhob sich eine dreißig Fuß hohe Mauer aus schwarzem Basalt. Links und rechts von dem breiten Haupttor wanden sich zwei Hörner wie monströse Schlangen aus Messing in den diesigen Himmel. Als die kaiserliche Kutsche die gepflasterte Auffahrt erreichte, traten zwei Gardisten zu den erstaunlich kleinen Mundstücken und bliesen mit aller Kraft in die Hörner. Ein immer lauter werdendes Dröhnen ertönte, das die Palmen entlang der Straße zum Zittern und die Fensterscheiben der Kutsche zum Vibrieren brachte. Mein Brustkorb bebte. Oben auf dem Wehrgang betätigte ein Dutzend Gardisten die zwei Winden, und das riesige eisenverstärkte Flügeltor öffnete sich langsam.

»Willkommen im Palast von Kaiser Vargaz«, rief Reynard, und schon rumpelte die Kutsche im schnellen Trab durch das Tor. Der Hufschlag hallte von den geschwungenen Wänden der Durchfahrt wider.

Ich nickte und reckte staunend den Hals, um besser sehen zu können. Offenbar befand ich mich im Herzen eines Heeres. Der Palast glich einer uneinnehmbaren Festung. Auf einem großen Platz paradierte ein Regiment Gardisten, und oben auf dem Wehrgang bemerkte ich die bulligen Umrisse von Kanonen, die von weiteren Gardisten flankiert waren. Die Militärpräsenz war gewaltig und erschreckend zugleich. Kein Mensch, der noch recht bei Verstand war, konnte sich heimlich in den Palast hinein- oder herausschleichen.

Genzabar war ein Militärstaat, wie er im Buche stand. Astran wirkte dagegen klein und schwach. Merideth verließ sich auf die Ritter, die besten Kämpfer des Landes, aber im Vergleich zur genzabarischen Streitmacht waren wir kein ernst zu nehmender Gegner. Zahlenmäßig waren sie uns weit überlegen, auch wenn die Größe nichts über die Kampffähigkeit eines Heeres aussagt. Doch schon allein die fortschrittliche Artillerie des Landes verriet mir, dass Heptagon einer Belagerung durch Kanonen nicht lange würde standhalten können. Merideth investierte lieber in Prunk und Luxus als in die Verteidigung ihres Landes.

Die Kutsche verringerte ihre Geschwindigkeit und ermöglichte mir, die Umgebung nahe der gepflasterten Auffahrt zu begutachten.

Kasernen schmiegten sich dicht an die Mauer. Reynard erklärte mir, dass die genzabarische Kavallerie und die Bogenschützen aus Platzgründen außerhalb von Esteban stationiert waren. Bei der Vorstellung von noch mehr Soldaten bekam ich unwillkürlich am ganzen Körper eine Gänsehaut und schwor mir im Stillen, nichts zu tun, was den Zorn Genzabars wecken könnte.

Nach einer Weile kam der Vierspänner endgültig zum Stehen, und die Tür der Kutsche wurde schwungvoll geöffnet.

Reynard stieg als Erster aus und reichte mir anschließend die Hand. Nach der langen Fahrt war mein Hintern eingeschlafen und erwachte nun unangenehm kribbelnd zum Leben. Ich stolperte und stakste mehr aus der Kutsche, als dass ich sie hoheitsvoll verließ, und die viel zu große, schmutzige Seemannskleidung ließ mich eher wie eine Vagabundin als eine Gesandte meiner Regierung aussehen.

»Fühlt Euch wie zu Hause«, sagte Reynard und beschrieb mit der Hand einen weiten Bogen, als könnte er mit dieser Geste alles einfangen.

Etwa achthundert Meter von mir entfernt erhob sich der Palast aus glänzendem Basalt. Schlanke Türme ragten aus den beiden Nebenflügeln, die sich ans Hauptgebäude schmiegten. Über dem Hauptgebäude thronte eine gläserne Kuppel, die das Sonnenlicht so strahlend hell absorbierte, dass man bei längerem Hinsehen zu erblinden drohte. Springbrunnen aus schwarzem Marmor spien Wasserfontänen in die Luft, die schimmernde Regenbögen zauberten.

Reynard führte mich über einen gepflasterten Weg zu einem villenähnlichen Gebäude, das abseits vom Palast und nahe der westlichen Mauerseite lag. Der Eingangsbereich wurde zu beiden Seiten von den Bronzestatuen steigender Pferde gesäumt, deren Vorderhufe sich über dem oberen Türrahmen trafen. Am Türrahmen selbst rankte wilder Wein, dessen Blätter strahlend rot leuchteten. Mehrere akkurat gestutzte Pappeln waren rings um das Haus gepflanzt und boten Schatten und natürlichen Sichtschutz. Die große Flügeltür stand sperrangelweit offen und offenbarte mir ein luxuriös möbliertes Inneres. Eine Riege von Angestellten hatte sich vor dem Eingang des dreistöckigen Gebäudes aufgestellt und erwartete offenbar meine Ankunft.

»Der hochwohlgeborene Kaiser kann Euer erstes Treffen kaum abwarten. Bevor das Fest beginnt, soll es Euch an nichts mangeln«, sagte Reynard mit einem verschwörerischen Zwinkern. »Der Kaiser will nur das Beste für Euch. Ihr werdet sehen – am Ende wollt Ihr Genzabar gar nicht mehr verlassen.«

»Das wird sich erst noch herausstellen«, murmelte ich, überwältigt von all dem Prunk. »Ich habe ehrlich gesagt nicht vor, lange zu bleiben, Elder Reynard.«

»Abwarten! Caitlin, Schätzchen! Komm, tritt vor«, rief Reynard gut gelaunt und klatschte auffordernd in die Hände. Er reckte den speckigen Hals in die Höhe, um die Angesprochene inmitten der livrierten Dienstleute ausfindig zu machen. Seufzend richtete ich die Aufmerksamkeit auf die Schar der Hausangestellten. Eine eigene Dienerin. Schlimmer konnte es wirklich nicht mehr kommen!

Reynard lachte albern und klatschte ein zweites Mal in die Hände, als sich aus den Reihen ein junges Mädchen löste und vor uns zum Stehen kam.

Ich betrachtete sie neugierig. Sie war gertenschlank, fast schon mager. Das blonde Haar fiel ihr auf die Schultern und umrahmte ein schmales Gesicht mit fragenden Augen. Ich warf ihr ein leichtes Lächeln zu, und sie erwiderte es höflich.

»Das, verehrte Elda Ritterin, ist Caitlin. Sie ist ab sofort für Euer Wohlergehen zuständig. Nicht wahr, Caitlin, Süße? Du wirst der Elda Ritterin Rheanne jeden Wunsch von der Nasenspitze ablesen.« Er stupste Caitlin verspielt an die Nase.

Caitlin nickte gehorsam, aber ihre Augen blitzten vor Verachtung, sobald der Sekretär ihr den Rücken zukehrte. Mein Lächeln erstarb, und ich wandte mich an Reynard. Mir war die gesamte Situation mehr als unangenehm.

»Das ist wirklich nicht nötig«, versuchte ich den Sekretär zu überzeugen. »Ich möchte keine Umstände machen.«

»Papperlapapp! Wir befinden uns hier im Reich von Kaiser Vargaz. Das Wort *Umstand* kennt keiner der Bediensteten. Sie sind schließlich dafür da, um den Aufenthalt von wichtigen Staatsgästen so angenehm wie nur möglich zu gestalten.« Reynard wippte auf den Zehenspitzen und sah dabei wie ein dicker Tanzbär aus. »Ihr beleidigt den Kaiser, wenn Ihr seine Gastfreundschaft nicht zu schätzen wisst.«

Ich seufzte und hob geschlagen die Hände. Ich war müde, schwitzte und hatte tierischen Hunger. Der Sekretär begann meine Nerven gefährlich zu strapazieren.

»Wenn Ihr mir nun bitte in Eure Unterkunft folgen würdet«, sagte Reynard und schritt dem Eingang entgegen. Der Kies knirschte unter unseren Sohlen.

Ich deutete mit dem Zeigefinger auf das Gästehaus. »Mit wem werde ich mir die Unterkunft teilen …?«, setzte ich fragend an, als der Sekretär mich gut gelaunt unterbrach.

»Teilen? Das Haus gehört vom Dach bis zum Keller Euch.« Er musste meine Verblüffung bemerken, denn er kicherte vergnügt. »Ich sagte es Euch doch bereits, Elda Rheanne: Das Wort Umstand kennt hier keiner.«

Kopfschüttelnd presste ich die Truhe enger an mich und folgte dem Sekretär ins Haus. Es war überraschend kühl im Inneren, obwohl durch die hohen Fensterfronten viel Sonnenlicht fiel. Ich drehte mich ein letztes Mal um, bevor einer der Gardisten die Flügeltür schloss, und erkannte in östlicher Richtung ein gepflegtes Wäldchen. Davor befanden sich mehrere langgezogene Gebäude sowie eingezäunte Weiden, auf denen einige Pferde grasten.

»Da wären wir, Verehrteste«, sagte Reynard und drehte sich wirbelnd zu mir um. »Man hat Euch die gesamte erste Etage eingerichtet. Ihr könnt selbstverständlich auch die unteren Zimmer nutzen.«

»Wie aufmerksam«, erwiderte ich trocken.

Reynard musterte mich eingehend. Sein Blick haftete an meinem Gesicht, als hätte ich zwei Nasen und vier Augen. Ich starrte zurück, bis er schließlich lächelnd den Blick senkte und auf die Holzkiste zeigte.

»Ich denke, es ist an der Zeit, Euch Euer Gepäck abzunehmen.«

»Das braucht Ihr nicht.«

»Seid nicht albern, Elda! Ihr könnt doch nicht die ganze Zeit diese Truhe mit Euch herumschleppen.«

»Dann ist Pflichtgefühl heutzutage nichts mehr wert?«

»Oh, Liebes, Ihr habt Eure Pflicht doch längst getan. Schon vergessen? Ihr seid im Palast des Kaisers. Der Kaiser vertraut mir. Das heißt, Ihr könnt das auch.«

»Vertrauen muss man sich erst verdienen, heißt es in meiner Heimat. So mancher verlor durch Naivität sein Leben, weil er dem Falschen vertraute.«

Reynards grelles Lachen brannte in meinen Ohren. Ich verstand nicht, was er daran so lustig fand. Meine Worte waren ernst gemeint – an Bord der *Adlerschwinge* hatten mehr als genug Menschen ihr Leben eingebüßt. Die Ereignisse auf hoher See hatten sich in mich eingebrannt.

»Hier, bitte.« Widerwillig übergab ich Reynard die Truhe. Er hatte recht: Irgendwann musste ich sie aus den Händen geben. Ich war zwar vorlaut, aber nicht dumm. Ich merkte es, wann ich mich den Mächtigen zu beugen hatte.

»Man kann Astran viele Dinge nachsagen«, meinte Reynard. »Und der guten Merideth ebenfalls. Vertrauen ist nicht gerade eine ihrer Stärken.« Er betrachtete die Kiste neugierig und klopfte prüfend gegen das rötliche Holz. »Ist es nicht lustig? Ein einziger Baum, und aus seinem Holz kann man die unterschiedlichsten Dinge erschaffen. Den Thron für einen Herrscher, das Haus für eine Familie … oder den Sarg für einen Todgeweihten.« Reynard strahlte mich an, als hätte er statt einer Drohung einen Witz gerissen.

Ich hielt seinem Blick stand und lächelte kühl.

»Wirklich komisch«, antwortete ich und ließ mir nichts anmerken. Mein Leben lag nun in Vargaz' Händen. Ich wandte den Blick von der Truhe ab, die ich seit drei Wochen beschützte.

»Aber was rede ich da nur wieder für Unsinn! Ihr wollt bestimmt etwas Zeit für Euch haben, bevor der große Empfang beginnt und Ihr auf Kaiser Vargaz trefft. Ruht Euch aus. Nehmt ein Bad. Caitlin wird Euch anschließend für den Empfang herausputzen. Ihr werdet wie eine Göttin aussehen! Hinreißend!«

Der Sekretär wirbelte an mir vorbei, eine Mischung aus Extravaganz und Lächerlichkeit. »Ihr werdet die schönste Frau im gesamten Palast sein! Nach der Kaiserin, versteht sich.«

»Moment. Wartet!«

Reynard drehte sich fragend um.

»Was für ein Empfang?«, wollte ich wissen.

»Habe ich Euch das nicht gesagt?«

»Nein«, sagte ich stirnrunzelnd.

»Kaiser Vargaz möchte den beiden Händlern Klerens Bruk und Jerend Wilson seinen Respekt zollen und ihnen den höchsten Orden überreichen, der Ausländern zuteilwerden kann. Es wird ein Fest geben! Die Schiffsmannschaften und die Überlebenden der Havarie werden Kaiser Vargaz' Ehrengäste sein.«

Ich kniff die Augen zusammen. »Die Überlebenden der Havarie?«, wiederholte ich und begriff, wen ich bald alles wiedersehen würde. Es waren eindeutig gemischte Gefühle, die bei dem Gedanken in mir aufstiegen.

Reynard nickte bestätigend. »Soeben werden sie von mehreren Kutschen in den Palast gebracht. Welch ein großartiger Tag! Ich freue mich ja schon so!«

Der Sekretär verschwand, und zurück blieb nur der Geruch seines penetranten Parfüms, das mich wie eine Wolke umgab.

Ich schluckte. Mein Herz begann wild zu klopfen, als meine Gedanken sich um Cormac zu drehen begannen. Würde er auch kommen? Und was war mit seinem Schatten namens Sedalé, der ihm auf Schritt und Tritt folgte? Würde sie die Einladung des Kaisers annehmen? Verärgert schlug ich mit der flachen Hand gegen den Türrahmen, als sich hinter mir jemand räusperte. Erstaunt drehte ich mich um und sah in die Augen eines jungen Mädchens.

Caitlin. Das Dienstmädchen – *mein* Dienstmädchen. Ich hatte sie völlig vergessen.

»Ich wollte dich nicht erschrecken«, sagte ich entschuldigend. »Die Reise war lang und anstrengend, und das … das Fest hat mich einfach überrascht.«

»Gewöhnt Euch an unvorhergesehene Überraschungen, Elda«, entgegnete Caitlin trocken, und ich starrte sie verdutzt an. Mit so viel Schlagfertigkeit hatte ich nicht gerechnet. Caitlin wirkte auf mich eher wie ein stilles, ängstliches Mäuschen, das vor den Mächtigen kuschte.

Argwöhnisch musterte ich sie von der Seite, als sie umständlich den Zimmerschlüssel ins Schloss steckte und herumdrehte. Das hagere Gesicht mit der hohen Stirn machte sie nicht gerade attraktiv, doch ihre blauen Augen schimmerten so hell und klar wie der Ozean. Caitlins Schönheit kam eindeutig von innen.

Leise lachend schüttelte ich den Kopf, während ich hinter ihr das Zimmer betrat. Ich freute mich auf die Gespräche mit ihr.

»Ich nehme an, das Fest wurde spontan geplant?«, fragte ich.

»Ja.« Caitlin wuchtete den Seemannssack mit Schwung auf einen Stuhl.

Ich beobachtete sie und staunte über die Kraft in ihren dünnen Armen. »Warum? Ein Schiffsunglück mit vielen Toten ist nun wirklich kein Grund zur Freude.« Unweigerlich musste ich an Kapitän Menderz denken, der seiner geliebten *Adlerschwinge* bis zum letzten Atemzug treu geblieben war. »Die Toten verdienen Respekt«, fügte ich leise hinzu.

Caitlin hob den Blick, er war nachdenklich und ernst. »Respekt ist etwas, was Ihr in Esteban vergeblich suchen werdet, Elda Ritterin. Man kann aus allem einen Vorteil ziehen, selbst aus einem Unglück.«

»Das sind harte Worte.«

»Mag sein.« Caitlin lächelte geradezu mitleidig, und ich war erstaunt, wie erwachsen sie plötzlich aussah. Ihre kindliche Unschuld war verschwunden. Vor mir stand eine junge Frau, die schon einschneidende Dinge in ihrem kurzen Leben erlebt haben musste. »Aber es ist nun mal die Wahrheit.« Caitlins Gesichtszüge lockerten sich ein wenig, und ein Lächeln stahl sich auf die schmalen Lippen. Sie zuckte mit den Schultern. »Ihr solltet Euch für den Empfang frisch machen, Elda Ritterin. Euer Kleid liegt auf dem Bett im Schlafzimmer.«

»Götter. Wie ich mich auf das Fest freue.« Ich seufzte und sehnte mich eigentlich nur nach einem entspannenden Bad, gutem Essen und Cormacs Gesellschaft. Doch die Pflicht kannte keine Gnade.

»Oh, Ihr werdet voll und ganz auf Eure Kosten kommen,

Elda! Wenn die genzabarische Elite etwas kann, dann ist es zu schauspielern. Ihr werdet Ausgelassenheit, Frohsinn und begeisterte Trinksprüche auf den Kaiser erleben. Nichts davon ist echt.« Caitlin klang verbittert, doch bevor ich sie hätte fragen können, was genau sie damit meinte, war sie im Badezimmer verschwunden und ließ das Badewasser ein.

Der Raum wurde von den Strahlen der Abendsonne geflutet. Ich trat zu der Fensterfront, sah nach draußen und sog den imposanten Anblick in mich auf. Die architektonische Schönheit und Perfektion waren überragend. Welches Übel verbarg sich hinter den glänzenden Palastmauern?

Plötzlich spürte ich einen durchdringenden Blick auf mir lasten. »Elda, Ihr müsst vorsichtig sein«, sagte Caitlin leise.

Ich drehte mich erstaunt zu ihr um. »Warum? Du brauchst dich nicht um mich zu sorgen. Ich kann auf mich aufpassen.«

»Ihr versteht nicht. Vargaz ist nahezu allmächtig. Er ist der Kaiser. Er nimmt sich, was er will.« Sie sah mich eindringlich an, und ich bemerkte den dunklen Schmerz in ihrem Blick. »Besonders junge, hübsche Frauen.«

Kapitel 4

»Donnerwetter! Ihr seht hinreißend aus. Ganz bezaubernd! Der hochverehrte Kaiser wird Euch zu Füßen liegen, geblendet von Eurer Schönheit.«

Ich errötete und beschleunigte meine Schritte. Reynard ergriff ungefragt meine Hand und führte mich zu dem eleganten Zweispänner, der vor dem Gästehaus auf uns wartete. Seine Komplimente waren mir unangenehm, ich wusste nicht, was ich davon halten sollte.

Die Zeit bis zum Abend war regelrecht verflogen. Caitlin hatte mich nach meinem Bad wortlos für den Empfang gekleidet und frisiert. Ihre Bewegungen waren fließend und einstudiert gewesen, und ihr plötzlich so verschlossener Gesichtsausdruck hatte es mir unmöglich gemacht, darin zu lesen. Ich hatte sie fragen wollen, was sie mit ihrer Äußerung bezüglich der genzabarischen Elite gemeint hatte, doch sie war meinen Fragen geschickt und höflich ausgewichen. Sie wirkte seither wieder wie das schüchterne Mädchen, das Reynard nach unserer Ankunft aus der Schar von Bediensteten herausgewunken hatte.

Missmutig betrachtete ich mein Spiegelbild in der Fensterscheibe der Kutsche. Meine braunen Haare türmten sich zu einer eindrucksvollen Frisur auf. Augen, Lippen und Wangen waren dezent geschminkt. Ich mochte das lange, eng anliegende Kleid, und doch fehlte mir meine Rüstung mehr, als ich zugeben wollte. Wenn ich an die Hüfte griff, fühlte ich nur den glatten, kalten Stoff und kein Schwertheft.

Der Kutscher schnalzte mit der Peitsche, und die Pferde setzten sich im langsamen Schritt in Bewegung. Kies knirschte unter den eisenbeschlagenen Rädern, als die Kutsche von der Auffahrt auf die gepflasterte Straße zum Palast abbog. Es war nur eine kurze Fahrt, trotzdem kam sie mir in der Gegenwart von Reynard unglaublich lang vor. Immer wieder warf er mir anerkennende Blicke zu, und immer wieder musste ich mir eine spitze Bemerkung verkneifen. Seine Gegenwart war genauso penetrant wie sein Parfüm. Ich wandte mich von ihm ab und sah aus dem Fenster. Staunend betrachtete ich die vielen Kutschen, die entlang der Auffahrt zum Palast gehalten hatten. Alle paar Schritte säumten Fackeln die gepflasterte Straße, und unzählige Lampions tauchten den Palast in ein sanftes orangefarbenes Licht. Der Wind wehte den Klang von Tanzmusik zu uns hinüber.

Ich hörte heiteres Lachen und rief mir augenblicklich Caitlins Worte ins Gedächtnis: *Wenn die genzabarische Elite etwas kann, dann ist es zu schauspielern.* Ich schielte hinüber zu Reynard. War seine permanente Fröhlichkeit etwa auch nur gespielt?

»Ihr werdet mit Kaiser Vargaz nach seiner Rede den Mitternachtstanz eröffnen«, hörte ich den dicken Sekretär geschäftig sagen, und mit einem Schlag hatte er meine ungeteilte Aufmerksamkeit.

»Den Eröffnungstanz?«

»Habe ich Euch davon nicht bei Eurer Ankunft erzählt?«

»Nein!«, versetzte ich schroff. »Ich würde mir etwas mehr Integration wünschen, immerhin werden hier Dinge über meinen Kopf hinweg entschieden.«

»Es ist alles halb so wild«, verteidigte sich Reynard. Seine Stimme rutschte eine unangenehme Oktave in die Höhe, und ich verzog das Gesicht, als sein Doppelkinn vor Erregung zu zittern begann. »Elda Rheanne, dieser Tanz ist ein Freundschaftsangebot des Kaisers. Keinem anderen astranischen Gesandten wurde diese Ehre je zuteil.«

»Der Kaiser kennt mich doch gar nicht«, erwiderte ich. »Warum behandelt man mich anders als meine Vorgänger?«

»Weil Ihr anders seid«, sagte Reynard nur, und ich musste selbst sehen, wie ich aus dieser Antwort schlau wurde.

Was verleitete Vargaz dazu, mich anders zu empfangen als all die anderen Kuriere vor mir? Ich lehnte den Kopf gegen das kühle Fensterglas und holte tief Luft. Ich konnte nicht gut tanzen, erst recht nicht, wenn alle Blicke auf mich gerichtet waren. In wenigen Stunden würde ich mich zum Gespött der Nation machen.

Meine Gedanken schweiften zu dem Fest und zu den Gesprächen, die wohl oder übel auf mich zukamen. Ich hasste es, mich über unwichtige Dinge auszutauschen und höfliche Konversation zu betreiben. Selbst in Sedalé hatte ich an Bord der *Adlerschwinge* eine ehrlichere Gesprächspartnerin gefunden, auch wenn viele ihrer Aussagen mich zur Weißglut gebracht hatten. Unweigerlich blieb ich mit den Gedanken bei ihr hängen. Mein Magen zog sich bei der Erinnerung an ihren Spott zusammen, als plötzlich ein Ruck durch die Kutsche ging. Die Tür wurde geöffnet, und eine behandschuhte Hand streckte sich mir entgegen. Ich ergriff sie und ließ mir von dem livrierten Angestellten hinaushelfen.

»Folgt mir, Elda Rheanne. Das Fest findet im kaiserlichen Garten statt. Ich freue mich schon, Euch mit allen wichtigen Persönlichkeiten bekannt zu machen.«

Mit diesen Worten riss Reynard mich mit sich. Kurz darauf befanden wir uns inmitten der Menschenmenge. Sein massiger Körper schob und drängte sich an den Gästen vorbei, und ich folgte ihm gehorsam wie ein Hund seinem Herrn. Im Vorbeigehen schnappte er sich Canapés von den Silbertabletts der Kellner und stopfte sie sich gierig in den Mund.

Wir durchquerten eine riesige Halle im Hauptgebäude. Die stuckverzierte Decke wurde von Säulen getragen, deren Sockel mythische Tierwesen darstellten. Über meinem Kopf erstreckte sich ein gewaltiges Deckengemälde. Hier und da sah ich einen Gardisten, der einen für Gäste gesperrten Bereich bewachte. Durch eine Glastür gelangten wir schließlich in den Garten. Die Stimmung war mehr als ausgelassen. Ein paar Seemänner machten den genzabarischen Edelfrauen schöne Augen, Kellner im schwarzen Frack schwirrten stetig an uns vorbei, Aristokraten standen in kleinen Grüppchen beisammen und diskutierten über Wirtschaft, Religion und Politik.

»Da wären wir«, rief Reynard und übertönte nur schwach die talentierten Musiker auf der Bühne und die Männer und Frauen rings um das Büfett. »Da vorne ist der kaiserliche Pavillon.« Er reckte den speckigen Hals und sah aufmerksam in alle Richtungen. »Ich werde den Kaiser über Eure Ankunft informieren. Wenn Ihr mich kurz entschuldigen würdet.«

Er presste einen feuchten Kuss auf meine Hand, bevor ich sie hatte wegziehen können, und verschwand mit tänzelnder Leichtigkeit.

Etwas überfordert, stand ich mitten im Trubel und fühlte mich wie eine Nussschale auf dem Wellenkamm, die der Willkür der See ausgesetzt war. Ich versuchte vergebens, Cormac inmitten der Anwesenden ausfindig zu machen. Leicht verärgert machte ich mich auf zum Büfett und häufte Häppchen um Häppchen auf einen Teller. Mein Magen knurrte, vor Nervosität und vor Hunger, und mit einem Teller in der Hand hatte ich wenigstens einen Grund, dumm herumzustehen.

Der Trubel rings um das Büfett war mir zu viel. Ich zog mich in eine ruhigere Ecke des Gartens zurück, verspeiste meine Beute in aller Ruhe und machte mir ein Bild von der Lage. Der Garten war gleichzeitig der Innenhof der Haupt- und Nebenflügel des Palastes und nur über vier Zugänge zu erreichen. Ich steckte mir ein Häppchen in den Mund.

Kauend betrachtete ich die Gardisten, die an den Ein- und Ausgängen postiert waren und diese mit grimmiger Miene bewachten. Ich kam nicht umhin, mich trotz der Musik, des Weins und der Köstlichkeiten wie eine Gefangene zu fühlen. Fröstelnd schluckte ich den Bissen herunter. Abermals ließ ich den Blick über den Garten schweifen und wägte meine derzeitige Situation ab. Ich durfte den Palast erst nach der Übergabe des Paketes verlassen. Machte mich das nicht automatisch zu einer Gefangenen?

»Kundschaftet Ihr Eure Fluchtwege aus?«, ertönte hinter mir eine tiefe Stimme.

Ich zuckte erschrocken zusammen, fühlte mich ertappt. In meinen Handinnenflächen sammelte sich der Schweiß, und ich holte tief Luft, ehe ich mich umdrehte und mein Gegenüber in Augenschein nahm.

Der Mann lächelte. Er sah mir geradewegs in die Augen und zwang mich dazu, sein Gesicht zu betrachten.

Er war ohne jeden Zweifel attraktiv, auch wenn er vom Alter her mein Vater hätte sein können. Das Gesicht war sehr markant, mit gerader Nase und kantigem Kinn, das von einem fein getrimmten Kinnbart umrahmt wurde. Die Augen glichen denen eines Raubvogels und schimmerten im Licht der Lampions geheimnisvoll. Das schwarze Haar war sorgsam frisiert und von silbernen Strähnen durchzogen. Er war elegant gekleidet, und an seinem Gürtel hing ein Rapier mit goldenem Griff.

»Habe ich Euch etwa erschreckt?«, fragte der Mann und kam einige Schritte auf mich zu.

»Nein«, erwiderte ich etwas zu schnell, und auf den Lippen des Mannes zeichnete sich ein schmales Lächeln ab, als ob er es insgeheim besser wüsste. »Ich war nur in Gedanken versunken«, fügte ich rechtfertigend hinzu.

»So? Ich hoffe, Ihr werdet nicht den ganzen Abend in Gesellschaft des Rhododendrons verbringen, Elda. Es wäre ein Jammer. Ihr seht bezaubernd aus, schlichtweg hinreißend! Meine Aufmerksamkeit ist Euch gewiss.«

»Ihr übertreibt.« Ich fühlte mich geschmeichelt. Und doch war ich auf der Hut, denn irgendetwas in den Augen des Mannes ließ mich trotz des Kompliments frösteln. Ich sah über die Schulter zu dem Getümmel und wünschte plötzlich, ich befände mich nicht so weit abseits.

Zwischen uns herrschte auf einmal peinliche Stille. Im Hintergrund stimmten die Musiker ein neues Lied an, die Gäste jubelten entzückt.

»Gewährt Ihr mir diesen Tanz, verehrte Elda?«

»Ehrlich gesagt, halte ich das für keine gute Idee. Ich wurde mit zwei linken Füßen geboren.«

Seine durchdringenden Augen bohrten sich in mein Innerstes. »Nun, Ihr brächtet mich in große Verlegenheit, wenn Ihr meine Hand ausschlagt.«

»Warum?« Ärger wallte in mir auf. »Akzeptiert das Nein einer Elda. Ich bin nicht an einem Tanz interessiert.«

Die Mundwinkel des Mannes zuckten amüsiert, und seine Reaktion auf meine Rüpelei hinderte mich am Fortgehen. Er verschränkte beide Hände hinter dem Rücken und neigte leicht den Kopf.

»Mein Fehler, ich vergaß, mich vorzustellen. Ihr mögt mir mein Versäumnis verzeihen. Mein Name ist Vargaz, ich bin Euer bescheidener Gastgeber. Es ist mir eine Ehre, Euch auf meinem Anwesen begrüßen zu dürfen, Elda Rheanne.«

Jegliche Farbe wich aus meinem Gesicht. Ich war schockiert. Langsam begriff ich, wer zur Hölle vor mir stand.

»*Ihr* seid der Kaiser?«

»Der und kein anderer.« Er lächelte hinreißend und zeigte eine Reihe gleichmäßiger weißer Zähne.

Mit großen Augen sah ich ihn an.

»Ich … es …«, druckste ich, und mein Stammeln wurde jäh von einer Person unterbrochen, die aus dem Schatten auf den Weg trat.

Es war ein hünenhafter Gardist, der hinter dem Kaiser Stellung bezog. Eindrucksvoll und unheilbringend zugleich glänzte sein vergoldetes Visier im Licht der Fackeln. Ein Umhang fiel über Schultern und Rücken; der Saum reichte bis auf den Boden und war schmutzig vom Staub. Die stählerne Rüstung war komplett geschwärzt, und an der Seite, halb verdeckt vom Umhang, erahnte ich den Griff einer monströsen Streitaxt.

»Das ist Maverigk, mein Leibwächter. Ich hoffe, er hat Euch keinen Schrecken eingejagt.«

Ich lachte hell auf, und mein Lachen verriet meine Unsicherheit. Betont lässig winkte ich ab.

»Ach was, er macht doch einen sehr sympathischen Eindruck.«

»Es freut mich, dass Ihr noch scherzen könnt, Elda

Rheanne. Begleitet mich ein Stück, dann können wir unser Gespräch fortsetzen.«

Seine Worte hatten einen fordernden Beiklang und waren keine höfliche Aufforderung. Ein Schauder rann mir den Rücken hinab. Vargaz' dunkler Charme nahm mich trotz meines Unwillens ihm gegenüber gefangen. Das Gefühl, eine Gefangene zu sein, verstärkte sich mit jeder Sekunde, und dennoch folgte ich ihm wie eine Schlafwandlerin.

Vargaz ergriff ungefragt meinen Arm und führte mich zwischen den Gästen hindurch zur Tanzfläche. Dort angekommen, zwang er meinen stocksteifen Körper in seine Arme.

»Götter, Rheanne, entspannt Euch.« Mein Titel beeindruckte ihn offenbar nicht. In seinen Augen war ich nur ein Mädchen, eine kleine Bauernfigur. »Man könnte denken, Ihr fürchtet Euch vor mir.«

»Wäre mir das so zu verübeln?«, zischte ich zurück und versuchte, im Takt der Musik zu bleiben. Vargaz' Hand lag schwer auf meiner Hüfte, die andere hielt meine Rechte in ihrer Gewalt.

»Ihr seid mein Gast. Also ja: Eure Sorgen sind vollkommen unbegründet. Selbst die Matrosen haben mehr Spaß als Ihr – und die haben viele ihrer Kameraden bei dem Schiffsunglück verloren. Ihr seid eine attraktive Frau, Rheanne. Männer wie ich finden attraktive Frauen anziehend. Lasst Euch fallen, ich verspreche, dass Euch kein Haar gekrümmt wird.«

Die letzten Worte flüsterte er mir vielsagend ins Ohr, und in mir wallte Ärger auf.

»So, wie sich die Erste Präsenz Merideth fallen ließ?«, entgegnete ich bitter und war versucht, ihn von mir zu stoßen.

Eine steile Falte bildete sich zwischen Vargaz' Falkenaugen. »Ihr müsst an Eurer Rhetorik feilen. Sarkasmus steht Euch nicht, er lässt Frauen wie verbitterte Jungfern wirken.«

»Ihr weicht meiner Frage aus.«

»Ich bin Euch auch keine Antwort schuldig.« Seine Finger bohrten sich schmerzhaft in meinen nackten Arm. Ich biss die Zähne zusammen und zwang mich, seinem Blick standzuhalten.

»Ihr seid nicht in der Position, mir Vorschriften zu machen«, zischte er. In der nächsten Sekunde lächelte er wieder und sah mir tief in die Augen. »Ihr wollt wissen, wie es zu alldem hier kam? Die Antwort ist ganz einfach. Euer Land besitzt Ressourcen, die mein Land dringend benötigt, nachdem der Dürre vor vier Jahren so viele Menschen zum Opfer fielen. Ich umgarnte Merideth, und diese alte Hexe fiel doch tatsächlich auf meine Avancen herein und betrog ihren Ehemann. Ich habe Beweise dafür … Glaubt mir, Rheanne, ich hätte meine Zeit damals wirklich gerne anders verbracht, als mit Eurer verstaubten Regentin zu schlafen. Aber Astrans agrarisches Gold war und ist unsere Rettung, und Merideths Geschenke für mein Schweigen sind ein netter Bonus obendrein. Was tut man nicht alles für sein Land.« Vargaz schüttelte belustigt und beinahe mitleidig den Kopf. Ich starrte auf seine Brust und verarbeitete die Worte, von denen er sich viele hätte sparen können. »Und nun will Merideth mich mit Euch besänftigen?

Denkt sie ernsthaft, mit einer Jungfrau zu schlafen könnte Astran von seinen Fesseln befreien?«

Ich wurde aus meiner Schockstarre gerissen. Ein Beben ging durch meinen Körper, und mein Herz schlug wie ein Vorschlaghammer.

Konnte er das wirklich von mir verlangen? Hatte Merideth gewusst, was sie mir antat, indem sie ausgerechnet mich berief und auf die Reise nach Genzabar schickte? Ich zog es vor, den Mund zu halten, um die Situation nicht während des Festes eskalieren zu lassen. Ich tanzte gerade mit einem Erpresser, Vergewaltiger und Dieb. Und ich musste die Schmach ertragen, der Vargaz mich vor aller Öffentlichkeit aussetzte.

Die Musik wurde schneller und lauter, der Tanz wilder und enger. Ich wurde an Vargaz' Körper gepresst und spürte seine Wärme. Sein Mund war dicht an meinem Ohr.

»Ich will nicht hoffen, dass das Unglück der *Adlerschwinge* arrangiert war. Denn an Bord war auch Saatgut für mehrere Hektar Land, das im Norden dringend benötigt wird. Sagt mir, wie sie unterging.«

Erinnerungen brandeten in mir auf und drohten mich zu Boden zu reißen. Ich atmete tief ein und verdrängte die geisterhaften Bilder aus dem Kopf.

»Ein Feuer brach aus«, antwortete ich erstaunlich ruhig, obwohl alles in mir tobte.

»Soso, ein Feuer«, erwiderte der Kaiser mit hochgezogener Augenbraue.

Er misstraute mir. Anscheinend dachte er wirklich, die

astranische Regierung trüge die Verantwortung für das Unglück, und die Erste Präsenz Merideth habe absichtlich dafür gesorgt, dass das Geschenk Genzabar niemals erreichte.

»Astran ist für die Havarie nicht verantwortlich«, zischte ich aufgebracht. Es tat gut, endlich etwas Dampf abzulassen. »Die Erste Präsenz Merideth steht zu ihrem Wort. Es ist respektlos zu denken, dass sie den tragischen Vorfall geplant haben könnte.«

»Und das gibt Euch das Recht, mir zu sagen, was Respekt ist?«

Seine Stimme war dunkel. Als Vargaz den Blick hob, sah ich darin gleichzeitig Wut und Verlangen. Reflexartig wich ich vor ihm zurück, doch er zog mich wieder an seine Brust. Ich spürte das wilde Pochen seines Herzens. Es gab kein Entkommen. Vor mir stand der böse Wolf, und ich war das unschuldige Lamm.

»Rhea, Rhea«, murmelte er, und die Art, wie er meinen Namen aussprach, hinterließ einen stechenden Schmerz. So nannte Cormac mich! Cormac … Der Gedanke an ihn war wie ein sicherer Hafen.

»Die Zunge ist eine gefährliche und mächtige Waffe. Ich hoffe, Ihr seid Euch diesbezüglich im Klaren. Ich werde darüber hinwegsehen. Dieses eine Mal. Eure Zunge soll schließlich in Eurem hübschen Mund bleiben. Ich bin kein Unmensch … ich strebe lediglich nach Gerechtigkeit. Der Grund Eurer Anwesenheit ist ein ganz einfacher, und Ihr solltet Euch darüber im Klaren sein, dass Ihr nur ein winziges Staubkorn seid. Ein wunderschönes zwar, aber klein und unbedeutend. Eure Aufgabe ist es, mir gefällig zu sein und mir das zu geben, was ich verlange. Mischt Euch nicht in meine und Merideths Angelegenheiten ein. Es wäre nicht zu Eurem Vorteil.«

Die Drohung war nicht misszuverstehen, und ich nickte mechanisch, mit staubtrockener Kehle und wild klopfendem Herzen. Vargaz bleckte die Zähne, und in mir stieg bei seinem Anblick Abscheu auf.

Die Musiker ließen den letzten Ton ihrer Instrumente ausklingen, und rings um uns lösten sich die tanzenden Pärchen voneinander und applaudierten begeistert. Vargaz kam schwer atmend zum Stehen. Sein Brustkorb hob und senkte sich ungleichmäßig. Eine Haarsträhne hatte sich gelöst und fiel ihm verwegen über die Stirn. Er fuhr sich mit der Hand rasch durch das Haar und zog das Wams zurecht.

»Ich hoffe, Ihr amüsiert Euch auch weiterhin noch prächtig, Elda Rheanne.« Sein dunkler Blick lastete schwer auf mir, während ein nicht zu deutendes Lächeln seine Mundwinkel umspielte. Sanft hob er mein Kinn an und fuhr mit dem Daumen über meine Wange. Ich hielt unwillkürlich den Atem an, als unsere Gesichter nur wenige Zentimeter voneinander getrennt waren. »Reynard wird Euch zu den anderen Ehrengästen bringen. Ihr wollt sie bestimmt wiedersehen. Nach der Rede und dem Mitternachtstanz jedoch wird das Fest für Euch ein Ende finden.« Ruckartig riss ich mich von dem Anblick seines stolzen Gesichts los und fühlte mich merkwürdigerweise wie bei etwas Verbotenem ertappt.

Vargaz' Freundlichkeit verschwand jäh, und sein Blick wurde ausgesprochen gierig.

Die Finger, die mein Gesicht zuvor liebkost hatten, bohrten sich nun schmerzhaft in meine Wangen. »Denn dann kommen wir zum Geschäftlichen.« Mit diesen Worten drehte er sich abrupt um, dicht gefolgt von Maverigk, und verschwand im kaiserlichen Pavillon.

Ich blieb zurück und mit mir etliche Ängste und Fragen.

Kapitel 5

»Ihr habt Eindruck hinterlassen«, bemerkte Reynard und warf mir einen bewundernden Seitenblick zu. Mit der einen Hand drückte er einige Gäste zur Seite, mit der anderen klaubte er abermals Häppchen von den Tabletts der vorbeieilenden Kellner. »Der Kaiser scheint sich sehr für Euch zu interessieren.«

»Darauf könnte ich gern verzichten«, gab ich zur Antwort. Das Gespräch mit Vargaz lag mir noch schwer im Magen.

»Na, na! Der hochwohlgeborene Kaiser verlässt bei großen Anlässen selten den kaiserlichen Pavillon. Je mehr Menschen, desto größer sein Argwohn.« Er schmunzelte.

In seinem Mundwinkel klebte etwas Frischkäse, und ich fragte mich, ob ich ihn darauf aufmerksam machen sollte oder nicht. Ich ließ es bleiben.

»Er bat Euch um einen Tanz außerhalb des Protokolls! Glaubt mir, Elda Rheanne – Ihr seid die erste astranische Gesandte, vor der er diese Bitte geäußert hat. Vargaz ist ein Mann voller Prinzipien und Regeln.« Reynard bemerkte den Rest Frischkäse an seinem Mund. Fasziniert und angeekelt zugleich beobachtete ich, wie er mit der Zunge über die Lippen fuhr und zufrieden schmatzte.

»Es war keine Bitte«, stellte ich richtig und kniff die Augen zusammen. »Es kommt immer auf den Ton an, Elder Reynard.«

Der Sekretär nickte bedächtig, sodass die bunten Federn auf seinem Hut im Takt auf und ab wippten. »Absolut! Doch bedenkt, dass es immer eine Kehrseite gibt. Und aus unserer Sicht kam vonseiten Eurer Regierung bisher reichlich wenig Aufmerksamkeit zurück. Leider! Ich finde, Ihr solltet ihm … *uns* eine Chance geben.«

Ich war versucht, spöttisch aufzulachen. Das glaubte er doch wohl selbst nicht! Die Götter allein wussten, weshalb das Volk von Genzabar Vargaz so verehrte, nach allem, was er Astran angetan hatte. Der Kaiser hatte meine Heimat fest im Griff und konnte sie aus einer Laune heraus dem Untergang weihen.

Ich hielt mich mit einer spitzen Bemerkung zurück, auch wenn ich ihm am liebsten die ganze Wahrheit an den Kopf geworfen hätte.

Merideths Affäre mit Vargaz ging mich im Grunde auch gar nichts an. Ich trug an ihrem Ehebruch keine Schuld. Das Einzige, was mich zur Weißglut brachte, war die Tatsache, dass ich für ihre Untreue den Kopf hinhalten musste und höchstwahrscheinlich auch den Körper. Aber konnte ich, eine einfache Ritterin, mich gegen den Kaiser von Genzabar überhaupt wehren?

Diese Frage verfolgte mich.

Kurz darauf erreichten wir einen mit Lampions geschmückten und zu allen Seiten hin offenen Pavillon. Zwei

Matrosen nickten mir freundlich zu, als ich an ihnen vorbeiging. Sie kamen mir vage bekannt vor. Ich reckte ein wenig den Hals und versuchte, Cormac unter den Leuten ausfindig zu machen, da sah ich plötzlich ein Gesicht, mit dem ich am allerwenigsten gerechnet hatte.

»Korringrur!«

Der rothaarige Schopf des Zwergs schwenkte in meine Richtung. Auf dem wettergegerbten Gesicht spiegelten sich etliche Gefühle wider, die ich nicht recht deuten konnte. Entsetzen, Wiedererkennen, Angst und Ärger sprachen aus den dunklen Knopfaugen. Dann nahm er die Beine in die Hand und verschwand in der Menschenmenge.

»Wartet! Korringrur! Geht nicht weg! Ich … Moment! Ich habe noch etwas, das Euch gehört. He!«

Ich streckte die Hand aus, als könnte ich ihn inmitten des Gedränges zu fassen kriegen, aber er verschwand mit erstaunlicher Geschwindigkeit.

»Was sollte das denn?«, murmelte ich verärgert.

Ich nestelte an der Schlüsselkette um meinen Hals, an der ich Korringrurs Bernsteinring befestigt hatte, damit ich ihn nicht versehentlich verlor. Eigentlich hatte ich gedacht, ihn niemals wiederzusehen, als er nach unserer Ankunft spurlos verschwunden war.

»Kennt Ihr etwa diesen Zwerg?«, wollte Reynard wissen und wartete voller Neugier auf meine Antwort, während er den Blick suchend über die Gäste schweifen ließ.

»Kennen wäre zu viel des Guten. Er reiste mit mir an Bord der *Adlerschwinge*, und ich sah ihn des Öfteren unter Deck.«

Ich strich mir eine Haarsträhne aus dem Gesicht und kniff die Augen zusammen. »Er verlor einen Ring. Ich dachte, es würde ihn freuen, wenn er ihn wiederbekäme.«

»Anscheinend war dem Elder gerade nicht nach Konversation«, bemerkte Reynard trocken.

Ich zuckte mit den Schultern und schwieg. Korringrur war mir wohl immer noch wegen meines Verhörs an Bord der *Adlerschwinge* böse. Dabei war ich lediglich den Hinweisen nachgegangen, die mich zu ihm geführt hatten. Himmel, wie konnte eine so kleine Kreatur nur dermaßen nachtragend sein? Schließlich war ich es gewesen, die er verletzt hatte. Zwergenfüße waren außerordentlich zielsicher. Ich verzog unwillkürlich das Gesicht, als ich an den Schmerz dachte, den ich bei Korringrurs Tritt verspürt hatte.

Reynard schnatterte unermüdlich weiter: »Dort vorne sind die Tische, die für die Schiffsmannschaften reserviert sind. Ich werde … He, Elda! Wo wollt Ihr denn hin?«

Ich achtete nicht weiter auf den dicken Sekretär. Stattdessen galt meine gesamte Aufmerksamkeit Cormac, der mit dem Rücken zu mir auf einer Bank saß. Hin und wieder nippte er an einem Glas und beobachtete scheinbar interessiert die Festgäste.

Aufregung überkam mich. Mein Herz hämmerte vor Vorfreude. Ich wollte in seine Arme fallen, ihm nah sein.

»Denkt an den Mitternachtstanz! Gleich nach der Rede!«, rief Reynard mir verzweifelt hinterher. Als ich mich kurz umdrehte, sah ich ihn winken. Ich reckte den Daumen nach oben als Zeichen dafür, dass ich verstanden hatte. Der Gedanke an Vargaz verschwand urplötzlich aus meinem Kopf, als Cormacs unverwechselbarer Duft auf meine Sinne traf. Tief atmete ich ihn ein, schloss die Augen und versank in der Erinnerung an die gemeinsame Nacht an Bord der *Adlerschwinge.*

»Rhea.«

Schon allein die Art, wie Cormac meinen Namen aussprach, jagte mir einen wohligen Schauder den Rücken hinab. Langsam wandte er mir sein Gesicht zu, und sein Blick wanderte über meinen Körper. Die dunklen Augen glänzten voller Verlangen. Noch immer sagte er kein weiteres Wort. Er streckte die Hand nach mir aus und umschloss meine. Als unsere Haut aufeinandertraf, fühlte ich mich zum ersten Mal seit meiner Ankunft sicher und genoss das schwerelose Gefühl. Lächelnd versank ich in dem Blick aus seinen schwarzen Augen.

»Komm mit«, murmelte er bestimmt und stand auf.

Er zog mich mit sich, und ich ließ es geschehen, genoss das erregte Kribbeln und wünschte mir, dass der Moment nie vorüberginge. Cormac führte mich durch den Garten und an den Gästen vorbei, als würde er die Umgebung wie seine Westentasche kennen. Wir folgten den Kieswegen und waren plötzlich abseits des Geschehens. Ich erkannte den Rhododendron, an dem ich zuvor auf Vargaz gestoßen war, und verdrängte die Erinnerung an das Gespräch mit ihm. Voll und ganz konzentrierte ich mich auf Cormac und seufzte erleichtert, als er mich in die Geborgenheit eines Pavillons zog. Efeu und wilder Wein umrahmten den Holzbau und tauchten das Innere in eine sanfte grüne Dunkelheit.

»Ich wünschte, wir wären am Tag des Unglücks in demselben Rettungsboot gelandet«, sagte Cormac und drückte mich gegen das Rankgitter. Ich spürte seine Wärme, schloss die Augen und legte die Arme um seinen Nacken. Unsere Nasenspitzen berührten sich, und wir verweilten in der Umarmung.

»Umso glücklicher bin ich, dich so bald schon wiederzusehen. Ich dachte, ich würde dich erst in ein paar Tagen treffen.«

Ich nickte atemlos. »Es geht mir nicht anders.«

»Hätte der Kaiser uns nicht eingeladen, hätte ich den Palast gestürmt«, sagte er ernst. »Du siehst wunderschön aus«, flüsterte er heiser. Seine Hände, die zuvor auf meiner Hüfte lagen, umfassten zärtlich mein Gesicht. Er küsste mich auf die Stirn und presste sich an mich, seine Lippen streiften mein Ohr. Ich spürte seine Hitze, seine Erregung und keuchte, als auch mich das pure Verlangen durchströmte. Cormac lächelte verschmitzt, legte die Hände auf meine Schultern und beugte sich zu mir herunter. Ich konnte der Lust nicht mehr widerstehen, zog ihn eng an mich und küsste ihn. Er kam meinem Wunsch nach, öffnete den Mund, und unsere Zungen fanden einander. Ich stöhnte glücklich in den Kuss hinein, der viel zu schnell endete. Dabei wollte ich mehr, viel mehr! Ich wollte bei ihm liegen, nackt, verschwitzt und unendlich glücklich.

Hungrig nach ihm glitt meine Hand zu seinem ausgebeulten Schritt. Cormac keuchte und presste abermals die Lippen hart und fordernd auf meine.

»Ich will dich. Hier. Jetzt«, sagte er mit rauer Stimme.

»Oh, bitte, erspart mir das!«

Ich hätte die Stimme unter Tausenden wiedererkannt. Der spöttische Ton, gepaart mit einer schier unerträglichen Arroganz und einem nicht auszuhaltenden Hochmut.

»Sedalé.« Wut, Ärger und Scham wallten in mir auf. »Was zur Hölle machst du hier?« Ich drängte mich an Cormac vorbei und suchte in dem schummrigen Inneren nach den Umrissen der Alchemistin.

»Es freut mich ebenfalls, dich zu sehen«, meinte Sedalé zynisch.

Stoff raschelte, als sie von der hinteren Steinbank aufstand und in das Licht der Monde trat.

Mit offenem Mund starrte ich sie an. Sedalé hatte schon seit unserer ersten Begegnung keine Scheu davor, ihre ausgesprochen üppigen weiblichen Reize offen zur Schau zu stellen. Jetzt aber übertrieb sie es maßlos. Hauchdünne Seide schlang sich um den ebenholzfarbenen Körper, bedeckte nur die notdürftigsten Stellen und enthüllte mehr von ihrer ebenmäßigen Haut, als dass sie sie verdeckte. Das Haar fiel wie schlohweiße Wogen auf ihre üppigen Brüste, die aus dem weiten Dekolleté herauszufallen drohten.

»Gefalle ich dir?«, wollte sie spöttisch wissen, als sie mein Starren bemerkte.

»Verschwinde«, zischte ich aufgebracht und versuchte, den Blick auf ihre funkelnden Augen zu konzentrieren. »Du störst!«

»Das sehe ich. Aber ich war zuerst hier. Ich saß friedlich

auf der Bank, genoss den Abendhimmel und den Wein, als ihr wild knutschend hereingestolpert kamt.«

Ihr Blick lastete schwer auf Cormac, der sie finster musterte. »So viel Enthusiasmus hätte ich dir gar nicht zugetraut. Anscheinend empfindest du für sie tatsächlich mehr als für mich.«

»Korrekt«, erwiderte Cormac verärgert. Er packte meine Hand und wollte mich zurück ins Freie zerren.

»Was noch lange nicht heißt, dass sie im Bett besser ist als ich.« Sedalé trat dicht an Cormac heran und griff ihm in den Schritt. Sie lachte scheinheilig, als er vor Schreck zurückwich.

»Götter! Das war ein Spaß. Ein Spaß!«

»Du bist wahnsinnig!«, fauchte ich aufgebracht. Ich stand kurz davor, sie zu ohrfeigen.

Sedalé warf ihre weiße Mähne nach hinten und zuckte ein weiteres Mal unbeeindruckt mit den Achseln. »Das sagst ausgerechnet du. *Ich* tanze wenigstens nur auf *einer* Hochzeit. Wie sieht es da bei dir aus, liebe Rheanne?«

Herausfordernd nagelte sie mich mit ihrem Blick fest.

Ich spürte Cormacs fragenden Blick auf mir lasten. Stöhnend fuhr ich mir durch das Haar, es war eine Geste der Verzweiflung.

»Worauf zur Hölle willst du hinaus, Sedalé? Dass ich mit dem Kaiser getanzt habe? Dass ich zufällig als Gesandte meines Landes ebendieses repräsentiere und deswegen seine Aufforderung schlecht verneinen kann?«

»Du könntest. Jeder kann es. Gesandte hin oder her.« Sedalé nippte an ihrem Weinglas. »Deshalb ist Oskanon ein freies Land, willensstark und unabhängig. Wir beugen uns keinem Kaiser, keinem König und keinem Diktator. Astran dagegen ist schwach. Genauso schwach wie du. Du lagst in Vargaz' Armen und hast dich nicht dagegen gewehrt.«

»Du weißt nicht das Geringste! Ich lasse mir von dir nichts unterstellen«, rief ich nun mit lauter Stimme und ballte die Hände. Vor meinem geistigen Auge sah ich erneut Vargaz' lüsternen Blick, seine unausgesprochenen Drohungen und meine eigene Hilflosigkeit.

Sollte ich wegrennen? Nein. Dafür war ich zu stark. Sedalé verunsicherte mich zwar, aber am meisten machte mich die Tatsache wütend, dass Cormac nichts dagegen unternahm.

»Es wäre jetzt wirklich besser, wenn du gehen würdest«, sagte Cormac ruhig, aber unnachgiebig.

Endlich! Seine Worte kamen einer Erlösung gleich. Ich ließ die geballten Fäuste sinken. All meine Muskeln schmerzten, und ich fühlte mich, als ob ich einen Dauerlauf absolviert hätte.

Sedalé zuckte unbeeindruckt mit den Schultern, die Wut prallte einfach an ihr ab. Sie spielte lächelnd mit dem Weinglas in ihrer Hand, während ihr Blick noch immer Cormac gefangen hielt.

»Da deine neue Bettgespielin anscheinend einen guten Draht zum Kaiser hat, könnte sie für mich eine Audienz mit ihm arrangieren.«

»Du kannst die Frage auch an mich richten. Ich stehe schließlich direkt neben dir«, fiel ich ihr bissig ins Wort.

Sie bedachte mich mit einem langen Blick. »Ich weiß. Das ist ja das Schlimme.«

Ich schüttelte fassungslos den Kopf. »Du willst eine Audienz? Dann sieh zu, wie du in Vargaz' Nähe kommst.« Ich grinste herausfordernd und strich mir eine Haarsträhne aus dem Gesicht. »Oder stimmt es dich missmutig, dass sich ein Mann wie Vargaz eher für eine Frau wie mich als für eine kleine oskanonische Hexe mit großen Brüsten interessiert?«

»Ich habe es nicht nötig, Vargaz schöne Augen zu machen. Er wird zu mir kommen, sobald er mein Anliegen erfährt.« Sedalé sah mich ernst an. Schon wieder hatte sie es geschafft, mir die Sprache zu verschlagen. »Wir sehen uns.«

Sie streichelte Cormacs Wange und drückte mir anschließend das halb volle Glas in die Hand, bevor sie mit aufreizendem Hüftschwung den Kiesweg hinunter verschwand. Ich platzte vor Wut und stellte das Weinglas etwas zu schwungvoll auf die Steinbank. Der dünne Stiel knickte ein, das Glas barst, und der Wein ergoss sich auf den Boden.

»Ich drehe ihr den Hals um«, schimpfte ich. »Du glaubst doch nicht, was sie sagt? Sie setzt Gerüchte in die Welt! Ja, ich habe mit Vargaz getanzt. Aber doch nicht freiwillig! Verdammt, er zwingt mich zu …« Ich stockte, als ich mich an einer kleinen Glasscherbe schnitt. Blut quoll aus der Wunde. Verärgert betrachtete ich meinen verletzten Zeigefinger und steckte ihn mir in den Mund.

»Was will er von dir?«, fragte Cormac ruhig. Er griff nach meiner Hand und zwang mich sanft dazu, ihm direkt ins Gesicht zu blicken.

»Schon gut. Wirklich. Ich möchte darüber nicht reden.«

»Rhea. Was musst du für ihn machen?«

Ich senkte den Blick, spürte die Schamröte und die Wut in mir und wusste, dass Cormac niemals aufhören würde zu bohren. »Er denkt, Merideth habe ihm eine Jungfrau geschickt. Zusätzlich zu der Truhe, die ich ihm übergeben muss.«

Ich sah es Cormac förmlich an, wie er meine Worte verarbeitete. Seine schwarzen Augen funkelten unheilbringend und nahmen mich gefangen. Seine Aufmerksamkeit galt nur mir. Etwas, das ich unter anderen Umständen sichtlich genossen hätte. Jetzt aber war es mir unangenehm.

»Die Jungfrau … bist du?«

Aus seinem Mund hörte es sich noch abstruser an, als es ohnehin schon der Fall war. »Es handelt sich hier um einen gewaltigen Irrtum! Himmel, der Mann ist noch verrückter als Sedalé! Er ist gefährlich und machtbesessen.« In einem Anflug von Verzweiflung hob ich die Hände und ließ sie wieder sinken. »Und selbst wenn Vargaz sich an mir vergeht, habe ich keine Hilfe zu erwarten. Wahrscheinlich wurde mir nur deswegen der Auftrag erteilt – um Vargaz rundum zufriedenzustellen. Meine Weiblichkeit hat Merideth mehr überzeugt als meine Fähigkeiten als Ritterin. Ich bin wertlos.«

»Für ihn vielleicht. Aber nicht für mich. Und niemand könnte für den Schaden aufkommen«, knurrte Cormac und zog mich an seine Brust.

Ich legte den Kopf auf die Stelle seines Herzens und lauschte dem aufgeregten Pochen. Er sorgte sich um mich, und das Wissen darum machte mich glücklich. Lächelnd hob ich den Kopf und sah in seine fragenden Augen.

»Was ist daran so komisch?«, wollte er irritiert wissen. »Habe ich etwas Falsches gesagt?«

»Nein. Nein, ganz und gar nicht. Ich bin nur froh, bei dir zu sein. Unglaublich froh.«

Cormac küsste mich auf den Scheitel und bettete anschließend das Kinn darauf. Wir verharrten eine geraume Zeit in dieser Position, lauschten dem Murmeln und dem Lachen der Gäste und fragten uns im Stillen, wie wir alldem entfliehen konnten.

»Ich habe Korringrur gesehen«, sagte ich schließlich und brach den Zauber, der uns umhüllte.

»Was? Hier?«

»Ich war auch überrascht. Ich wollte ihm den Ring zurückgeben, aber er suchte das Weite, als ich ihn ansprach.«

»Kein Wunder.«

Ich rümpfte die Nase und löste mich aus Cormacs Umarmung. »Ich hatte einen guten Grund, ihn des Mordes zu verdächtigen! Und außerdem war er es, der handgreiflich wurde.«

»Du hast ihn gereizt. Zwerge sind nun einmal sehr temperamentvoll.«

Ich rollte mit den Augen. »Ich habe mich doch bei ihm entschuldigt.«

Das Zirpen der Grillen wurde plötzlich von dem dröhnenden Klang mehrerer Turmglocken übertönt, und kurz darauf explodierte über unseren Köpfen ein Feuerwerk in den schönsten Farben. Ich konnte das Spektakel jedoch nicht genießen, und auch Cormac wirkte bedrückt.

»Es ist Mitternacht«, stellte ich fest und atmete tief die klare Nachtluft ein. »Der Kaiser wird gleich seine Rede halten.«

Ich wollte aufbrechen, doch Cormac packte mich am Handgelenk und hielt mich zurück.

»Wann werde ich dich wiedersehen?«

Ich sagte nichts darauf, da ich die Antwort selbst nicht kannte. Stattdessen klammerte ich mich an ihn und zog ihn zu mir, um ihn ein letztes Mal zu küssen. Doch als unsere Münder sich trafen und das Feuerwerk den Himmel in rot-grünes Licht tauchte, gellte ein furchtbarer Schrei über das Fest, der mir durch Mark und Bein ging.

Und während jemand hysterisch das Wort *Mord* schrie und die Gäste rings um uns wie durchgehende Pferde in alle Richtungen ausbrachen, wusste ich, dass ich länger in Esteban bleiben würde, als mir lieb war.

Kapitel 6

Ich werde nie den Tag vergessen, an dem sie gefunden wurde. Ganz verlassen hing sie dort und baumelte leicht im sanften Wind, der durch ihre Haare strich. Sie hatte so schönes Haar. Kräftig und gesund, ich habe es immer bewundert.

Sie war ohne jeden Zweifel hübsch. Aber sie war ein Niemand. Doch nicht für mich – für mich war sie mein Ein und Alles. Warum hat das keiner gemerkt? Warum hat das keinen interessiert?

Sie alle überschlugen sich mit ihren Vermutungen, warum sie den Freitod wählte. Sie war doch geschätzt. Angesehen. Man mochte sie. Ich mochte sie auch … Ich liebte sie! Sie war meine Zuflucht in dieser schwarzen Hölle.

Warum hat mir niemand zugehört? Warum stehe ich mit meinen Fragen und Ängsten allein da?

Als ich sie ein letztes Mal sehen durfte, vor wenigen Tagen, starrte ich in ihr blasses, totes Gesicht. Sie war aufgedunsen. Und sie stank. Sie stank nach Verrat und nach Lüge. Der widerliche Geruch übertrug sich auf mich, und jetzt stinke auch ich nach Verrat und Lüge. Wie kann ich mich reinwaschen? Wie kann ich mich säubern?

Als man mir die Urne mit ihrer Asche gab, vergoss ich nicht eine einzige Träne. In mir schwelt die Leidenschaft, all diejenigen dafür bluten zu lassen, die ihr den Strick um den Hals gelegt und sie in den Selbstmord getrieben haben.

Die Zeit der Rache ist endlich gekommen. Heute werde ich damit beginnen.

Kapitel 7

Mehrere Gardisten stürmten an uns vorbei, sodass vereinzelte Kieselsteine aufstoben. Cormac und ich verließen den Schutz des Pavillons und beobachteten den Tumult aus sicherer Entfernung. Ich blickte suchend nach links und rechts. Meine Muskeln waren angespannt, und im Unterbewusstsein spürte ich eine drohende Gefahr. Ich wollte wissen, was zur Hölle vorgefallen war. Hatte sich tatsächlich ein Mord ereignet? Mein Innerstes schrie danach, den Gardisten nachzueilen.

»Ich werde den Soldaten folgen.«

»Rheanne, warte! Das geht dich doch überhaupt nichts an.«

Ich schüttelte Kopf. »Jemand wurde ermordet, Cormac«, erklärte ich. Seine Verständnislosigkeit machte mich ungeduldig. »Ich werde nicht tatenlos herumstehen und zugucken.«

»Doch. Genau das wirst du tun, so wie jeder andere auch, der nicht zur kaiserlichen Garde gehört.«

Aus den Augenwinkeln sah ich einen weiteren Gardisten vorbeihasten und witterte meine große Chance.

»Dann kennst du mich aber schlecht«, rief ich über die Schulter und eilte dem Gardisten so schnell hinterher, wie es mir in dem engen Kleid möglich war. Cormacs entgeisterten Ausruf ignorierte ich.

Energisch drückte ich die Gäste zur Seite, die mir im Weg standen. Ich war nicht gerade sanft zu ihnen und ertrug ihre Verwünschungen mit stoischer Gelassenheit. Mein anvisiertes Ziel befand sich direkt vor mir: ein Gardist auf dem Weg zum Tatort. Ich streckte die Hand aus und wollte seine Schulter packen, da querte etwas Großes und Weiches den Pfad. Ächzend rannte ich in den Unbekannten hinein, und wir gingen polternd zu Boden.

»Aua! Bei den Göttern! Passt doch gefälligst auf, wo Ihr hinlauft!«

»Das Gleiche könnte ich von Euch verlangen«, erwiderte ich und stand unbeholfen auf. Mein Blick fiel auf den Unbekannten. »Ihr!«, rief ich erstaunt, klopfte mir den Staub vom Kleid und richtete notdürftig die ruinierte Frisur.

Reynard rieb sich die linke Pobacke und jammerte gequält. »Ja, ich. Und ich bin wirklich in Eile. Ich war auf dem Weg zum Kapellmeister. Wer will schon flotte Tanzmusik hören, wenn im Gebüsch eine Leiche liegt.« Er schlug sich mit der flachen Hand auf den Mund, und seine Augen quollen vor Schreck aus den Höhlen.

»Eine Leiche! Dann stimmt es also.«

»Ich habe nichts gesagt. Von mir wisst Ihr nicht das Geringste!«, rief er mir hinterher, als ich eilig meinen Weg fortsetzte. »Elda Rheanne! Ihr dürft da nicht hin! So wartet doch!« Schnaufend nahm er die Verfolgung auf, den Kapellmeister hatte er wohl vergessen.

Ich dagegen war wie im Rausch. Der Mord entfachte meine Neugier. Tatenlos zuzusehen, wie vor meiner Nase ein Tatort inspiziert wurde, war für mich unvorstellbar. Da, plötzlich, durchbohrte ein stechender Blick meinen Rücken. Ich blieb unwillkürlich stehen und drehte mich suchend um, doch ich sah nur die tuschelnden Festgäste. Mechanisch glitt meine Hand zur Hüfte, wo eigentlich mein Schwert hing. Jetzt fühlte ich nur glatte, kalte Seide. In diesem Augenblick wünschte ich mir sehnlichst eine Waffe und verfluchte das eng anliegende Abendkleid.

Warum wurde ich beobachtet? Und von wem? War es der Mörder?

Ich rannte weiter. Endlich erreichte ich den Tatort. Mehrere Gardisten sperrten die Kieswege ab und drängten die schaulustigen Gäste zurück.

»Elda Rheanne!« Jemand packte mein Handgelenk. »Endlich … habe ich Euch … erreicht!« Keuchend sah Reynard mich mit wässrigen Augen an. »Was habt Ihr Euch nur dabei gedacht, einfach so fortzulaufen?«

Ich schüttelte seine Hand ungeduldig ab. Für ihn hatte ich momentan keine Zeit. Meine Augen wanderten suchend umher und erfassten jedes kleine Detail. Dieser Bereich des Gartens war mit einer Vielzahl von Rhododendren bepflanzt, die in voller Blüte standen. Sie säumten einen schmalen Kiesweg, der geradewegs zum Nebeneingang des östlichen Seitenflügels führte. Ich blickte hinauf zu den hohen Fensterfronten. Alle Fenster waren verschlossen, und nur hinter wenigen sah ich einen Lichtschein.

Der Täter hatte hinter den hochgewachsenen Sträuchern eine hervorragende Deckung. Nutzte er die nächtlichen Schatten geschickt aus, konnte er ungesehen im Seitenflügel verschwinden oder, wenn er außen herumging, sich wieder unter die Gäste mischen. Ich runzelte die Stirn. So oder so – der Mörder musste sich im Palast auskennen.

Ein Rascheln erregte meine Aufmerksamkeit. Irgendetwas ging hinter einem der Rhododendren vor sich. Mehrere Gardisten eilten zu dem Strauch und verschwanden dahinter. Nervös stellte ich mich auf die Zehenspitzen, reckte den Hals und versuchte, einen Blick auf das Treiben zu erhaschen. Aufgeregte Rufe ertönten, als vier Männer mit einer Bahre hervortraten, auf der ein menschlicher Körper lag. Ein fünfter Gardist wollte gerade ein Tuch über die Leiche legen, da stolperte er plötzlich und verlor das Gleichgewicht.

Ich sah den toten Körper, sah die schweren Stiefel an den Füßen, sah das rötliche Schimmern der Haare und den kunstvoll geflochtenen Bart. Ringe funkelten im Licht der Fackeln.

»Bei den Göttern, das ist Korringrur!«, rief ich entsetzt und viel lauter als beabsichtigt. Im nächsten Moment spürte ich wieder das unbekannte Augenpaar in meinem Rücken, und die durchdringende Schärfe raubte mir den Atem.

Dann fasste ich wieder einen klaren Gedanken. Meine Beine setzten sich automatisch in Bewegung und durchbrachen die Absperrung. Ich drückte einen Gardisten zur Seite und kam vor der Bahre zum Stehen. Meine Augen weiteten sich, als ich tatsächlich in Korringrurs Gesicht blickte. In den toten Augen spiegelten sich Angst und Schmerz wider. Ein Messer steckte bis zum Heft in der schmalen Brust.

»Haltet sie auf! Sofort festnehmen!«

Jemand riss mich von dem toten Zwerg weg. Ich stieß einen überraschten Laut aus, als der Gardist mir einen Schubs gab und ich direkt vor die Füße eines großen, muskulösen Mannes stolperte.

»Ich stehe so kurz davor, Euch in Ketten legen zu lassen«, knirschte dieser und deutete mit Daumen und Zeigefinger an, was er meinte. »So kurz. Das ist ein Tatort, verdammt noch mal, Ihr könnt hier nicht wie ein Bauer auf dem Felde herumtrampeln!« Seine Stimme glich lautem Donner.

Ich trat respektvoll einen Schritt zurück. Erst jetzt bemerkte ich die funkelnden Abzeichen auf der Uniformjacke, die sich eng um seine breite Brust wand.

»Verzeiht bitte meine Unhöflichkeit, General …« Ich verstummte, als mir einfiel, dass ich keine Ahnung hatte, wer vor mir stand.

»Ezekiel«, antwortete mein Gegenüber etwas milder.

Ich wurde rot. Götter, ich hatte gerade den Prinzen von Genzabar verärgert – den Bruder des Kaisers!

Er musterte mich streng. »Ihr kennt den Toten?«

Ich nickte, erleichtert über den Themenwechsel. »Ja, Hoheit. Sein Name lautete Korringrur. Er reiste an Bord der Adlerschwinge. Ich war auf der Suche nach ihm.«

»Aha«, machte Ezekiel. »Scheint so, als hättet Ihr ihn gefunden.«

»Anders als erwartet.« Ich verschränkte die Arme vor der Brust.

»Und warum habt Ihr ihn gesucht?«

»Verhört Ihr mich gerade?« Ich hob fragend den Blick. Der Gedanke kam mir abstrus vor.

»Man antwortet nicht mit einer Gegenfrage, Elda.«

Ich nickte geschlagen. »Ich habe etwas, das Korringrur gehört hat. Einen Ring. Ich wollte ihn aus Höflichkeit zurückgeben.«

»Oder ihn aus Habsucht ermorden«, ergänzte Ezekiel.

»Ich habe ihn nicht umgebracht! Himmel, ich hatte überhaupt keinen Grund dazu. Ich bin eine astranische Ritterin.«

»Soso, interessant. Und was soll mir das konkret sagen?«

Ich bemühte mich um einen nüchternen Tonfall. »Elder General, das bedeutet, dass ich mit dem Mord nichts zu tun habe. Aber ich kann Euch bei der Aufklärung des Falls behilflich sein.«

»Warum? Ihr seid nicht in astranischem Hoheitsgebiet. Ihr befindet Euch in Genzabar, wenn ich Euch darauf hinweisen muss.«

»Ja, ich weiß.« Reynards Worte brachten mich auf eine Idee. Himmel, dachte ich wirklich, der geschwätzige Sekretär könnte mich aus der Affäre ziehen? »Es würde der Beziehung zwischen Astran und Genzabar nicht schaden, wenn wir in diesem Fall gemeinsam ermitteln. Korringrur war Passagier eines astranischen Handelsschiffes. Er ging in Heptagon an Bord, vielleicht hat er Familie in der Stadt.«

»Ihr kommt Euch wohl gerade ungeheuer wichtig vor«, entgegnete Ezekiel spöttisch. Er sah mich von oben herab an. »Denkt Ihr allen Ernstes, Ihr hättet hier irgendetwas zu melden? Ihr könnt froh sein, dass Ihr das Land heil erreicht habt und es in einem Stück auch wieder verlassen werdet. Eure Einmischung ist unerwünscht. Habe ich mich deutlich genug ausgedrückt?« Die Kälte in seiner Stimme ließ all meine Hoffnungen schwinden, den Mord an Korringrur aufzuklären. Ich nickte stumm.

»Bringt sie zum Kaiser«, befahl Ezekiel einem seiner Soldaten hinter mir. »Er erwartet Euch«, sagte er an mich gerichtet.

Ich wurde grob nach hinten gerissen und gegen den Brustpanzer eines Gardisten gepresst. Ezekiel marschierte mit großen Schritten davon.

»Sagte ich nicht, dass Ihr Euch mit Eurer vorlauten Zunge ein Grab schaufelt?«

Ich zuckte zusammen und drehte den Kopf zur Seite. Nuvarrs Augen funkelten boshaft, und ein schadenfrohes Grinsen umspielte seine Lippen. Es war sein Blick gewesen, der mich so hatte erstarren lassen! Energisch riss ich mich von ihm los.

»Fasst mich nicht noch einmal an!«, verlangte ich.

»Na, na, Nuvarr! Himmel, nun seid doch nicht immer so grob zu der Elda«, schimpfte Reynard und zwängte sich durch die Absperrung.

Ich starrte ihn an und stellte fest, dass der Sekretär des

Kaisers mich bereits zum zweiten Mal vor Nuvarr beschützte. Reynard hob beschwichtigend die Hand, als ein Gardist ihn aufhalten wollte, und stemmte schließlich die Hände in die Hüfte.

Kopfschüttelnd musterte er Nuvarr. »Sie ist ein Ehrengast des hochwohlgeborenen Kaisers! Wie oft soll ich Euch denn noch die Leviten lesen?« Er fuchtelte verärgert mit dem Zeigefinger vor Nuvarrs Nase herum. »Wer hat Euch überhaupt eingestellt? Ich werde den Verantwortlichen mit Schimpf und Schande aus dem Palast jagen!«

Mürrisch trat Nuvarr zur Seite und wartete darauf, dass wir uns in Bewegung setzten. Reynard hatte ihn so weit eingeschüchtert, dass er es nicht wagte, Hand an mich zu legen. Seinen finsteren Blick spürte ich dennoch auf mir ruhen, und ich fragte mich, was ich dem Gardisten angetan hatte, dass er mich derart hasste. Es konnte wohl kaum an dem kurzen Gespräch am Hafen liegen. Schulterzuckend folgte ich dem dicken Sekretär und bereitete mich auf die Begegnung mit dem Kaiser vor.

Wir passierten den Haupteingang, eilten durch einen lang gezogenen Gang und erreichten kurz darauf eine kleine Halle. Eine flachstufige Treppe führte in die oberen Stockwerke; das verschnörkelte Geländer warf einen langen, unheilbringenden Schatten an die gegenüberliegende Wand. Wir stiegen in den zweiten Stock hinauf und blieben nach einigen Abzweigungen vor einer verschlossenen Tür stehen. Der davor postierte Gardist öffnete die Tür und führte uns in das Audienzzimmer des Kaisers.

Mit gemischten Gefühlen betrat ich den Raum. Mein Blick fiel sofort auf den Kaiser. Vargaz saß in der Mitte einer langen Tafel. Die Ellenbogen ruhten auf der blanken Tischplatte, das Kinn hatte er auf die gefalteten Hände gestützt. Gnadenlos bohrte sich sein Blick in den meinen.

»Rheanne! Wie schön, Euch zu sehen.« Vargaz lächelte kalt und ließ seine Worte wenig glaubhaft wirken. »Wie schade, dass man uns um den Mitternachtstanz gebracht hat. Ich hatte mich bereits darauf gefreut, Euch ein zweites Mal in die Arme zu schließen.«

»In Anbetracht des Mordes wäre ein Tanz mehr als pietätlos«, gab ich kühl zur Antwort und erntete ein schmallippiges Lächeln.

»Das ist wohl wahr. Der tote Zwerg hat es Euch mächtig angetan, oder?«

»Worauf wollt Ihr hinaus?«, hinterfragte ich argwöhnisch.

»Wie wäre es mit Behinderung der Justiz oder dem Ignorieren und Missachten von Befehlen?«

»Ich habe nichts Unrechtes getan«, verteidigte ich mich. »Ich habe weder die Leiche berührt noch etwas am Tatort angefasst.«

»Ihr habt keinerlei Respekt vor General Ezekiel gezeigt, dem Prinzen Genzabars! Schlimmer noch, Ihr sagtet ihm, was er zu tun habe!« Vargaz stand abrupt auf, sodass sein Stuhl polternd zu Boden fiel. »Was immer aus Astran kommt, scheint mit einem Fluch belegt zu sein. Erst das Schiffsunglück, dann der Mord.«

»Ich habe mich für meine Respektlosigkeit entschuldigt. Nichtsdestotrotz könnte mein Wissen für Euch von Nutzen sein«, beharrte ich. »Ich kannte das Opfer flüchtig.«

Vargaz starrte mich an, als wäre ich ein Tier auf nur drei Beinen. Langsam stellte er den Stuhl wieder auf die Füße, ohne den Blick von mir abzuwenden. »Und warum sollte ich Eure Hilfe annehmen? Ihr befindet Euch in einem fremden Land, seid blutjung und dementsprechend unerfahren. Nennt mir einen guten Grund.«

»Ich bin eine astranische Ritterin, Eure Hoheit. Ich lebe und sterbe für die Gerechtigkeit. Mein Alter spielt keine Rolle.«

Vargaz schwieg einen Moment, bevor er schallend zu lachen begann. Er krümmte sich über die Stuhllehne, die er noch immer umklammert hielt, und beruhigte sich nur allmählich. Sein Verhalten verletzte mich.

»Götter! Die alte Merideth sollte sich von der Tugendhaftigkeit ihrer Ritter eine dicke Scheibe abschneiden. Wirklich komisch! Ihr strebt nach Ordnung und Gerechtigkeit, und Eure eigene Regentin hingegen ist so launisch und wechselhaft wie das Wetter im Frühling. Ein Handzeichen, ein Wort von ihr, und Eure ganze Mühe war umsonst. Wie kann solch ein Staat überhaupt noch existieren?«

»Ihr verkennt meine jahrelange Ausbildung und meine Disziplin. Ich werde den Mörder finden.«

Meine Worte brachten Vargaz erneut zum Lachen. Brüllend schlug er sich auf den Schenkel.

»Ah, ja? Wie schön! Heute ist Euer Glückstag, Rheanne!

Ihr amüsiert mich so prächtig, dass ich Euch von allem freispreche, wenn Ihr tatsächlich den Schuldigen findet.«

»Habe ich Euer Wort?«

Vargaz stutzte. Er beugte sich vor und musterte mich kritisch. »Ihr meint es tatsächlich ernst. Denkt Ihr wirklich, ich würde mir nichts, dir nichts von Euch ablassen?«

Ich nickte und schwor im selben Atemzug, nicht klein beizugeben. Vor mir öffnete sich bildlich gesprochen gerade eine winzige Tür, und ich schob schnell den Fuß dazwischen. »Ich finde den Mörder. Und wenn ich ihn gefunden habe, darf ich Esteban auf der Stelle verlassen. Unberührt«, fügte ich eindringlich hinzu.

Der Kaiser von Genzabar hob das volle Weinglas und trank es in einem Zug aus. Er wischte sich mit der Hand über den Mund. »Wirklich schade, Elda Rheanne. Euch stünde eine unvergessliche Nacht bevor.« Mit glasigen Augen musterte er mein Gesicht. »Gerechtigkeit, Ehre, Pflichtgefühl, Treue … diese Eigenschaften gibt es doch längst nicht mehr. Es dreht sich alles immer nur um Macht. Und Ihr, Rheanne«, sagte er und zeigte mit dem Finger auf mich, »rennt Euch in Eurem Hamsterrad gerade die Hacken blutig für eine Frau, die Euch für ein Kupferstück verraten würde.«

»Ich entschied mich für die Treue gegenüber dem astranischen Adler. Lieber sterbe ich für die Erste Präsenz Merideth, als auch nur eine Nacht mit Euch zu verbringen«, antwortete ich inbrünstig.

Vargaz hieb verärgert mit der flachen Hand auf den Tisch. Mit frostigem Blick streckte er mir die Rechte entgegen, und ich schlug ein. Mit einem Händedruck besiegelten wir unseren Handel.

»Ich will Euch nicht aufhalten. Bringen wir das Geschäftliche hinter uns, dann könnt Ihr Euch in Eure … *Ermittlungen* stürzen. Reynard, holt Semeon!«

Kapitel 8

Mir war flau im Magen. Ich holte tief Luft und beobachtete, wie ein langhaariger Mann das Zimmer betrat. Ohne die Miene zu verziehen, stellte er die prunkvoll verzierte Truhe mitten auf dem Tisch ab. Das rötliche Holz glänzte sanft im Lampenschein und rief mir Reynards Worte ins Gedächtnis. *Ein Baum … aus dessen Holz man die unterschiedlichsten Dinge herstellen konnte …* Die Augen des astranischen Adlers fraßen sich erbarmungslos in meine, und ich konnte den Blick nicht abwenden.

Vargaz glich einer hungrigen Raubkatze. Er umrundete langsam den Tisch, ohne die Augen von der Kiste zu nehmen. Die Anspannung in mir wuchs, obwohl ich meinen Auftrag in Kürze erfolgreich hinter mich gebracht haben würde. Warum war ich dann so aufgeregt?

»Ein echtes Schmuckstück«, lobte Vargaz, rieb erwartungsvoll die Hände und hob die Truhe hoch. Prüfend klopfte er gegen das Holz. »Kennt Ihr den Inhalt?«

»Nein. Ich gehöre nicht zum engsten Zirkel der Ersten Präsenz. Meine Aufgabe bestand darin, die Truhe sicher nach Esteban zu transportieren.«

Der Kaiser entblößte eine Reihe strahlend weißer Zähne. Er strich sich über den Kinnbart und begutachtete die kleine Holzkiste. »Es befinden sich antike alchemistische Aufzeichnungen darin. Sie sind das Geburtstagsgeschenk für meine Frau. Wisst Ihr«, sagte er, als ob mich das Folgende zu interessieren hätte, »Anaztasia ist Feuer und Flamme für all die Dämonengeschichten. Sie liebt diesen okkulten Kram, man kann es fast schon fanatisch nennen.« Vargaz zuckte mit den Schultern und tätschelte erneut die Truhe. »Ich lasse sie gewähren. Zugegeben, es ist ein sehr eigenwilliger Zeitvertreib. Und wer weiß, vielleicht sind diese Dokumente tatsächlich etwas wert. Jedenfalls schien Joakim Styrmir, der Alchemist, mehr als aufgeregt zu sein, als ich die Aufzeichnungen erwähnte.«

Vargaz schnippte mit den Fingern, und Maverigk trat geräuschlos hervor.

»Öffne die Truhe«, befahl Vargaz und streckte mir verlangend die Hand entgegen. Widerwillig nahm ich die Schlüsselkette vom Hals, löste den Schlüssel und reichte ihn Vargaz.

Alle Blicke waren auf die Truhe gerichtet. Ich nestelte nervös an meinem Kleid und wusste nicht, wohin mit meinen Händen. Wortlos öffnete Maverigk das Schloss und anschließend den Deckel, trat respektvoll zurück und machte Platz für Vargaz. Ich reckte den Hals, doch ich konnte nichts erkennen.

Vargaz stand vor der Truhe. Schweigend. Kaum merklich begannen seine Finger zu zittern. Dann schwenkte sein Kopf in meine Richtung, und der Hass in seinem Blick ließ mich wanken.

»Sie ist leer«, stellte er gefährlich ruhig fest.

»Das ist nicht möglich«, gab ich verwirrt zur Antwort. Merideth würde mich niemals mit einer leeren Truhe in die Höhle des Löwen schicken!

Vargaz stürmte auf mich zu, packte mein Kleid und zog mich ruckartig zu sich heran. Die Seide riss geräuschvoll. Ich verlor das Gleichgewicht, und Panik breitete sich in mir aus. Was hatte er vor? Vargaz' Finger schlossen sich um meinen Hals und würgten mich. Ich keuchte, und meine Finger krallten sich um Vargaz' Unterarme.

»Sie ist leer!«, brüllte der Kaiser wutentbrannt und schüttelte mich so abrupt, dass meine Zähne laut aufeinanderstießen. Mein Schädel brummte.

»Die. Kiste. Ist. Leer!« Sein Speichel landete auf meiner Wange. Ich musste atmen ... brauchte Luft. Meine Augen quollen aus den Höhlen.

»Mein Kaiser! Haltet ein!«

Die Stimme gehörte dem Mann, der die Truhe in das Zimmer gebracht hatte. War er meine Rettung? Vargaz schnaufte aufgebracht und drückte ein letztes Mal brachial meine Kehle, ehe er mich mit einem wütenden Aufschrei von sich stieß. Ich taumelte und prallte mit dem Rücken gegen die steinerne Wand.

»Verflucht!«, schrie Vargaz und schmiss eine Vase von einem Podest. Klirrend zerbarst das Gefäß.

Er ging mit schnellen Schritten auf mich zu, sein Gesicht war vor Zorn verzerrt. Schwer atmend kam er vor mir zum Stehen. »Am liebsten würde ich Euch in Stücke reißen! Ganz

Astran möchte ich dem Erdboden gleichmachen! Eine Aufgabe hatte Merideth.« Eine weitere Vase fiel Vargaz' Zorn zum Opfer. Ich zuckte bei dem Aufprall zusammen. »Eine einzige! Ich appelliere an Euren ach so ehrbaren Sinn für Gerechtigkeit und Ehrlichkeit: Wo zur Hölle ist der Inhalt dieser Truhe?«

»Ich weiß es nicht!«, flüsterte ich. Jedes Wort brannte wie Feuer in meiner Kehle. Ich fühlte mich in die Enge getrieben. Wofür hielt ich meinen Kopf hin? Für meine Regentin, die mich ohne mit der Wimper zu zucken verleugnen würde, wenn ihr Ehebruch aufzufliegen drohte?

»Ihr lügt, dass sich die Balken biegen!«, donnerte Vargaz.

»Eure Hoheit, ich repräsentiere die Erste Präsenz Merideth, den mächtigen Adler der westlichen Länder, und mit Stolz werde ich die Ehre Astrans verteidigen. Die Erste Präsenz hat Eure Forderungen bisher immer zu Eurer vollsten Zufriedenheit erfüllt. Ich weiß nicht, was geschehen ist, aber ich versichere Euch, dass die Erste Präsenz Merideth zu ihrem Wort steht und Euch niemals hintergehen würde.«

»Ach so? Eben noch sagtet Ihr, Ihr gehört nicht zum engsten Zirkel. Dass Ihr nicht die nötigen Informationen besitzt und nur das Laufmädchen seid.« Bebend hob der Kaiser die Hand. »Ich bin Eure Ausflüchte leid! Semeon, leitet das vorgesehene Verfahren ein. Genzabar wird die Erste Präsenz Merideth noch heute Nacht stürzen.«

Mit diesen Worten fegte er die Truhe vom Tisch. Krachend landete sie auf den Steinfliesen, zerbarst in ihre Einzelteile – und brachte etwas zum Vorschein, mit dem ich nicht gerechnet hätte: einen Papierfetzen, der in immer kleiner werdenden Kreisen vor die Füße des Außenministers trudelte.

»Majestät, bitte!« Ich startete einen neuen Versuch.

Vargaz winkte mein verzweifeltes Rufen gereizt ab. »Schweigt! Ihr seid nur eine Made … ein Nichts, das sich im Staub windet und denkt, es könne mich mit Bitten und Flehen umstimmen. Mein Entschluss steht fest.« Er hob theatralisch die Hände. »Ich hoffe doch sehr, dass Euer Land einen Thronerben parat hat. Denn sonst wird alles Weitere höchst unangenehm für Astran.«

Ich knirschte mit den Zähnen und schwieg. Merideth war kinderlos, und das wusste er nur zu gut.

»Mein Kaiser«, sagte Außenminister Semeon leise. »Das solltet Ihr Euch ansehen.« Er legte Vargaz die Hand auf den Unterarm.

»Was?«

Semeon reichte ihm den Papierfetzen. Schweigend begutachtete Vargaz den Zettel. Seine Lippen wurden immer schmaler und schmaler, bis sämtliches Blut daraus gewichen war.

»HAHA!«

Verwirrt sah ich auf, doch Vargaz war noch immer auf den Zettel fixiert.

»Es ist mir unbegreiflich, wie Merideth mich jetzt noch zu verspotten wagt. Mich!« Vargaz zerknüllte den Papierfetzen und warf ihn verächtlich weg. »Niemand verhöhnt den Kaiser von Genzabar!«

Die Papierkugel rollte mir direkt vor die Füße. Ich hob sie auf, neugierig über den Inhalt der Botschaft.

HAHA!

Ein einziges Wort.

»Das stammt von dem Dieb«, sagte ich überzeugt.

»Selbstverständlich!«, sagte Vargaz voller Wut. »Ich bin ja nicht blöd! Nur leider sitzt die Diebin mehrere Tausend Kilometer entfernt in einer Steinburg und lacht sich ins Fäustchen!«

Ich schüttelte vehement den Kopf. So dreist wäre selbst Merideth nicht gewesen.

Im nächsten Moment wurde die Tür ein weiteres Mal geöffnet, und alle Augen richteten sich auf Ezekiel, der ins Zimmer stürmte. Vor dem Tisch kam er zum Stehen, bemerkte die angespannte Stimmung sowie die zerstörte Truhe. Er runzelte die Stirn.

»Komme ich ungelegen?«, fragte er.

Vargaz winkte ab. »Ich habe deinen Bericht bereits erwartet. Die Dinge haben sich nur … verkompliziert. Ich höre.«

»Bei dem Toten handelt es sich um den Zwerg Korringrur Schmetterschild von Edea in Gimnael.« Er legte einen vergilbten Zettel auf den Tisch. »Du hast einen gesuchten Meisterdieb als Gast geladen.«

Korringrur war ein Meisterdieb? Ich wurde hellhörig und blickte zu den beiden Brüdern, die unterschiedlicher kaum sein konnten. Vargaz, hochgewachsen, schlank und gefährlich attraktiv, mit der Zunge einer Schlange und dem Charisma eines Propheten. Ezekiel dagegen war bullig und auf markante

Art und Weise hübsch; sein durchtrainierter Körper wies auf jahrzehntelanges Training und eiserne Disziplin hin.

»Was ist das?«, wollte Vargaz wissen und deutete mit dem Finger auf den Zettel.

»Ein Steckbrief. Ich ließ den Botschafter aus Gimnael informieren und teilte ihm die wichtigsten Fakten mit. Der Steckbrief hing in seinem Büro, und mein Offizier erkannte den Zwerg darauf wieder.«

»Auch das noch!«, schimpfte Vargaz. Er nahm Platz, lehnte sich zurück und kippelte mit dem Stuhl. »Die Zwerge wären alles andere als kooperativ, wenn sie wüssten, dass einer ihrer Landsleute bei uns im Kühlhaus liegt.«

»Wenn Gimnael sich jetzt einmischt, würden die Zwerge die Mordermittlung nur behindern.«

»Ich weiß.« Vargaz trommelte einen nervösen Rhythmus auf die Tischplatte. »Zwerge kennen keine Diplomatie. Sie kennen nur Vergeltung und Rache. Wie lange können wir Gimnael aus der Angelegenheit heraushalten, bevor der Botschafter mir die Türen einrennt?«

Ezekiel zuckte mit den Schultern. »Schwer zu sagen. Achtundvierzig Stunden vielleicht.«

Vargaz nickte abwesend. »Gibt es schon Verdächtige?«

»Nein. Und die Verhöre dauern noch an. Nur die Tatwaffe wurde bisher sichergestellt.«

Ezekiel legte ein Bündel auf den Tisch und schlug den Stoff zur Seite. Der Kaiser beugte sich vor, verharrte einige Sekunden und verhüllte anschließend die Waffe. Ich platzte vor Neugier.

»Riegel den Palast ab. Nicht einmal eine Maus darf mehr rein oder raus!«, befahl Vargaz schließlich und erhob sich ruckartig. Er verschränkte die Arme hinter dem Rücken und blickte seinen Bruder streng an. »Und dann will ich alles über den Zwerg wissen. Alles! Ich will die Informationen schwarz auf weiß haben.«

»Natürlich.« Ezekiel wandte sich zur Tür, doch als er die Klinke herunterdrückte, hielt er nochmals inne. »Eine Sache noch … Der Botschafter sagte, Korringrur Schmetterschild besäße ein Markenzeichen. Er hinterlässt gerne einen Ring am Tatort.«

Ich erstarrte, und meine Finger glitten automatisch zu der Kette um meinen Nacken. »Das ist Korringrurs Ring«, erklärte ich. Ich zog ihn von der filigranen Silberkette und wog ihn in der Hand.

Augenblicklich nahmen mich die Anwesenden ins Visier. Semeon trat vor und streckte erwartungsvoll die Hand aus. Mit zitternden Fingern legte ich den Ring in seine Handfläche und mit ihm die Hoffnung, dass auch Vargaz Merideths und meine Unschuld erkannte.

»Bernstein. Der Schliff weist auf erfahrene Hände hin. Sehr hübsch.« Der Außenminister hielt den Ring ins Licht und begutachtete ihn von allen Seiten.

»Ich fand den Ring am Tag des Schiffsunglücks direkt vor der Tür des Laderaums. Korringrur trug Dutzende dieser Ringe als Bartschmuck. Er ist offenbar ein Meisterdieb. Ich vermute, er stahl die Dokumente und musste für den Diebstahl sein Leben lassen. Oder fand man Dokumente bei seiner Leiche?«

Ezekiel schüttelte den Kopf.

»Ich sagte doch, dass die Erste Präsenz Merideth mit dem Vorfall nicht das Geringste zu tun hat.«

»Genug«, bellte Vargaz und schlug mit der flachen Hand auf den Tisch. »Verlasst den Raum. Rheanne, Ihr bleibt.«

Der Kaiser schickte alle Gardisten vor die Tür, und ich fand mich allein mit ihm und seinem Leibwächter wieder. Leichtes Bauchweh überkam mich. Ich konnte die Situation überhaupt nicht einschätzen. Was konnte Vargaz noch von mir wollen?

Der Kaiser nahm die Tatwaffe aus dem Stoffbündel, wog sie sanft in der Hand und rammte sie plötzlich in den Tisch. Der Knauf zitterte. Ich sah das getrocknete Blut auf dem Klingenblatt und schluckte, denn es musste sich um Korringrurs handeln.

»Die Tatwaffe trägt die kaiserliche Gravur«, eröffnete Vargaz das Gespräch. »*Meine* Gravur. Der Dolch ist mein Eigentum.« Er zog verächtlich die Brauen zusammen. »Derjenige, der ihn stahl, muss sich im Palast hervorragend auskennen. Er muss Zugang zu meiner privaten Waffensammlung besitzen. Es kommen also nur meine engsten Mitarbeiter in Frage.«

»Das klingt logisch. Aber was habe ich damit zu tun?«, fragte ich argwöhnisch.

»Ich habe Grund zur Annahme, dass der Zwerg damit beauftragt wurde, die Dokumente zu stehlen. Wenn sie sich denn wirklich in der Truhe befanden. Jetzt ist der vermeintliche Dieb tot. Derjenige, der ihn ermordet hat, hat auch die Dokumente. Folgendes Problem.« Er stützte die Hände auf die Tischplatte. »Der Geburtstag meiner Gattin ist bereits in fünf Tagen. Der Botschafter aus Gimnael wird sich in etwa zwei Tagen melden, und wenn ich ihm keine Audienz gewähre, mit Nachforschungen beginnen. Und nichts ist schlimmer als nervende Zwerge! Ich bin nicht gut auf König Urgumlir zu sprechen und er nicht auf mich. Helft mir, Elda Ritterin, und ich spreche Euch von allen Pflichten mir gegenüber frei.«

Er grinste gezwungen, als er mein ungläubiges Gesicht bemerkte. »Ihr habt zwei Tage Zeit.«

Kapitel 9

Als der Kaiser gegangen war, wurde auch ich aus dem Audienzzimmer entlassen. Eine Kutsche brachte mich auf dem schnellsten Weg zurück zum Gästehaus. Die Nacht wich bereits dem Morgen. Am östlichen Himmel zeigte sich ein schmaler silberner Streifen. Nicht mehr lange, und die Sonne würde aufgehen.

Ich war hundemüde, aber die Ereignisse hielten mich wach, dass an Schlaf erst einmal nicht zu denken war. Caitlin wartete in meinem Zimmer auf mich. Sie sah verschlafen aus, dunkle Ringe lagen um ihre Augen, und sie gähnte hinter vorgehaltener Hand.

»Guten Morgen, Elda«, begrüßte sie mich.

»Bist du meinetwegen so früh aufgestanden?«, staunte ich.

»Ja. Das ist immerhin meine Aufgabe.« Sie verzog leicht das Gesicht. »Auch wenn Ihr für meinen Geschmack viel zu früh wach seid.«

»Die Arbeit«, seufzte ich schulterzuckend, und Caitlin nickte grinsend. Ich mochte das Mädchen.

»Habt Ihr von dem Mord gehört?«, fragte sie mich beiläufig, während sie die Klammern aus meinen Haaren löste. Sie schnalzte missbilligend mit der Zunge. »Wie habt Ihr es nur geschafft, die Frisur in dieser kurzen Zeit so zu ruinieren?«

»Bin hingefallen.«

Caitlin schüttelte belustigt den Kopf und fuhr schweigend mit der Arbeit fort. Ich beobachtete sie im Spiegel.

»Ich brauche zweckmäßigere Kleidung«, sagte ich. »Eine leichte Lederrüstung und eine Waffe. Kannst du die Dinge für mich beschaffen?«

»Selbstverständlich, Elda Ritterin. Ich werde dem Waffenmeister Euer Anliegen vortragen.«

»Gut.«

Sie sah mich neugierig an. »Ermittelt Ihr in dem Mordfall, Elda?«

»Wie kommst du darauf?«

»Ihr seid eine Ritterin und verlangt nach einer Waffe und einer Rüstung. Wie gefährlich ist es, einen Mörder zu jagen?«

»Sehr gefährlich«, antwortete ich ernst und suchte im Spiegel ihren Blick. »Berichte mir, wenn du etwas Ungewöhnliches bemerkst. Jeder Hinweis kann wichtig sein.«

»Ich habe nichts gesehen. Aber ich habe gehört, dass eine Ausgangssperre besteht. Die Gäste des heutigen Abends werden aus diesem Grund hier im Haus nächtigen und müssten bald eintreffen. Die Räumlichkeiten im Erdgeschoss stehen den Überlebenden der Havarie zur Verfügung, die genzabarischen Edelleute werden im zweiten Stockwerk untergebracht.«

Caitlin ließ mich kurz darauf allein und machte sich auf die Suche nach der gewünschten Ausrüstung. Ich stieg in das

Erdgeschoss hinab und wartete ungeduldig auf die Ankunft der Gäste. Es missfiel mir zwar, meinen Rückzugsort mit angetrunkenen Seemännern zu teilen, doch es bedeutete auch, Cormac wiederzusehen und ihn in alles einzuweihen. Endlich fuhren mehrere Kutschen vor, und die Gäste wurden, von Gardisten flankiert, in das Haus geführt.

Mein Blick fiel auf zwei wohlbekannte Gesichter, und ich winkte, um die Aufmerksamkeit auf mich zu lenken. Sedalé rauschte neben Cormac in das Gästehaus und wirkte inmitten der raubeinigen Seeleute fehl am Platz; ihre Schönheit überstrahlte selbst das luxuriöse Mobiliar.

»Es ist ein Unding«, begann sie ohne Umschweife und bedachte mich mit einem finsteren Blick, als ob ich die alleinige Schuld an der Misere trüge. »Diese unflätigen Matrosen werden von Minute zu Minute betrunkener. Ich will ein eigenes Zimmer.«

Ich sah nach links und rechts, ehe ich die Stimme zu einem Flüstern senkte. »Ein Mord hat sich ereignet. Kurz nach Mitternacht.«

»Wissen wir.«

»Wisst ihr auch, dass das Opfer Korringrur ist?«

»Der haarige Zwerg?« Sedalé wirkte überrascht.

Ich berichtete ihr und Cormac im Vertrauen von allem, was sich im Garten und im Audienzzimmer zugetragen hatte. Nur eine Sache ließ ich vor Sedalé aus: meinen Handel mit Vargaz.

»Du bist so naiv«, meinte die Alchemistin schließlich, nachdem ich geendet hatte. »Du mischst dich in Angelegenheiten ein, die dich nicht das Geringste angehen. Was kümmert dich der Tote?«

»Ich werde nicht tatenlos zusehen, wie mein Land und die Erste Präsenz in Verruf gebracht werden. Ich werde die Ehre meines Landes wiederherstellen.«

»Götter! Als ob du das könntest! Du tanzt nach Vargaz' Pfeife. Wenn er sagt: ›Spring!‹, fragst du dann, wie hoch?«, fragte sie herausfordernd.

»Du weißt rein gar nichts«, meinte ich steif.

»Rhea, beruhige dich.«

Cormac legte eine Hand auf meinen Arm und erntete einen vernichtenden Blick von Sedalé.

»Gehen wir«, sagte er leise, und ich nickte, erleichtert darüber, der Alchemistin den Rücken zukehren zu können. »Wo ist dein Zimmer?«

»Die Treppe hinauf.«

»Geh nur und spiele die Heldin für dein erbärmliches Land!«, rief Sedalé laut, und ihr Lachen verfolgte mich bis auf den Flur hinaus.

»Du hast dich auf ein gefährliches Spiel eingelassen«, murmelte Cormac, als wir uns an den volltrunkenen Seeleuten vorbeizwängten und die Treppe in den ersten Stock hochgingen.

»Vargaz ließ mir keine Wahl. Lieber jage ich einen Mörder, als in seinem Bett zu landen.« Ich schüttelte mich vor Ekel, streckte die Hand aus und betrachtete den Goldring an meinem Finger, der mich als Ritterin auswies. »Sedalé hat recht«, flüsterte ich schließlich. »Ich wünschte, ich wäre frei.

Dieser Ring …«, ich spielte mit dem Goldring an meinem Zeigefinger, »er ist meine Geißel.«

»Du hast immer noch die Wahl«, sagte Cormac. »Was hindert dich daran, ihn einfach abzustreifen?«

»Mein Eid hindert mich. Wenn ich ihn breche, breche ich all meine Prinzipien.«

»Deine Willensstärke ist anziehend«, knurrte Cormac heiser, und seine Hand glitt über meinen Po. Ich hielt inne und lächelte gezwungen. »Was wirst du jetzt unternehmen?« Er knabberte an meinem Ohrläppchen und grinste, als er bemerkte, welche Wirkung er auf mich hatte. »Gefällt dir das?«

Ich nickte hastig. »Ja, aber … wir … sollten jetzt wirklich beim Thema bleiben.«

»Ich bin beim Thema. Wir haben noch etwas offen. Etwas, bei dem wir ungestört sein sollten.« Cormac drückte mich gegen die Wand. Seine glühenden Augen wanderten über mein Gesicht. Er zwängte ein Knie zwischen meine Beine und entlockte mir ein atemloses Schnaufen.

»Der Flur … ist nicht gerade ein Ort … an dem man … ungestört ist«, hörte ich mich sagen. Ein Beben ging durch meinen Körper. Ich spürte das erregte Kribbeln in meiner Leistengegend, genoss die Aufregung und sein Begehren.

»Dann sollten wir unsere Unterhaltung in deinem Zimmer fortsetzen.«

Umständlich schloss ich die Zimmertür auf, während Cormac meinen Nacken mit sanften Küssen bedeckte. Wir traten in das Zimmer, Cormac stieß die Tür mit dem Fuß zu, und wir versanken in einem leidenschaftlichen Kuss, der mir all meine Sinne raubte. Ich fühlte mich so frei. Seufzend schlang ich die Arme um seinen Nacken. Cormac drängte mich rückwärts, bis ich gegen eine Kommode stieß. Ohne Umschweife setzte er mich darauf, strich verlangend über die Innenseiten meiner Schenkel und küsste mich.

»Du machst mich verrückt, Rhea«, raunte er. Ungeduldig nestelte ich an der Knopfleiste seiner Hose. Ich wollte ihn. Hier. Jetzt. Auf der Kommode. Endlich glitt die Hose zu Boden. Ich stöhnte auf, als unsere erhitzte Haut aufeinandertraf und er in mich drang, ohne seinen liebevollen Blick von mir zu nehmen.

Vor Glück keuchend, erreichten wir gleichzeitig unseren Höhepunkt, und Cormac sank schwer atmend auf mich. Seine Augen strahlten, als er meine Stirn küsste, und ich lehnte mich, glücklich seinen Namen murmelnd, gegen die Wand.

Ein Klopfen schreckte uns auf. Ich sprang von der Kommode, rückte hastig das Kleid zurecht und öffnete die Tür. Caitlins wissender Blick war mir mehr als unangenehm, denn alles an mir schrie nach kürzlichem Sex: die zerzausten Haare, das verklärte Grinsen, die unordentliche Kleidung.

»Eure Waffenlieferung, Elda«, sagte sie grinsend, und ich rang mir ein Lächeln ab. Ich bedankte mich bei ihr und schickte sie aus dem Zimmer.

»Wer war das?«, rief Cormac fragend aus dem Schlafzimmer. Mit dem Bündel auf den Armen ging ich zu ihm. Er trug nun wieder seine Hose, und mein Blick verweilte eine Spur zu lange auf den tätowierten Hörnern Xadurs auf seiner bloßen Brust.

»Caitlin, mein Dienstmädchen.«

»Du hast ein eigenes Dienstmädchen?«, stellte er belustigt fest. Er zog sich eilig das Hemd über den Kopf und verdeckte das Zeichen seiner finsteren Vergangenheit.

Ich nickte abwesend und prüfte die Ausrüstung. Die leichte Lederrüstung lag angenehm auf der Haut, war widerstandsfähig und trotzdem flexibel. Der zweischneidige Langdolch war rasiermesserscharf und gut gepflegt. Ich genoss das Gefühl, endlich wieder eine Waffe an meinem Körper zu tragen.

Schnell spritzte ich mir kaltes Wasser ins Gesicht, bürstete mir die Zähne und richtete mein Haar. Dann ging ich zurück ins Schlafzimmer. Grinsend betrachtete ich Cormac, der sich auf das Bett gelegt hatte und erwartungsvoll auf die freie Bettseite klopfte.

Ich schüttelte den Kopf. »Ich kann nicht.«

»Du arbeitest eindeutig zu viel«, brummte Cormac resigniert.

»Es wird nicht immer so sein«, meinte ich leise; es war ein Versprechen an mich selbst. Eilig verließ ich das Zimmer, bevor ich es mir anders überlegte.

Tief atmete ich die klare Morgenluft ein. Die Kühle war erfrischend und fegte all die Gedanken an Cormac fort. Ich liebte es, Zeit mit ihm zu verbringen, aber ich musste einen Raubmord aufklären und brauchte dafür einen klaren Kopf.

Ein vorwitziger Sonnenstrahl brach durch die blaugrauen Wolken und fiel direkt auf die Glaskuppel. Die Monde waren noch als blasse Silhouetten am Himmel zu sehen. Vogelgesang begleitete mich den Kiesweg entlang. Vor mir erhob sich der schwarze Palast des Kaisers wie eine uneinnehmbare Trutzburg. Ich hörte das Knirschen von Soldatenstiefeln auf dem Kies, das Klimpern ihrer Kettenrüstungen und das entfernte Schnauben der Pferde aus den Stallungen.

Gemächlich schlenderte ich den Weg entlang, der in einen kreisrunden Platz mündete, und stockte, als mein Blick auf eine verzerrte Fratze fiel. Vier steinerne Goblins streckten mir spöttisch ihre Zungen entgegen. Die unheimlichen Steingebilde wirkten nicht gerade einladend, aber anhaben konnten sie mir auch nichts. Belustigt über mein anfängliches Erschrecken, folgte ich einem anderen Weg und tätschelte im Vorbeigehen den Kopf eines Goblins.

»Oh, die Elda Ritterin. Zu dieser Uhrzeit schon auf den Beinen?«, sagte plötzlich eine Stimme hinter mir.

Ich blieb wie angewurzelt stehen und legte die Hand auf den Dolchknauf. Langsam drehte ich mich um. Aus dem Schatten eines Goblins löste sich eine dunkle Gestalt.

Ich zog zischend die Luft ein. »Wer spricht da? Zeigt Euch!«

Semeon, der Außenminister, trat leise lachend ins roséfarbene Licht der Morgendämmerung. Die Hände ruhten auf dem Rücken. Eine leichte Brise spielte mit dem Saum des langen Kapuzenmantels, der um seine Schultern hing. Auf seiner Nase saß eine Nickelbrille, durch die er mich aufmerksam beobachtete.

»Götter, Ihr habt mir einen furchtbaren Schrecken eingejagt«, erklärte ich steif. Ich ließ die Hand sinken und machte einen Schritt auf ihn zu. »Verfolgt Ihr mich?«

»Habt Ihr denn Angst davor, verfolgt zu werden?«, entgegnete er schlagfertig.

»Ein Mörder treibt sich herum. Ich bin nicht ängstlich – nur argwöhnisch.«

»Dann liegt es an mir, Euch den Argwohn zu nehmen«, sagte Semeon mit melodischer Stimme. Sie klang sanft und schwingend. Er hätte einen guten Geschichtenerzähler abgegeben, dem man gebannt an den Lippen hing.

Ich zog die Augenbrauen hoch. »Das solltet Ihr lieber mir überlassen. Ich kenne Euch doch kaum.«

»Etwas, was man schnell ändern kann. Begleitet Ihr mich ein Stück, Elda?«

Ich zuckte mit den Schultern und nahm sein Angebot an. Was hatte ich schon von ihm zu befürchten? Neugierig nahm ich Semeon näher in Augenschein. Er war im gleichen Alter wie Vargaz, jedoch deutlich kleiner als er. Das graue Haar war akkurat gescheitelt und zu einem lockeren Zopf gebunden, der bis über die Schulter reichte. Die Nickelbrille verlieh ihm eher das Aussehen eines Gelehrten als das eines Außenministers. Aber der erste Eindruck konnte trügen, das wusste ich von Román, den ich zu Beginn meiner Reise für einen einfältigen Matrosen hielt, der aber in Wahrheit ein gerissener Mörder war.

»Wie gefällt Euch Esteban, Elda?«, begann Semeon ein belangloses Geplänkel.

»Darauf kann ich Euch keine Antwort geben, denn bis

jetzt habe ich nicht viel davon gesehen.« Ich zuckte mit den Schultern; ich hatte nicht vor, mit Semeon über Nebensächlichkeiten zu reden. Ich brauchte Fakten, und der Außenminister wirkte wie jemand, der über die Personen im Palast gut informiert war. »Darf ich Euch ein paar Fragen stellen?«

Semeon schmunzelte und vergrub die Hände in den weiten Taschen des Mantels. »Ihr seid sehr direkt, Elda Rheanne.«

»Ich bin nur gerne gut informiert. Ich suche nach der Wahrheit.«

»Die Wahrheit kann oft wehtun.« Er musterte mich von der Seite und machte mir Platz, damit ich vor ihm eine enge Stelle des Weges passieren konnte.

»Interessiert es Euch denn nicht, wer der Mörder ist? Vielleicht kennt Ihr sogar den Täter«, wollte ich wissen.

»Möglich wäre es. Sogar sehr wahrscheinlich. Wie gesagt: Die Wahrheit tut oft weh.«

»Bei allem Respekt, aber Euer Kaiser stand kurz davor, meinem Land den Krieg zu erklären. Er stützte sich dabei auf die Behauptung, die Erste Präsenz trüge die alleinige Verantwortung an den jüngsten Vorfällen. Es ist mir egal, ob die Wahrheit schmerzt oder nicht.« Ich sah ihm geradewegs in die Augen. »Ich will den Mörder finden, und das werde ich auch«, fügte ich überzeugt hinzu.

»Dann habt Ihr Euch viel vorgenommen. Ich kenne die engsten Leute rund um den Kaiser.« Er erwiderte ruhig meinen Blick, und ich spürte, wie mich seine besonnene und wohlüberlegte Art aufregte. »Ich würde für sie beide Hände ins Feuer legen.«

»Am Feuer kann man sich leicht verbrennen«, gab ich knapp zur Antwort. Zwischen uns herrschte plötzlich Stille. Aus den Augenwinkeln nahm ich wahr, wie Semeon mich musterte, ehe er ein Seufzen ausstieß und den Blick wieder in die Ferne richtete.

»Elda Rheanne, Ihr verstrickt Euch in Eurem eigenen Netz.« Semeon rückte seine Brille zurecht. »Dass der tote Zwerg …«

»Der ermordete Zwerg«, verbesserte ich ihn sofort.

»Schön. Dass der *ermordete* Zwerg ein gesuchter Meisterdieb war, konnte beim besten Willen niemand ahnen. Zwischen Kaiser Vargaz und König Urgumlir herrschen gewisse … Spannungen. Die Zwerge meiden Genzabar, und wir meiden Gimnael.«

»Und warum wählte Korringrur ausgerechnet ein Schiff, dessen Ziel Genzabar war?«

»Das weiß ich leider auch nicht«, erwiderte Semeon nachdenklich. »Womöglich ein Zufall.«

»Dann war es auch Zufall, dass der Mörder den einzigen Zwerg im Palast als Opfer wählte, der zufällig ein Meisterdieb war? Und es war Zufall, dass ebendieser an Bord der *Adlerschwinge* antike Dokumente stahl, die zufällig nicht mehr auftauchen?« Ich war stehen geblieben und bohrte den Blick in seine Augen. In seinem Gesicht spiegelte sich Überraschung wider.

»Davon höre ich zum ersten Mal.«

»Vielleicht kennt Ihr ja jemanden, der möglicherweise davon nicht zum ersten Mal hört.«

»Ich werde vor Euch keine fahrlässigen Verdächtigungen äußern!« Semeon verschränkte die Arme vor der Brust, ein ungutes Zeichen. Ich bemühte mich einzulenken.

»Elder Semeon, ich kann Eure Sorge verstehen. Ich weiß, dass Verrat nur schwer zu ertragen ist.«

»Genauso schwer wie Verleumdung«, fügte der Außenminister ruhig hinzu.

Wir schwiegen. Die Sonne war nun vollends aufgegangen, und auf der Hauptzufahrtsstraße rumpelten Lieferkarren zu den Wirtschaftsgebäuden.

»Ein neuer Tag beginnt«, murmelte Semeon und schien es plötzlich eilig zu haben, das Gespräch zu beenden und seinen Aufgaben nachzukommen. »Ich wünsche Euch viel Erfolg bei der Ermittlung, Elda Rheanne.«

»Wartet!« Ich hob die Hand, wollte ihn aufhalten. »Ich habe noch so viele Fragen!« Mein Ruf ließ ihn innehalten.

»Ihr solltet mit Liddia reden. Sie hat ihre Augen und Ohren überall.« Er murmelte einen Abschiedsgruß und hastete davon.

»Liddia?«, wiederholte ich fragend, doch Semeon war bereits verschwunden.

Der Kiesweg lag einsam und verlassen vor mir. Stumm sah ich ins Leere und fragte mich, was ich an Semeon so unheimlich fand. War es seine ruhige Art, der betörende melodische Klang seiner Stimme oder seine Geheimniskrämerei? Ich zuckte mit den Schultern und rümpfte die Nase. Ich hasste es, im Ungewissen gelassen zu werden.

Wenigstens einen Anhaltspunkt hatte er mir gegeben.

Liddia. Entschlossen richtete ich den Blick auf den Palast. Ich würde all den Geheimnissen auf die Schliche kommen, die sich hinter den schwarzen Palastmauern befanden.

Unwillkürlich sah ich über die Schultern zu den Goblins, die mich spöttisch angrinsten, und fröstelte. Etwas Böses lag in der Luft und wartete nur darauf, über mich herzufallen.

Kapitel 10

Ich wählte einen kleinen Umweg, bevor ich mich auf die Suche nach Liddia machte, wer auch immer das sein mochte. Im Geiste überlegte ich mir erste Fragen, um nicht vollkommen unvorbereitet in das Gespräch zu gehen. Mein Weg führte mich an dem Tannenwäldchen vorbei, an welches sich die kaiserlichen Stallungen mit weiten Koppeln schmiegten.

Ich stützte die Arme auf dem weiß gestrichenen Koppelzaun ab und beobachtete, wie drei Stallburschen die ersten Pferde auf die Weide führten. Es waren schöne Tiere, mit langen Beinen und stolz gewölbten Hälsen.

»Wagt es noch einmal, und es kostet Euch den Kopf«, vernahm ich eine vage bekannte Stimme.

Ich drehte mich überrascht um, da ich fälschlicherweise dachte, man spräche mit mir. Mein Mund öffnete sich bereits zur protestierenden Widerrede, als ich bemerkte, dass die Worte nicht mir gegolten hatten. Vor dem Knick der L-förmigen Stallung sah ich die Umrisse von zwei Personen. Der Schall wehte ihre Unterhaltung unfreiwillig zu mir herüber. Ich spitzte die Ohren, wagte es aber nicht, mich noch einmal umzudrehen, um nicht die Aufmerksamkeit auf mich zu lenken.

»Ihr seid nicht in der Position, mir zu drohen«, antwortete die andere Person, deren Stimme ich auf Anhieb erkannte. Es war Reynard. Aber wer zur Hölle war sein Gegenüber? »Und jetzt geht mir aus den Augen.«

Wenn ich doch nur einen Blick auf den Mann erhaschen könnte!

»Wir sehen uns früher wieder, als es Euch lieb ist«, zischte Reynards Gegenüber wütend. Eine Tür wurde geöffnet und gleich darauf laut knallend zugeworfen. Ich zuckte zusammen und wagte einen vorsichtigen Blick.

Reynard stand mit geballten Fäusten vor der verschlossenen Tür, sein Brustkorb hob und senkte sich ungleichmäßig. Der kaiserliche Sekretär rückte sein Obergewand samt Mantel zurecht und blickte wütend in Richtung Stall. Behutsam löste ich mich vom Zaun und ging auf Reynard zu, der mir noch immer den Rücken zugewandt hatte. Die Höflichkeit gebot wenigstens ein Hallo; außerdem wollte ich ihn fragen, wo ich Liddia am schnellsten finden konnte.

»Dich Dreckskerl bringe ich um.«

Ich hielt augenblicklich inne, doch mein Fuß, der kurz vor dem Erdboden in der Luft schwebte, brachte mich aus dem Gleichgewicht. Krachend zerbarst ein Ast unter meinem Stiefel.

Reynard wirbelte um die eigene Achse, die Augen weiteten sich vor grenzenlosem Schrecken.

»Götter! Elda Ritterin! Ich hätte fast einen Herzinfarkt

erlitten! Wie könnt Ihr mir nur solch einen Schrecken einjagen?« Reynard fasste sich an die Brust; nackte Angst stand in seinen braunen Augen. »Was macht Ihr überhaupt hier draußen? Ein blutrünstiger Mörder läuft frei herum.«

»Ich kann gut auf mich selbst aufpassen.«

Reynards Blick wanderte an mir herab und blieb an der Rüstung und dem Langdolch hängen. »Ich sehe schon, Ihr habt Euch gerüstet. Dann könnt wenigstens *Ihr* mich vor dem wandelnden Grauen beschützen. Anscheinend kann man noch nicht einmal den eigenen Gardisten über den Weg trauen.« Hilflos sah er mich an und wirkte wie ein dickes Häufchen Elend.

Ich musterte Reynard forschend, doch obwohl noch vor wenigen Minuten eine hasserfüllte Morddrohung aus seinem Mund gekommen war, schien er ehrlich schockiert.

»Ich werde sehen, was ich tun kann. Ich werde Euch bis zum Palast begleiten.«

»Habt vielen Dank! Wirklich sehr freundlich.«

»Ihr könntet mir im Gegenzug einen Gefallen tun«, meinte ich vorsichtig.

»Aber selbstverständlich! Was verlangt Ihr, Elda Ritterin?«

»Eine Auskunft. Ich suche eine Elda namens Liddia. Wisst Ihr, wo ich sie finden kann?«

»Liddia … Liddia? Oh! Natürlich! *Die* Liddia!«

»*Die* Liddia?«, wiederholte ich ungeduldig.

»Unser Hausdrachen.« Er lachte meckernd. »Sie hat ellenlange Haare auf den Zähnen und kommandiert ihre Putzkolonne wie ein ausgebildeter Feldwebel.« Reynard warf mir vielsagende Blicke zu und kicherte. »Ihr solltet Euch besser wappnen, bevor Ihr das Gespräch mit ihr sucht. Sie kann sehr … unangenehm werden, wenn man sie auf dem falschen Fuß erwischt. Ganze Kerle sind vor ihr schon geflüchtet.«

Ich nickte langsam, während ich mir in Gedanken ein erstes Bild von der sagenumwobenen Liddia machte. Ich freute mich schon darauf, sie kennenzulernen.

»Kommt Ihr denn mit der Ermittlung gut voran? Ich hörte, dass Ihr im Auftrag des hochwohlgeborenen Kaisers frei schalten und walten könnt.«

»Ich spreche gerade mit allen wichtigen Personen«, gab ich ausweichend zur Antwort. »Astran und Genzabar ermitteln in diesem Fall gemeinsam.«

»Ach so? Die alte Merideth ist doch gar nicht gut auf Vargaz zu sprechen. Wenn sie die Gelegenheit hätte, würde sie ihn sicher eigenhändig erwürgen.« Er kicherte belustigt und rief mir in Erinnerung, warum ich die Gespräche mit ihm so anstrengend fand.

»Es sind Dokumente abhandengekommen. Wisst Ihr etwas darüber?«

»Natürlich!«

Reynard brach in schallendes Gelächter aus, als er meine Verblüffung bemerkte. »Himmel, Elda, schließt den Mund, sonst kommen Fliegen rein! Ich bin der kaiserliche Sekretär, ich habe Merideth schriftlich über den diesjährigen Wunsch des Kaisers in Kenntnis gesetzt. Ich weiß, was sich im Inneren der Truhe befindet. Oder eher befunden hat.«

»Weiß sonst noch jemand darüber Bescheid?«

Reynard tippte sich nachdenklich mit dem Zeigefinger gegen die Oberlippe. »Lasst mich nachdenken … Ja, natürlich! Die Gattin des Kaisers, Anaztasia, und Joakim Styrmir.«

»Die Kaiserin wusste, was in der Truhe ist?«, fragte ich erstaunt. »Ich dachte, die alten Aufzeichnungen sollten eine Geburtstagsüberraschung sein.«

»Das ist einfach zu erklären. Die verehrte Kaiserin äußerte den Wunsch, und der Kaiser kam ihm nach. Die Ehe des erlauchten kaiserlichen Paares steht unter keinem guten Stern.«

Ich verkniff mir eine Bemerkung. Welche Frau Vargaz überhaupt heiraten konnte, war mir unbegreiflich.

»Aber es macht keinen Sinn, wenn die Kaiserin die Dokumente gestohlen hat.«

»Vielleicht war es ja der gute Semeon!« Reynard schüttelte den Kopf und schnalzte mit der Zunge. »Seit Jahren versucht er, bei Anaztasia einen Treffer zu landen.«

»Er gesteht der Kaiserin seine Liebe, indem er antike Dokumente stiehlt? Das macht noch weniger Sinn.«

»Elda, die Liebe treibt Menschen zu Dingen, die sich mit Logik nicht erklären lassen.« Reynard wackelte mit dem Kopf, sodass die Federn auf seinem Hut auf und ab wippten. Selbstzufrieden nahm er die Hände aus den Manteltaschen und hakte die Daumen in die Schlaufen des Gürtels, über den sein beachtlicher Bauch quoll. »Ich wurde Zeuge eines Gespräches zwischen ihm und dem Kaiser. Unfreiwillig«, warf er zu seiner Verteidigung schnell ein, als meine Augenbrauen in die Höhe schossen. »Ihr Streit war auch nicht zu überhören. Es ging um die Kaiserin. Der Außenminister hat die Anschuldigung vehement abgestritten, aber früher oder später wird Vargaz sich seiner entledigen und einen neuen Außenminister wählen. Da zählen alte Kindheitserinnerungen nicht länger.«

Ich runzelte die Stirn. Reynards Verdacht schien mir an den Haaren herbeigezogen zu sein. »Ich habe gehört, die Kaiserin steht in Kontakt zu einem angesehenen Alchemisten aus Oskanon.«

»Ja, genau, sein Name ist Joakim Styrmir. Er ist ein verschrobener alter Tattergreis. Er redet nicht gerne mit Fremden. Seit dem Mord habe ich ihn noch nicht einmal zu Gesicht bekommen.« Reynard verzog abfällig das Mondgesicht. »Wahrscheinlich brütet er über wissenschaftlichen Dokumenten und züchtet mit seiner Alchemie irgendeine grauenvolle Kreatur heran, die mächtig genug ist, ganz Esteban in Schutt und Asche zu legen.« Er hielt inne, als er merkte, dass es mir ernst war. »Aber wenn Ihr ihn treffen wollt, werde ich Euch selbstverständlich miteinander bekannt machen. Anaztasia ist ganz vernarrt in den alten Kerl. Ihr Interesse für Dämonen und Geister ist seinetwegen ins Unermessliche gestiegen.«

Ich nickte, meine Neugier war geweckt. »Danke. Aber zu guter Letzt möchte ich noch etwas anderes wissen.«

»Was immer es ist, Verehrteste.«

»Und zwar Eure Meinung, Elder Reynard.«

»Meine?«, gab er erstaunt zurück. Zögernd nickte er, nachdem er vorsichtig nach links und rechts gesehen hatte. »Ihr wollt wissen, wen ich wirklich verdächtige?«

»Nein«, lächelte ich. »Eigentlich nur, ob Ihr das Mordopfer gekannt habt.«

»Ich hatte nie das Vergnügen, die Bekanntschaft eines Zwergs zu schließen.« Der Sekretär krauste die Nase. »Ich verfüge nicht über die dafür nötigen Beziehungen. Aber ich sage Euch jetzt etwas im Vertrauen, Elda.«

Gespannt wartete ich darauf, dass er fortfuhr.

»Innerhalb des Palastes wimmelt es nur so vor kaiserlichen Gardisten. Und trotzdem«, er senkte die Stimme, »hat sich ein Mord ereignet! Sprecht Ezekiel darauf an, immerhin haben seine schlampigen Sicherheitsvorkehrungen den Mord erst möglich gemacht.«

»Ihr gebt also dem Bruder des Kaisers die Schuld an dem Vorfall«, stellte ich richtig.

Reynard nickte eifrig und schob die beringten Hände in die Taschen des lächerlich wirkenden Brokatmantels. »Ich behaupte nicht, dass Ezekiel den Mord begangen hat. Ezekiel ist zu vielem fähig, aber er würde nicht hinterrücks morden.« Er schürzte die Lippen und schwieg.

Wir kamen vor dem Haupteingang zum Stehen, und Reynard zeigte auf den östlichen Nebenflügel. »Wir sind da, Elda Rheanne. Ihr findet Joakim Styrmir in den Bibliotheken im Ostflügel. Ich wünsche einen guten Tag.«

Mein Kopf brummte von all den Informationen, die mir innerhalb kürzester Zeit übermittelt wurden. Ich hatte noch immer nicht die übrigen Vertrauten von Vargaz kennengelernt, und insgeheim grauste es mich nach den zermürbenden Gesprächen davor, ihre Bekanntschaft zu schließen.

Kapitel 11

Trotz der frühen Morgenstunde und der Abschottung von der Außenwelt herrschte im Inneren des Palastes reger Betrieb. Dienstboten huschten im Sekundentakt an mir vorbei, Patrouillen kreuzten meinen Weg. Der Duft von frischen Brötchen lag in der Luft und ließ meinen Magen hungrig knurren.

Ein langer Flur mit hohen Fensterfronten führte in den Ostflügel des Palastes. Hier traf ich kaum noch auf Dienstpersonal, und nur vereinzelte Gardisten patrouillierten durch die Gänge. Die Luft roch nach Leder und vergilbtem Papier. Ich folgte einer Treppe nach oben und stieß eine reich verzierte Flügeltür auf, die von zwei Gardisten bewacht wurde.

Ich betrat ein Meer aus Büchern. Dicht an dicht standen die Regale und türmten sich meterhoch in den Raum. Schwere violette Samtvorhänge hingen gerefft vor den Fenstern und ließen die Sonne ins Innere scheinen. Einige Gelehrte hoben verärgert die Köpfe, als ich unangekündigt die Bibliothek betrat. Ich machte eine beschwichtigende Geste und trat zu einem der Gelehrten, der nur wenige Schritte von mir entfernt in einem Buch blätterte.

»Verzeiht die Störung. Ich suche den Elder Joakim Styrmir«, sagte ich leise, nachdem der Mann den Blick gehoben hatte. »Wo finde ich ihn?«

»Dort drüben«, gab der Mann knapp zur Auskunft und zeigte mit ausgestrecktem Zeigefinger auf eine Sitzgruppe. Neugierig reckte ich den Hals, schritt beherzt voran und sah einen wohlbekannten schlohweißen Haarschopf. Sedalé. Was machte sie hier?

»Sedalé, Elder Joakim Styrmir. Guten Morgen.« Ich neigte zur Begrüßung leicht den Kopf. »Ich komme wohl gerade ungelegen.«

»Ich wollte gerade gehen«, sagte Sedalé zu meiner Überraschung und stand abrupt auf. Ihre blauen Augen funkelten, doch ihre Wut galt dieses Mal erstaunlicherweise nicht mir. »Merkt Euch eines, Joakim: Ich werde es nicht zulassen, dass Ihr den Hohen Rat von Nalar mit Eurer Arbeit gefährdet. Ihr seid eindeutig zu weit gegangen!«

Mit diesen Worten rauschte sie an mir vorbei und schaffte es mit ihrer wilden Schönheit sogar, die Blicke der Gelehrten auf sich zu ziehen. Etwas perplex von Sedalés plötzlichem Abgang stand ich dem Mann gegenüber, der augenscheinlich Schuld an Sedalés Zorn trug.

Joakim Styrmir war alt und vom Leben gezeichnet. Seine ebenholzfarbene Haut war von Falten und Altersflecken übersät, der Blick aus seinen milchigen Augen betrübt auf den Boden gerichtet.

»Ich … Der Zeitpunkt für ein Gespräch ist wohl gerade ungünstig«, sagte ich leise, sah hinüber zu der Tür und dann wieder zu dem alten Alchemisten, der mit gekrümmtem Rücken wortlos im Sessel saß. »Ich werde Euch später noch einmal aufsuchen«, meinte ich und wollte mich zum Gehen wenden.

»Halt, wartet.« Seine Stimme war dünn und ungewöhnlich hoch. Er blickte auf meine rechte Hand. »Ich habe diesen Ring schon einmal gesehen. Früher, als ich auf Reisen war. Ihr seid die astranische Ritterin.« Er zog röchelnd den Atem ein, als wäre er kurz vor dem Ersticken, und schloss die Augen. Als er den Blick wieder hob, war die Melancholie darin verschwunden. Er war glasklar und schneidend, und zum ersten Mal wurde mir bewusst, dass Joakim Styrmir keineswegs nur ein alter Mann, sondern ein äußerst intelligentes Gegenüber war. »Mir kam zu Ohren, dass Ihr in dem Mordfall ermittelt.«

»Das Gerücht macht schnell die Runde. Ihr seid bereits der Dritte, der mich darauf anspricht.«

»Wundert es Euch? Nichts interessiert andere mehr als der neueste Tratsch«, krächzte Joakim. »Was wollt Ihr von mir? Verdächtigt Ihr jetzt schon Greise?«

»Ich verdächtige jeden, der mir einen Grund dazu gibt.« Ich trat näher und deutete auf die Sitzgruppe. »Darf ich?«

»Bitte.«

Ich nahm Platz und beäugte den Mann. Was die Kaiserin an ihm wohl derart schätzte? Joakim Styrmir sah so alt aus, als hätte er die finstere Vergangenheit am eigenen Leib erlebt. Jene Zeit, in der die Alchemisten im Namen der Wissenschaft Menschen ihrer Seele beraubten und sie zu mordenden Dämonen werden ließen, die in die Unterwelt verbannt wurden. Er bemerkte meinen musternden Blick und grinste mich mit seinen gelben Zähnen an.

»Und? Habt Ihr schon Fortschritte gemacht?« Joakim Styrmir lehnte sich zurück und strich sich mit der linken Hand über das stoppelige Kinn.

»Ich bin gerade dabei, die engen Vertrauten des Kaisers kennenzulernen.«

»Ihr meint den wahnsinnigen Haufen Heuchler und Halunken.«

Ich verzog keine Miene. »Ihr redet sehr unverblümt.«

Joakim Styrmir zuckte unbeeindruckt mit den Schultern. »Ich sage nur gerne die Wahrheit. Lügen ist anstrengend. Man muss immer auf der Hut sein und darf keine Fehler machen.« Er hustete, und ein Speichelfaden hing an seinem Kinn. Halbherzig wischte er ihn mit dem Handrücken weg. »Dass die Vertrauten des Kaisers zwielichtige Zeitgenossen sind, ist kein Geheimnis. Jeder im Palast weiß es, aber niemand tut etwas dagegen. Jeder von ihnen steht irgendwie in der Schuld des anderen oder hat noch einen offenen Gefallen. Ekelhaft! Ich meide ihre Gegenwart. Ich liebe die Ruhe.«

»Dabei wurde mir gesagt, Ihr führt eine freundschaftliche Beziehung mit dem Kaiser.«

»Ach ja? Das ist falsch. Mein Land tut es, nicht ich.« Sein Blick war scharf. »Ihr seid ja auch nicht Merideths Busenfreundin, nur weil Ihr in ihren Diensten steht. Ich bin alt, Elda Ritterin. Zu alt, um im Hohen Rat von Nalar noch länger mitzumischen. Die Matriarchin Avellana zieht es vor, junge Alchemisten in den Rat aufzunehmen. Sie denkt, es liege in der Verantwortung der Jugend, mit ihrem Wissensdurst und Tatendrang unser Land aus seiner dunklen Vergangenheit zu führen.«

»Und? Hat sie damit Erfolg?« Ich wusste nicht viel über die Matriarchin, nur, dass man ihr Perfektion und Strenge nachsagte.

»Nein.« Joakim Styrmir lachte meckernd, allerdings hörte ich seine Bitterkeit heraus. »Nichts hat sich geändert. Und es wird sich auch nichts ändern, niemals, das ist die traurige Wahrheit.« Er blickte in die Ferne, ehe er fortfuhr: »Das Problem ist, dass sich Jung und Alt auf die Füße treten. Jeder will es besser wissen. Dabei würde Oskanon aufblühen, würden wir nur alle an einem Strick ziehen.«

»Ihr meint damit Sedalé. Woher kennt Ihr sie überhaupt?«

Joakim Styrmir blickte mich nachdenklich an. Ein verklärter Ausdruck schlich sich in seine Augen, als er sich vorbeugte und mit der Linken den Umhang zur Seite schob. »Ich rettete ihr einst das Leben.«

Ich sah betreten auf den Stumpf seines rechten Arms und wandte peinlich berührt den Blick ab. »Verzeiht, ich wollte nicht unhöflich sein.«

Joakim Styrmir zuckte erneut mit den Schultern und verdeckte wieder seinen ausgemergelten Körper sowie den Stumpf. »Was ist daran unhöflich? Mir fehlt ein Arm und nicht der Verstand. Was möchtet Ihr mich noch fragen, Elda Ritterin?«

Ich räusperte mich hinter vorgehaltener Hand. »Ich wüsste gerne, inwiefern Ihr in den Mordfall involviert seid.«

»Das ist einfach. Gar nicht! Ich habe den Toten nicht gekannt, und ich weiß auch nichts über den Verbleib der Dokumente. Ein Leben als Verbrecher wäre viel zu mühselig für einen einarmigen alten Mann. Aber ich weiß andere Dinge.«

»Und zwar?«

»Was hätte ich davon, sie Euch zu erzählen?« Er kniff misstrauisch die Augen zusammen. »Ich kenne Euch nicht.«

»Das ist richtig. Aber vielleicht bin ich die Einzige, der Ihr vertrauen könnt. Ihr sagtet selbst, der Palast sei ein Hort von Heuchlern und Halunken«, entgegnete ich.

Joakim Styrmir glotzte mich an, dann begann er laut und blechern zu lachen. »Ich weiß, warum Ihr mich aufgesucht habt, Elda! Diese Dilettanten verdächtigen mich! Lasst mich raten, wer Euch diesen Bären aufgebunden hat … Semeon? Ezekiel? Nein, nicht Ezekiel, der ist zu geradlinig. Reynard … Ja, Reynard! Das Dickerchen weiß mit Worten umzugehen. Welche Lügen hat er Euch über mich aufgetischt?«

»Er steht Eurer Arbeit sehr skeptisch gegenüber.«

»Selbstverständlich, er hat mit der Alchemie ja auch nichts am Hut.« Joakim Styrmir rieb sich vergnügt über das stoppelige Kinn. »Er denkt, ich würde die Kaiserin mit magischen Tränken vergiften. Dabei ist es sein Rachen, aus dem das Gift meterweit spritzt. Die ganze Zeit hängt er an Vargaz' Rockzipfel und hofft, dadurch in seiner Gunst aufzusteigen. Er hat es heimlich auf das Amt des Außenministers abgesehen. Wobei – heimlich kann man das nicht mehr nennen, schließlich kennt der gesamte Palast Reynards Absichten.« Joakim Styrmir freute sich über meinen überraschten Blick. »Damit habt Ihr nicht gerechnet, was, Elda? Reynard ist ein Meister der Manipulation. Wer könnte einem kleinen, einfältigen Mann schon lange böse sein?«

»Ich würde mich zu weit aus dem Fenster lehnen, wenn ich dem zustimmen würde«, antwortete ich ausweichend, obwohl ich Reynards penetrante Art selbst nicht leiden konnte.

Der Alchemist pulte ein Kräuterbonbon aus der Verpackung und steckte es sich in den Mund. Eine Weile lutschte er darauf herum.

»Reynard ist ein schwarzes Schaf. Der Kaiser und er hatten deswegen bereits einen Streit, bei dem er mit eingezogenem Schwanz um Gnade gewinselt hat. Vargaz hat Reynard zum Teufel gewünscht, weil plötzlich Geld in den kaiserlichen Kassen fehlte. Er sagte, er solle gefälligst seiner Arbeit gewissenhaft nachkommen, bevor er ein so wichtiges Amt wie das des Außenministers ausübt.«

»Es fehlte Geld? Hat Reynard es gestohlen?«

Der alte Alchemist blies die Wangen auf und stieß in einem Schwall die Luft aus. Ich hielt den Atem an, als mich sein Mundgeruch trotz des Kräuterbonbons traf. »Ja! Weiß der Geier, wo das Geld geblieben ist. Es wundert mich nicht, dass in diesem chaotischen Haushalt etwas verschwindet. Und der Mord bestätigt mich in meiner Meinung umso mehr.« Er kicherte. »Fehlt nur noch, dass der Kaiser plötzlich umkäme. Dann wäre das Chaos perfekt.«

Er ließ die Hand auf den Tisch krachen, und ich zuckte erschrocken zusammen. Joakim Styrmir hustete krächzend, und ich fühlte mich mehr und mehr unwohl in seiner Gegenwart.

»Ihr erwähntet Ezekiel. Was könnt Ihr mir über ihn erzählen?«

»Ezekiel …« Nachdenklich tippte sich Joakim Styrmir mit dem Finger gegen die Unterlippe. »Es läge nur in Genzabars Interesse, wenn er der Erstgeborene gewesen wäre. Das bleibt aber unter uns, Elda Ritterin.«

Ich nickte schnell.

»Ezekiel ist streng, aber gerecht. Nicht so machtbesessen wie Vargaz. Aber er hat ein Geheimnis. Eines, das ihn um den Thron und um die Gunst des Volkes bringen würde, gelänge es an die Öffentlichkeit.«

»Welches Geheimnis?«

»Oh, er hat eine Affäre mit dem Leibwächter des Kaisers. Würde das ans Licht kommen, würde Vargaz kurzen Prozess mit beiden machen.«

»Und warum wisst Ihr davon?«

»Liddia«, sagte er nur, und mir war alles klar. Ich musste den ominösen Hausdrachen so bald wie möglich kennenlernen.

Ich versuchte, noch mehr Informationen aus Joakim Styrmir herauszuquetschen, aber der alte Mann blockte jeden meiner Versuche ab. Er gähnte demonstrativ, obwohl es früh am Tag war, und stand mit knackender Hüfte auf.

Stolpernd hastete er davon, als hätte er mir viel zu viel verraten, und ich sah ihm nachdenklich hinterher.

Kapitel 12

»Frisierte Kassenbücher, geheime Affären, Intrigen, Lügen und Okkultismus«, zählte ich an den Fingern auf. Seufzend raufte ich mir die Haare. »In diesem Palast hausen die Sünden Tür an Tür.«

Cormac betrachtete mich gedankenverloren vom Sessel aus. Auf seinem Schoß lag ein aufgeschlagenes Buch, dem er aber keine Beachtung schenkte, seit ich wie ein aufgescheuchtes Huhn ins Zimmer gestürmt kam. Schweigend kippelte er mit dem Stuhl; das Quietschen ging mir zunehmend auf die Nerven.

»Wusstest du, dass Sedalé vor einiger Zeit fast gestorben wäre? Ihr Lebensretter ist hier im Palast. Er ist ein Alchemist«, erzählte ich, um Cormac aus seiner Lethargie zu reißen.

»Sie erwähnte es«, gab er eher unbeeindruckt zur Antwort.

»Und? Erzählst du mir mehr?«

»Sedalé geriet in einen Sturm. Eine starke Windböe entwurzelte einen Baum, und sie wäre wohl unter ihm begraben worden, hätte Joakim sie nicht rechtzeitig zur Seite geschubst. Ein großer Ast zertrümmerte ihm dabei den Arm.«

Er sah mich an, als erwartete er eine Antwort. Als ich nichts sagte, widmete er sich wieder seiner Lektüre.

Ich setzte mich an den Tisch und überprüfte den Langdolch. Er war eine gute Waffe, auch wenn mir mein eigenes Schwert fehlte und es dauern würde, bis ich mich vollends an den Dolch gewöhnt hätte.

»Wo ist sie eigentlich?«

Cormac war so in das Buch vertieft, dass er erschrocken zusammenzuckte. »Wen meinst du?«, fragte er verwirrt.

»Sedalé.« Ich fuhr mit dem Zeigefinger über die kaiserliche Gravur auf der Klinge, ehe ich nachdenklich den Blick hob. »Sie wirkte ziemlich aufgebracht. Ich hoffe nur, sie macht uns keinen Ärger. Es würde die Aufklärung des Mordes erheblich verkomplizieren.«

»Dass ich diese Worte ausgerechnet aus deinem Mund höre«, schmunzelte Cormac und legte das Buch endgültig zur Seite. »Dabei bist du es doch, die Probleme magisch anzieht.«

»Etwas, das ich mir nicht ausgesucht habe. Es ist wie ein Fluch«, gab ich zur Antwort. Ich hielt die Klinge prüfend ins Lampenlicht und bewunderte die Spiegelung. »Versprich mir, dass du Sedalé im Zaum hältst. Sie respektiert deine Meinung. Auf dich wird sie hören.«

»Rhea …« Cormac stand langsam auf und kam zu mir. Mit einem Seufzen strich er mir einige Haarsträhnen hinter das Ohr. »Du brauchst dich nicht zu sorgen. Sedalé wird deiner Ermittlung nicht im Wege stehen. Ich werde sie im Blick behalten, aber sie folgt ihrem eigenen Willen. Sie ist ihrem Land treu ergeben. So wie du.«

»Ja. Treue.« Ich wiederholte das einzelne Wort beinahe höhnisch. »Was ist die schon wert? Sieh doch nur, in welche Lage mich die Treue zu meinem Land gebracht hat.« Mit gequältem Blick schob ich den Dolch durch die lederne Schlaufe des Gürtels.

»Du irrst dich. Sie ist mehr wert, als du gerade denkst. Sie lässt dich nicht ohnmächtig werden, sie treibt dich voran.« Cormac beugte sich vor und hauchte einen zarten Kuss auf meinen Scheitel. »Wie sieht dein nächster Schritt aus?«, fragte er ernst.

Ich schloss die Augen. Cormac begann, mir sanft die Schultern zu massieren, und mich überkam eine angenehme Müdigkeit. »Ich werde Liddia befragen«, murmelte ich.

»Wer ist Liddia?«

»Die Vorgesetzte der Bediensteten im Palast. Der Außenminister riet mir, sie aufzusuchen. Wenn jemand den neuesten Klatsch und Tratsch kennt, dann sie.« Ich stand auf und drückte ihn sanft, aber bestimmt von mir weg. »Ich werde bald zurück sein.«

Cormac nickte und beobachtete mich, wie ich mich in Windeseile frisch machte. Ich war schon fast an der Tür, als ich seine Anwesenheit dicht hinter mir spürte. Sein warmer Atem streifte meinen Nacken.

»Gibt es noch was?«, fragte ich.

»Ich werde dich ein Stück begleiten und das Anwesen erkunden. Außerdem hast du mir doch eine Aufgabe erteilt.« Er lächelte und küsste meinen Nacken. »Der werde ich auch nachkommen.«

»Danke«, sagte ich leise und suchte seinen Blick.

»Rhea, du bist nicht allein. Ich helfe dir, so gut ich kann.« Cormac drückte die Türklinke hinunter und gewährte mir den Vortritt.

Schweigend ließen wir das Gästehaus hinter uns und schritten den Kiesweg entlang. Ich genoss die Stille, die nur von unseren Schritten durchbrochen wurde. Cormac nahm meine Hand in seine. Es fühlte sich so vertraut und richtig an, obwohl wir einander kaum kannten.

Wir passierten ein schmiedeeisernes Tor. Vor uns lagen die zweistöckigen Wirtschaftsgebäude des Palastes. Neben dem Wohnhaus mit den Unterkünften für die Bediensteten gab es eine Wäscherei, ein Kühlhaus, einen Vorratsspeicher samt Getreide- und Trinkwassersilo, eine Bäckerei und Schlachterei sowie mehrere flache Lagerhallen mit abgerundeten Dächern. Ganz am hinteren Ende befand sich die Müllverbrennungsanlage, aus deren riesigem Schornstein schwarzer Rauch quoll.

»Soll ich dich in einer Stunde abholen?«, fragte Cormac.

Ich nickte abwesend. Im Inneren bereitete ich mich bereits auf das Gespräch mit Liddia vor. »Gerne.«

»Gut.« Er zog mich in seine Arme. »Pass auf dich auf, Rhea«, murmelte er zum Abschied, ließ mich los und folgte der Straße, die zum Palast führte.

Ich sah ihm eine Weile nach, ehe ich den Blick über die Gebäude schweifen ließ und das Wohnhaus anvisierte.

Männer und Frauen eilten an mir vorbei, ohne mich eines Blickes zu würdigen. Mir war das nur recht. Ich betrat das

Wohnhaus. Im Inneren war es dämmrig, nur zwei Lampen erhellten den langen Flur. Eine Treppe führte nach oben zu den Schlafräumen. Nahe dem Treppenaufgang war eine gerahmte Korkwand angebracht, an die der Schichtplan der Angestellten sowie Botschaften und Ereigniskärtchen gepinnt waren.

Ich spähte in den Flur.

Auf einer geschlossenen Tür sah ich die Aufschrift »Verwaltung«. Vorsichtig klopfte ich gegen das Türblatt.

»Seid Ihr auf der Suche nach jemandem, Elda?«, ertönte hinter mir plötzlich eine tiefe Frauenstimme.

Ich drehte mich um. Vor mir stand eine alte Dame, die mindestens einen Kopf kleiner war als ich. Sie griff nach ihrer randlosen Lesebrille, die in ihrem gewagten Ausschnitt hing, setzte sie sich auf die Nase und beäugte mich aus stechenden blauen Augen.

»Ich bin auf der Suche nach Elda Liddia«, sagte ich.

»Nun, dann endet Eure Suche jetzt wohl. Hier bin ich.« Sie zog einen Schlüsselbund hervor und schloss die Tür auf. »Nach Euch, Elda.«

Ich folgte Liddias einladender Handbewegung und betrat das kleine viereckige Büro. Im Inneren war es stickig und heiß, das einzige Fenster im Raum war verschlossen.

»Ich bin gespannt«, eröffnete Liddia das Gespräch, ging währenddessen zu dem Schreibtisch, auf dem sich unzählige lose Blätter stapelten, und ließ sich auf den Stuhl fallen, »wessen Bekanntschaft ich gerade schließe. Ich habe Euer Gesicht nie zuvor gesehen. Seid Ihr auf der Suche nach Arbeit? Geht es um eine Anstellung im Palast?«

»Nein, nichts dergleichen«, antwortete ich. Ich nahm ihr gegenüber Platz. »Mein Name ist Rheanne. Ich bin eine astranische Ritterin und im Auftrag der Ersten Präsenz Merideth nach Esteban gereist.«

»Sieh an. Hoher Besuch aus fernen Landen.« Liddia zog eine graue Augenbraue in die Höhe. »Was verschafft mir die Ehre, Elda Rheanne?«

»Ich ermittle in dem Raubmord, der sich während des Festes ereignet hat.«

»Ihr ermittelt? Seit wann unterliegt diese Ermittlung Rittern aus Astran? Ist dafür nicht General Ezekiel zuständig?«

Ich nickte, als ich ihren skeptischen Blick bemerkte. »Die Aufklärung des Falls liegt in der Kooperation zwischen Astran und Genzabar. Das schnelle Finden des Mörders ist im Interesse beider Länder.«

»Das ist auch im Interesse sämtlicher Leute, die im Palast leben«, erwiderte Liddia spöttisch. Sie öffnete die oberste Schublade ihres Schreibtischs und entnahm ihr eine Zigarettenschachtel.

»Dann macht es Euch also nichts aus, wenn ich Euch einige Fragen zu dem Mord stelle?«

Liddia zündete sich eine Zigarette an und nahm einen tiefen Zug. Langsam stieß sie den Rauch aus, der als blaue Wolke um ihren Kopf waberte. »Natürlich nicht. Meine Hände sind sauber«, erklärte sie und streckte mir ihre vom Tabak gelb verfärbten Finger entgegen.

Ich rümpfte die Nase, als der Zigarettenrauch mich traf.

»Diese Aussage trafen bereits einige Personen vor Euch. Die Zeit wird zeigen, wer von ihnen gelogen hat.«

»Die Zeit ist ein Biest. Man kann ihr nicht trauen. Genauso wenig wie vielen Menschen im Palast.« Liddia lachte blechern. Sie legte die glimmende Zigarette in einem Aschenbecher ab und verschränkte die Arme vor ihrer knöcherigen Brust.

»Auch das haben viele vor Euch gesagt.«

»Das wundert mich nicht. Niemand macht einen Hehl daraus. Es wäre eine Lüge, wenn man behauptete, in Esteban gingen Gerechtigkeit und Toleranz Hand in Hand. Jeder hat ein dunkles Geheimnis. Jeder hat Angst.«

»Angst? Wovor?«

»Vor dem Kaiser natürlich.« Gedankenverloren griff Liddia nach der Zigarette und zog erneut daran, während die Asche auf den Schreibtisch rieselte.

»Und ein frei umherlaufender Mörder macht Euch keine Sorgen?«

»Elda, ich bin für genau einhundertdreiundsiebzig Bedienstete im Palast verantwortlich. Nichts liegt mir mehr am Herzen, als für ihre Sicherheit zu sorgen. Aber es ist eine Tatsache, dass die Gefahr durch einen Mörder nichts ist im Vergleich zu der, die von dem Kaiser ausgeht.«

»Das ist eine schwerwiegende Beschuldigung.«

Liddia zuckte unbeeindruckt mit den Achseln. »Es ist nur die Wahrheit. Ich werde im Herbst achtundsiebzig Jahre alt. Denkt Ihr, für mich macht es einen Unterschied, wie ich das Zeitliche segnen werde? Ob durch einen Herzstillstand, durch die Hand eines Mörders oder die des Kaisers höchstpersönlich – ich kann trotzdem auf ein erfülltes Leben zurückblicken. Andere konnten das nicht.«

»Andere? Ihr meint, Angestellte des Palasts?«

»Genau. In den letzten Monaten haben sich zwei Selbstmorde ereignet. Zwei Frauen erhängten sich in dem Wäldchen. Gute Frauen. Sie waren ehrliche und fleißige Angestellte.«

»Und sie wählten den Freitod? Vielleicht wurden sie ermordet.«

»Im Großen und Ganzen wurden sie das auch«, meinte Liddia nachdenklich und zündete sich eine neue Zigarette an. Der Qualm brannte in meiner Nase. »Und zwar vom Kaiser. Vargaz hat so eine schöne Frau, die ihm einen gesunden Sohn geboren hat. Und trotzdem nimmt er sich jede, die nicht bei drei auf dem Baum ist. Früher oder später landet jede halbwegs präsentable Angestellte in Vargaz' Bett.« Sie zuckte mit den Schultern, als wäre dieser furchtbare Umstand tatsächlich normal.

»Deswegen haben die beiden Frauen sich umgebracht?«

»Ist anzunehmen, ja. Man fand einen Abschiedsbrief bei der älteren der beiden, der jemandem gewidmet war, der ihr sehr viel bedeuten musste. Das Papier war ganz wellig, sie muss beim Schreiben bitterlich geweint haben. Sie schrieb, dass der Kaiser ihr die Seele geraubt und ihr alles genommen habe. Der Brief verschwand kurz nach seiner Entdeckung. Vermutlich wurde er im Auftrag des Kaisers verbrannt.«

Ich nickte, betroffen über die endgültige Entscheidung der beiden Frauen, die nur im Tod ihren Frieden gefunden hatten. Doch obwohl mich die Geschichte berührte, stand sie in keinem Zusammenhang mit dem Raubmord an Korringrur. Ich räusperte mich verlegen.

»Ich würde trotzdem gern auf den jüngsten Vorfall zu sprechen kommen«, meinte ich. »Habt Ihr den ermordeten Zwerg vorher schon einmal im Palast gesehen?«

»Nein, das habe ich nicht. Ein Zwerg in Genzabars Hauptstadt ist eine Seltenheit. Ich würde mich definitiv an sein Gesicht erinnern, wäre er schon einmal hier gewesen.« Liddia legte den Kopf schief und tippte sich mit dem Finger gegen die Nasenspitze. »Allerdings scheinen sich die oskanonischen Alchemisten rasant zu vermehren.«

Ich wurde hellhörig. »Ihr sprecht von Joakim Styrmir?«

»Ja, und der Frau mit den weißen Haaren. Sie verhielt sich ziemlich unhöflich gegenüber mehreren meiner Bediensteten. Es wurde Beschwerde gegen sie eingereicht. Anscheinend wollte sie Informationen über die Kaiserin, und dafür waren ihr alle Mittel recht.«

»Wisst Ihr, wo sie sich zurzeit aufhält?«, fragte ich, und in meinem Inneren machte sich ein ungutes Gefühl breit.

»Irgendwo im Palast. Das sagte mir jedenfalls das Mädchen, als es tränenüberströmt bei mir auftauchte.« Liddia schnalzte missbilligend mit der Zunge und klopfte demonstrativ auf den Papierstapel.

Ich verstand ihre unausgesprochene Aufforderung und erhob mich, auch wenn ich noch mehr Fragen an sie hatte.

»Ich danke Euch, dass Ihr Euch Zeit genommen habt. Nun möchte ich Euch nicht länger von der Arbeit abhalten, Elda Liddia.«

Die alte Dame nickte und schenkte mir ein kurzes Lächeln. »Guten Tag, Elda Rheanne. Ich wünsche Euch viel Erfolg bei der Ermittlung.«

Ich verließ das Gebäude und trat ins Freie. Ein paar Angestellte hingen Wäsche zum Trocknen auf. Sie lachten und scherzten miteinander. Im Gehen ließ ich das Gespräch mit Liddia noch einmal an mir vorbeiziehen, und meine Gedanken glitten zu den beiden erhängten Frauen. Ich fragte mich im Stillen, ob Liddias Bild von Vargaz der Wahrheit entsprach. Nahm er sich wirklich jede Frau?

Gedankenverloren schritt ich auf eine Holzbank zu, die im Schatten mehrerer Lorbeersträucher stand, und ließ mich darauf nieder. Von Cormac war noch keine Spur zu sehen. Ich stützte die Ellenbogen auf die Knie und bettete meinen Kopf in die Handflächen, als mich das Knirschen von Kies und das Klirren von Kettengliedern aufhorchen ließ.

Ein Trupp Gardisten marschierte geradewegs auf mich zu, ihrer Miene nach zu urteilen mit schlechten Nachrichten.

»Elda Rheanne? Seid Ihr die Elda Ritterin Rheanne aus Heptagon?«, fragte ihr Anführer.

Ich nickte. »Ja.«

»Ihr müsst mich zum Kaiser begleiten. Es ist dringend.«

Mein Herzschlag beschleunigte sich. Was wollte Vargaz jetzt schon wieder von mir? Doch nicht etwa unseren Handel auflösen?

»Warum? Meine Ermittlungen sind vom Kaiser selbst bewilligt.«

Der Gardist machte einen verwirrten Eindruck. »Es geht um die Ausländerin Sedalé hru Marwan«, sagte er dann. »Sie behauptet, Ihr kennt sie.«

Mir schwante Böses. »Was ist mit ihr?«, fragte ich, obwohl ich die Antwort im Grunde gar nicht hören wollte.

»Sie wurde festgenommen.«

Kapitel 13

»Die astranische Gesandte, die Elda Ritterin Rheanne von Heptagon in Astran!«

Krachend fiel die Flügeltür hinter mir ins Schloss. Es war das erste Mal, dass ich den Thronsaal zu Gesicht bekam, und die strenge Atmosphäre zog mich sofort in ihren Bann. Die riesige Halle wurde von mehreren Säulen gestützt, an deren Sockeln Gardisten Wache standen. Über meinem Kopf hingen funkelnde Kronleuchter und erhellten das Gemälde des kaiserlichen Wappens, das sich über die gesamte Decke erstreckte. Eingeschüchtert folgte ich dem roten Läufer zu dem flachstufigen Podest, auf dem sich der leere Thron aus glänzendem Mahagoni befand.

Der Kaiser stand hinter dem Thron und stützte sich mit den Unterarmen auf der Rückenlehne ab, in der eingelassene Rubine funkelten. Forschend glitt sein Blick an mir herab. Dass er mich hierherbeordert hatte, hatte meinem Gefühl nach einen simplen Grund: Er wollte mich trotz allem noch einschüchtern.

»Die Rüstung steht Euch«, sagte er anerkennend, und seine Stimme hallte von den Wänden wider. »Ich mag Frauen wie Euch. Sehr wild. Sehr anziehend. Sehr ausdrucksstark.« Er leckte sich über die Lippen. »Das gefällt mir.«

»Ihr habt nach mir verlangt«, erwiderte ich, ohne auf seine Worte einzugehen. »Worum geht es?«

»Ich habe Eure Anwesenheit vermisst, Elda Rheanne.«

Ich ging nicht auf seine Provokation ein, sondern blickte ihm geradewegs in die Augen.

»Der Offizier sagte, Ihr hättet Sedalé hru Marwan festgenommen. Was habe ich damit zu tun?«

»Eigentlich nicht viel.« Vargaz richtete sich zu seiner vollen Größe auf und knackte mit den Fingerknöcheln. »Sie nannte mir nur Euren Namen.«

»Warum?«, wollte ich wissen.

Vargaz legte die Hände auf den Rücken und schritt die sieben flachen Stufen des Podestes ohne ersichtliche Eile herunter. »Ich dachte mir, Ihr könntet für sie bürgen.« Er freute sich diebisch über meine Verblüffung.

Obwohl er nur wenige Zentimeter von mir entfernt zum Stehen kam und jede Faser meines Körpers gegen seine Nähe rebellierte, verharrte ich an Ort und Stelle.

»Warum soll ich für eine oskanonische Alchemistin bürgen? Ich kenne sie nur flüchtig, und wir haben im Grunde nichts miteinander zu tun. Was hat sie verbrochen?«

»Sie hat meine Frau, die Kaiserin, beleidigt und verbreitet Lügen über sie und einen engen Freund der Familie. Ich erwarte Respekt und Höflichkeit, erst recht von einem ausländischen Gast.«

»Das verstehe ich. Allerdings ergibt sich für mich daraus

kein Grund für eine Bürgschaft. Wenn dies die gegebenen Tatsachen sind, so hat Sedalé ihr Verhalten selbst zu verantworten. Ich möchte in diese Angelegenheit nicht hineingezogen werden.«

Vargaz zuckte gleichmütig mit den Schultern. »Dann erwartet sie eine richterliche Untersuchung und anschließend mein Urteil.«

»Dessen bin ich mir bewusst«, erwiderte ich unbeeindruckt.

»Seid Ihr das wirklich?« Vargaz sah mir tief in die Augen, und es war schwer, seinem intensiven Blick standzuhalten. »Mir kam zu Ohren, dass Ihr mehr Kontakt zu der oskanonischen Hexe pflegt, als es für eine oberflächliche Bekanntschaft üblich ist.«

»Die damaligen Umstände an Bord der *Adlerschwinge* ließen mir keine andere Wahl. Wir kamen unfreiwillig miteinander in Kontakt. Ich kann nicht behaupten, dass wir Freundinnen wären.«

Vargaz nickte, als ob er Verständnis zeigen würde. Seine Miene war aalglatt. »Und dieser Mann, der ebenfalls einen guten Kontakt zu der Alchemistin unterhält … Cormac … Ist Eure Beziehung zueinander auch nur … *oberflächlich*?« Er streckte die Hand aus, die sich sanft um mein Kinn schloss. Mit dem Daumen streichelte er zärtlich meine Haut. Seine Berührung löste ein unkontrollierbares Beben in mir aus.

Ich machte einen Schritt zurück, doch statt dass er mich losließ, drückte er seine Finger schmerzhaft in mein Fleisch und hinderte mich am Zurückweichen.

»Nun, Rheanne?«

»Er ist ein Freund«, presste ich hervor.

»Ein Freund? Nur ein Freund?« Verlangen blitzte in seinen Augen auf. »Wenn das so ist …« Vargaz lächelte, und ehe ich michs versah, lagen seine Lippen auf meinen, während seine freie Hand die Innenseite meiner Oberschenkel aufwärtsglitt. Ich riss entsetzt die Augen auf, als ich die feuchte Kälte seiner Lippen und die Schwere seiner Hand spürte. Mein Verstand setzte aus. Ich stemmte die Hände gegen seine Brust und stieß den Kaiser von Genzabar mit aller Kraft von mir weg. Im selben Augenblick griffen zwei Wachen nach meinen Armen und zwangen mich auf die Knie.

»Ihr wagt es!«, rief ich aufgebracht.

»Lasst gut sein. Gebt sie frei«, befahl Vargaz den Wachen, ehe er mich amüsiert musterte. »Ihr seid wahrlich nicht leicht zu zähmen, Rheanne. Das gefällt mir. Es steigert mein Verlangen nach Euch.«

»Ihr gabt mir Euer Wort! Ihr verspracht mir, dass ich den Palast unberührt verlassen darf.«

»Götter, Rheanne! Ich bin für meine Taten bekannt, nicht für das Einhalten meiner Versprechen. Ihr hättet einen schriftlichen Vertrag fordern können, und alles sähe anders aus. Aber zurzeit steht Euer Wort gegen meins.« Er lächelte frostig.

»Ihr seid ein Scheusal!«, spie ich und bereute meine Worte im selben Augenblick.

Vargaz sah mich von oben herab an. Seine Überheblichkeit war groß, seine Macht und seine Willkür gewaltig.

»Ich soll ein Scheusal sein?« Er legte den Kopf in den Nacken und lachte schallend. »Ich war Euch gegenüber zuvorkommend. Nachsichtig. Ich hätte Euch für Eure Handgreiflichkeit mir gegenüber in den Kerker werfen können! Und Ihr wagt es, mir, dem Kaiser, ins Gesicht zu sagen, dass ich ein Scheusal bin? Vor meinen Untergebenen?« Vargaz bleckte die Zähne. »Ich zeige Euch, was ein wahres Scheusal ist, Rheanne. Ich will es nicht, doch Ihr treibt mich dazu. Ich habe Euch verschont, aber mit Eurer Freundin werde ich keine Nachsicht haben. Ihr Prozess wird am Galgen enden.«

»Das könnt Ihr nicht tun. Sedalé hat den Tod nicht verdient!«

»Und wieder ein Wort der Widerrede! Eure Respektlosigkeit mag betörend sein, doch sie bringt Euch in Teufels Küche«, erwiderte Vargaz scharf. »Sedalés Prozess wird nach der erfolgreichen Aufklärung des Raubmords beginnen. Die Entscheidung liegt ganz bei Euch. Entweder, Ihr klärt den Fall auf und verlasst unberührt meinen Palast. In dem Fall habt Ihr das Leben der Alchemistin auf dem Gewissen. Oder aber Ihr lasst Euch auf eine unvergessliche Nacht mit mir ein … und wenn Ihr Eure Sache gut macht und um Vergebung für Eure Unverfrorenheit bettelt, wäre ich möglicherweise bereit, das Leben Eurer Freundin zu verschonen.«

Mein Körper fühlte sich taub an. Mir war speiübel.

»Ich werde keine Eurer Huren sein«, flüsterte ich fassungslos.

»Wollt Ihr wirklich Eure Freundin dem Tod weihen? Seid Ihr so kaltherzig?«

Vargaz' Worte brannten sich in meinen Kopf. Meine Augen waren auf ihn gerichtet, obwohl sein Anblick mir die saure Galle aufsteigen ließ. »Lasst es Euch besser noch einmal durch den Kopf gehen. Und nun geht. Ihr habt viel zu tun.«

Vargaz ging zum Thron und ließ sich darauffallen, ehe er ungeduldig mit der Hand wedelte, als würde er lästiges Getier verscheuchen.

Ich biss die Zähne zusammen und bemühte mich um einen betont sicheren Gang, als ich mich der Flügeltür näherte. Das Krachen der schließenden Tür hallte durch den Korridor. Einen Moment länger im Thronsaal, und ich hätte mich nicht mehr beherrschen können. Ich war es endgültig leid, für andere den Kopf hinhalten zu müssen.

Dunkle Wolken verschleierten den Himmel; die Luft war drückend heiß und roch nach einem aufziehenden Gewitter. Ein Schwarm bunt gefiederter Vögel schoss über meinen Kopf hinweg und jagte tief fliegende Insekten. Trotz der schwülen Hitze fröstelte ich. Eine warme Böe wirbelte den Staub zu meinen Füßen auf, der sich zu einer winzigen Sandhose formierte.

Ich presste die Handrücken gegen die Stirn und schloss die Augen.

»Rhea. Endlich habe ich dich gefunden.«

Die Wärme in Cormacs Stimme tat meiner Seele gut. Ich ging ihm entgegen und wich seinem besorgten Blick aus.

»Was ist passiert? Du bist ganz blass. Wo warst du?«

»Ich … es … Sedalé wurde verhaftet. Vargaz sagte es mir,

er rief mich zu sich. Er wird sie umbringen, Cormac, ohne mit der Wimper zu zucken.« Ich hielt inne, nahm Cormacs Hand und sah ihm ernst in die Augen, die genauso bedrohlich schwarz glänzten wie der Himmel über uns. »Ich kann sie vor dem Tod bewahren, wenn ich mich ihm hingebe.«

»Er gab dir sein Wort, dich nicht anzufassen!«

»Das war vor Sedalés Verhaftung«, erwiderte ich. »Es wird eine Möglichkeit geben, Sedalé auf anderem Weg zu retten. Ich versuche, in die Kerker zu gelangen und mit ihr zu reden. Ich werde nicht aufgeben.«

Cormac lachte bitter auf und wand sich aus meinem Griff. Die Kälte in seinen Augen verunsicherte mich. »Rhea, du bist der Hund am anderen Ende von Vargaz' Leine. Du kannst so oft wegrennen, wie du willst, aber er wird dich immer wieder einfangen.« Er sah mich mit wildem, hasserfülltem Blick an. Ich wusste, wem sein Hass galt, und es ängstigte mich mehr, als ich zugeben wollte. »Vargaz ist ein Meister in dem, was er tut. Er lässt sich nicht durch Worte oder gute Werke umstimmen. Er verfolgt ein einziges Ziel, und das ist, dich zu besitzen. Ich werde Vargaz aufhalten, und zwar mit allen Mitteln. Er wird büßen, Rhea«, versprach er mir ernst. Die Schwärze in seinen Pupillen erwachte zum Leben, und ich bekam zum ersten Mal richtige Angst vor ihm. Ohne ihn aus den Augen zu lassen, wich ich einen Schritt zurück.

»Götter, Cormac, ich kann auf mich selbst aufpassen! Es wird sich ein Weg finden. Vertraue mir doch nur.«

»Ich sehe nicht dabei zu, wie dieser Teufel dich zerstört.« Seine Finger krümmten sich, als zerrte eine fremde Macht an ihnen. Cormac verzog das Gesicht zu einer starren Fratze, die mir einen kalten Schauer den Rücken hinabjagte. Die Angst in mir wuchs unaufhörlich.

»Was wirst du jetzt tun?«, verlangte ich zu erfahren. »Ihn umbringen? Den Kaiser von Genzabar, hier, in seinem eigenen Palast?«

»Ich werde tun, was getan werden muss«, antwortete Cormac, und seine Stimme war schneidend. »Du bedeutest mir etwas. Du bedeutest mir mehr als mein eigenes Leben.«

Seine Worte beunruhigten mich nur noch mehr. Wie im Traum ließ ich zu, dass sich seine Hand um meine Wange legte und diese sanft streichelte.

»Du solltest jetzt besser gehen«, flüsterte ich. »Ich brauche etwas Zeit zum Nachdenken.«

»Rhea …« Er machte einen Schritt auf mich zu, doch ich schüttelte entschieden den Kopf. Cormac runzelte die Stirn. »Du bist nicht allein.« Und mit diesen Worten machte er auf dem Absatz kehrt und ging, ohne sich ein einziges Mal umzudrehen.

Erste Regentropfen fielen auf den Boden. Schon bald öffnete der Himmel vollends seine Schleusen, und eine wahre Sintflut ergoss sich über mich und weichte mich bis auf die Haut auf.

Ich war verwirrt. Cormacs Reaktion war nachvollziehbar, aber in seinen Augen hatte etwas Böses und Dunkles geglitzert, als er gesprochen hatte. Etwas, das ich zuletzt in Abzhaloms Blick an Bord der *Adlerschwinge* gesehen hatte. War Cormacs dämonisches Ich wirklich besiegt? Oder schlummerte noch immer ein kleiner Rest davon in seinem Inneren? Bei dem Gedanken wurde mir schlecht.

Ein Blitz zuckte am Himmel, gefolgt von grollendem Donner. Die Ereignisse auf der *Adlerschwinge* kamen mir plötzlich harmlos vor. Einen Mörder an Bord eines Schiffes zu finden? Nichts leichter als das! Einen Mörder in einem riesigen Palast zu finden? Ich wollte erst gar nicht daran denken. Cormac war auf meinen Wunsch hin verschwunden, ich wusste nicht, wohin. Ich wollte ihn nicht bedrängen, musste zuerst einen klaren Kopf bekommen. Die Sorge um ihn war groß, die vielen Fragen quälten mich.

Ich brauchte Verbündete. Sedalé saß zwar im Kerker – aber es musste trotzdem möglich sein, mit ihr zu sprechen. Die Veränderung von Cormac und die Angst, die ich dabei verspürte, warfen zu viele Fragen auf, und nur Sedalé kannte die Antworten darauf. Ich musste wissen, ob Cormac sich in einen Dämon zurückverwandeln konnte.

Aber wer würde mich zu ihr bringen? Im Augenblick fielen mir nur zwei Personen ein: Ezekiel und Reynard. Ich entschied mich dafür, zuerst den kaiserlichen Sekretär aufzusuchen, da ich ihn sowieso um eine Audienz bei der Kaiserin bitten wollte.

Schweren Herzens betrat ich erneut den Palast, flüchtete vor dem tobenden Unwetter draußen und suchte ausgerechnet in einer Schlangengrube Unterschlupf.

Ich bog an einer Wegkreuzung rechts ab und folgte einem langen, aber spärlich beleuchteten Korridor. Durch die Fenster fiel nur wenig Licht. Dunkle Sturmwolken jagten einander am Himmel und hatten die Sonne vollständig verdeckt. Ich riss den Blick von der Fensterfront los und schritt weiter. In der Ferne erklang eine Glocke, die den Schichtwechsel der Patrouillen ankündigte. Erstaunt stellte ich fest, wie schnell der Tag vergangen war und wie wenig ich doch erreicht hatte. Endlich tauchte vor mir Reynards Bürotür auf. Ich hob die Hand, um zu klopfen, als eine wütende Stimme ertönte.

»Ich habe endgültig die Schnauze voll«, polterte Reynard so laut, dass ich die Hand sofort sinken ließ. Meine Neugier war geweckt. Ich sah mich zu allen Seiten prüfend um und legte dann mein Ohr an die Tür. Ich konnte nur hoffen, dass kein Gardist mich erwischte.

»Ihr sollt Euch um das Problem kümmern und mir nicht noch mehr Probleme machen!«

»Die Ausgangssperre hindert mich daran«, knurrte Reynards Gesprächspartner. Ich erkannte die Stimme – es war der unfreundliche Gardist. Was wollte er hier? Welches Problem sollte er für Reynard lösen?

»Der Fuchs könnte Wind von der Sache bekommen. Das darf nicht geschehen! Habt Ihr mich verstanden?«

»Klar und deutlich. Ihr könnt Euch auf mich verlassen.«

»Gut.« Reynards Stimme war angespannt. Was zur Hölle ging hier vor? »Und das Kind?«

»Es ist fürs Erste in Sicherheit.«

»Fürs Erste? Wir müssen es retten, und zwar so schnell wie möglich!«

Stuhlbeine schabten über den Boden. Eine Rüstung klirrte, ein Mantel raschelte. Ich machte einen Satz nach hinten und versteckte mich gerade noch rechtzeitig hinter einer großen Vase, als die Tür geöffnet wurde.

Der Gardist kam heraus. Was führten Reynard und Nuvarr im Schilde, obwohl sie sich augenscheinlich nicht ausstehen konnten?

Der kaiserliche Sekretär blickte Nuvarr eine Weile hinterher, ehe er wieder im Büro verschwand und geräuschvoll die Tür hinter sich schloss. Ich schluckte. So viele Fragen lagen mir auf der Zunge. Wer war der Fuchs? Was für ein Kind musste in Sicherheit gebracht werden? Etwa der Prinz, Vargaz' Sohn?

Wie gern hätte ich Reynard direkt darauf angesprochen und seine Antwort dazu gehört, aber es war zu riskant. Ich wollte mit einer unüberlegten Äußerung nicht mein Lauschen verraten. Ich stand eine Weile in der dunklen Ecke, gut verborgen von der großen Vase, jedoch nass bis auf die Knochen. Reynard arbeitete im Büro, jedenfalls nahm ich das an. Meine Gedanken kreisten um die Frage, wie mein nächster Schritt aussehen sollte. Ich musste etwas tun, das wusste ich. Mit neu gewonnener Entschlossenheit machte ich mich auf den Weg und hoffte Antworten bei dem Mann zu finden, der mich am liebsten in Ketten legen wollte: Ezekiel.

Kapitel 14

Ich fand Ezekiel im Stall. Staub und Spreu tanzten munter im Lampenschein der Laternen. Der Regen hatte zwar nachgelassen, doch die Sturmwolken gaben die Sonne noch immer nicht frei. Langsam ging ich in seine Richtung und warf dabei neugierige Blicke in die Pferdeboxen.

Der Geruch von Heu und Mist erinnerte mich an die Kavallerieakademie außerhalb von Heptagon. Ich hatte einige Wochen dort verbracht, bis mein Ausbilder mich mit Schimpf und Schande zurück nach Heptagon zur Infanterie gejagt hatte.

Ezekiel striegelte einem Braunen mit versierten Bewegungen den Rücken, und es überraschte mich positiv, dass der Bruder des Kaisers und Verteidigungsminister von Genzabar einfache Stallarbeiten übernahm. Ich blieb in respektvollem Abstand zu dem Schlachtross stehen, das mich mit zurückgelegten Ohren skeptisch anglotzte. Schnaubend schüttelte es die schwarze Mähne und drängte nach hinten, sodass Ezekiel dem Tier beruhigend auf die Schulter klopfte und aufsah. Ich räusperte mich, hob kurz die Hand und lenkte die Aufmerksamkeit damit auf mich. Ezekiel legte den Striegel auf einen dreibeinigen Schemel und klopfte sich den Staub von den Handschuhen.

»Einer der Gardisten verriet mir, wo ich Euch finden kann«, sagte ich beinahe entschuldigend.

»Oh, die astranische Ritterin.« Er packte den Braunen am Halfter und löste den Knoten des Seils. »Was verschafft mir die Ehre?«

Ohne ein Wort der Warnung führte Ezekiel das Pferd dicht an mir vorbei in die Box. Ich presste mich mit einem erschrockenen Satz gegen einen Strohballen.

»Habt Ihr etwa Angst vor Pferden?«

»Nur einen gesunden Respekt«, verbesserte ich ihn, und mein Herzschlag beruhigte sich allmählich. »Sie sind so … riesig.«

Ezekiel sah mich amüsiert von der Seite an und schloss mit lautem Krachen die Tür der Box. Der Braune machte sich augenblicklich über den gefüllten Heusack her. Abermals fragte ich mich im Stillen, wie Vargaz und Ezekiel nur Brüder sein konnten. Der eine war wild und gefährlich, der andere streng, aber fürsorglich.

»Habe ich was im Gesicht?«, knurrte Ezekiel schroff, als er meinen starrenden Blick bemerkte. Er fuhr sich mit dem Finger fahrig über die Wange.

Ich schüttelte den Kopf und nahm den Blick von ihm. »Nein. Es ist nichts. Ich … ich habe nur gerade nachgedacht.« Das Pferd zermalmte zufrieden das Heu zwischen den Zähnen. »Ich habe einige Fragen«, begann ich vorsichtig und wartete Ezekiels Reaktion ab.

»Ihr wollt mich einem Verhör unterziehen?«

Der Seitenhieb saß und brachte mich aus dem Konzept. »Ich, also … ich wollte nicht unhöflich sein«, stotterte ich. »Elder General, ich ermittle in dem Raubmord und …«

»Und Ihr erbittet meine Kooperation«, beendete er meinen Satz.

Das hatte ich eigentlich nicht sagen wollen, da ich es für zu direkt hielt, aber jetzt, als er es selbst ansprach, machte mich seine Antwort neugierig.

»Ja. Und ich würde gern die Leiche sehen.«

Ezekiel verschränkte ablehnend die Arme vor der Brust und spreizte die Beine. Meine Hoffnungen, in der Aufklärung des Raubmords Hilfe von ihm erwarten zu können, schwanden jäh.

»Ist das die gängige Herangehensweise in Astran?«

»Eine Obduktion kann sehr aufschlussreich sein.«

Ein schmales Lächeln stahl sich auf Ezekiels Lippen. »Ich weiß. Das meinte ich aber nicht, sondern eher Eure ungenierte Direktheit.«

Ich errötete leicht. »Tut mir leid. Ich wollte nicht respektlos erscheinen.«

Ezekiels Lächeln wurde breiter, und neben seinen Mundwinkeln bildeten sich zwei Grübchen, die ihn sympathischer und weniger streng wirken ließen. »Ich mag Euch, Ritterin, irgendwie. Ihr seid zwar vorlaut, aber habt Rückgrat. Etwas, das ich bei den engsten Vertrauten meines Bruders schrecklich vermisse.« Ezekiel hängte einen Eimer an einen rostigen Nagel und deutete zur Tür. »Begleitet mich zum Kühlhaus, Rheanne. Ich zeige Euch Eure Leiche.«

Ich nickte erleichtert, und wir machten uns auf den Weg. Die drückende Hitze war durch den Regen verschwunden, es wehte ein starker Wind, der mich in meinen nassen Sachen zum Frösteln brachte. Verstohlen rieb ich mir über die Oberarme und beschleunigte meine Schritte.

»Habt Ihr bisher irgendetwas herausgefunden?«, fragte ich gespannt. Im Hintergrund hörte ich das Zufallen der Stalltür und das rhythmische Klappern von eisenbeschlagenen Pferdehufen. Ich warf einen kurzen Blick über die Schulter und bemerkte einen einzelnen berittenen Gardisten.

Ezekiel schüttelte den Kopf. »Die Verhöre sind unergiebig und zäh. Die Gäste werden langsam ungeduldig und verlangen, zurück nach Hause zu ihren Familien gehen zu dürfen.«

»Denkt Ihr denn, einer der geladenen Gäste könnte der Raubmörder sein?«

»Ich bin vorsichtig, was solche Vermutungen angeht.«

Klick, klack. Der Reiter kam immer näher, und meine Nackenhaare sträubten sich plötzlich. Ich wusste nicht, warum. Wahrscheinlich mochte ich die Tatsache nicht, dass ein riesiges Pferd hinter meinem Rücken lief.

»Die Sachlage scheint klar zu sein«, meinte der General grimmig. »Schon allein die Tatwaffe schränkt den Kreis der Verdächtigen stark ein. Aber solange ich keine handfesten Beweise habe, die meinen Verdacht bestätigen, und ich mich nicht auf zuverlässige Quellen verlassen kann, werde ich an meiner Methode festhalten und nach und nach dem Übeltäter auf die Schliche kommen.«

Ich blickte stur geradeaus, enttäuscht über den langsamen Fortschritt.

»Sagt Euch der Name ›der Fuchs‹ etwas?« Langsam begann ich, Ezekiel auszuhorchen, und beobachtete seine Reaktion.

»Wo habt Ihr das aufgeschnappt?«

»Reynard sagte es. Es machte mich einfach nur neugierig, denn im gleichen Kontext wurde von einer geplanten Kindesrettung gesprochen.«

»Gesprochen? Das heißt, Reynard hat sich mit jemandem darüber unterhalten?«

»Ja, mit Nuvarr. Ein Offizier der kaiserlichen Garde, Ihr kennt ihn bestimmt.«

»Nur vage. Er ist ein merkwürdiger Zeitgenosse«, entgegnete Ezekiel stirnrunzelnd und verschränkte die Arme hinter dem Rücken. »Nuvarr ist pflichtbewusst und gewissenhaft, jedoch ein klassischer Einzelgänger. Er wechselt nie mehr Worte als nötig. Es wundert mich, dass er ausgerechnet Kontakt zu der geschwätzigsten Person im gesamten Palast hat.«

»Soweit ich es beobachten konnte, ist ihre Beziehung rein geschäftsmäßig.«

Kies knirschte unter unseren Sohlen. Ich konnte das Pferd hinter mir mittlerweile atmen hören; bald würde der Reiter uns überholt haben. Was machte ein berittener Gardist überhaupt auf dem schmalen, nur für Fußgänger gedachten Kiesweg?

»Ich …«, setzte ich an, um den Prinzen erneut nach der Bedeutung der Wörter zu fragen, als hinter mir das Pferd ein gequältes Wiehern ausstieß. Ich erstarrte, blieb wie angewurzelt stehen, drehte mich um und sah aus den Augenwinkeln die riesigen eisenbeschlagenen Hufe dicht vor mir in der Luft schweben. Das Pferd legte die Ohren zurück und schüttelte wild den Kopf, sodass der Gardist Probleme hatte, das Tier unter seine Kontrolle zu bringen.

Das Pferd sprang auf mich zu. Es würde mich binnen weniger Sekunden über den Haufen rennen und mir dabei sämtliche Knochen brechen. Mein Verstand setzte aus, die Angst lähmte meine Beine. Ein harter Stoß, und ich wurde gegen die Buchsbaumhecke geschleudert, spürte im Fallen den Windzug, als das Pferd nur wenige Zentimeter an mir vorbeidonnerte, und landete unsanft in einer Regenpfütze. Losgetretener Kies schoss mir ins Gesicht und hinterließ winzige Schnittwunden. Zitternd blieb ich auf dem Boden sitzen, war unfähig, mich in irgendeiner Weise zu bewegen.

»Ist alles in Ordnung? Rheanne! Geht es Euch gut?«

Ich nickte wie mechanisch mit dem Kopf »Ich … ja«, stotterte ich. Blinzelnd sah ich mich um und erblickte den Reiter, der im schnellen Trab in dem Wäldchen verschwand. »Was genau ist denn passiert?«, wollte ich mit zittriger Stimme wissen.

»Ein Pferd hätte Euch um ein Haar totgetrampelt«, gab Ezekiel zur Antwort und half mir auf. Der Boden fühlte sich viel zu hart für meine weichen Knie an. Behutsam hielt Ezekiel mich am Unterarm fest, bis ich einen sicheren Stand hatte. »Merkwürdig«, murmelte der General schließlich. »Innerhalb des Palastgeländes gibt es keine berittenen Patrouillen.«

»Dann war das gerade eben Fahrlässigkeit?«, verlangte ich zu wissen und rieb mir das schmerzende Handgelenk.

Ezekiels grimmiger Blick sprach Bände. »Ich werde ein paar Männer darauf ansetzen.«

Ich wusste es besser, wusste, dass Ezekiel wegen dieser Lappalie kein großes Fass aufmachen würde. Die Aufklärung des Raubmords verlangte alles: Zeit, Ressourcen, Männer. Mein Sturz war ein Unfall, für den es eine logische Erklärung gab, so einfach war es. So einfach musste es sein! Ich holte Luft, verdrängte die Erinnerung an den tollkühnen Reiter und war froh, nicht schlimmer verletzt worden zu sein. Ich straffte die Schultern, drückte den Rücken durch und brachte einige Wirbel zum Knacken. Dann war es an der Zeit, den Vorfall abzuhaken.

»Ihr habt mir immer noch nicht gesagt, wofür die beiden Wörter stehen.«

Ezekiel musterte mich gründlich von Kopf bis Fuß und deutete auf die Schnalle meines Waffengürtels, die sich bei dem Sturz leicht geöffnet hatte. Schnell richtete ich sie und wartete darauf, dass er mir eine Antwort gab. »Fuchs und Kind sind militärische Codenamen«, begann er schließlich. »Ersteres steht für einen Störfaktor, Zweiteres für ein Objekt von Wert. Dahinter kann sich alles Mögliche verbergen. Allerdings sind diese zwei Codenamen längst nicht mehr aktuell. Die ranghöheren Offiziere verwenden auf meinen Befehl hin neue Begriffe, damit sie nicht für kriminelle Zwecke missbraucht werden.«

Ich nickte und ließ mir seine Worte durch den Kopf gehen, während wir weitergingen. Ein breiter Weg mit ausgefahrenen Spurrillen führte geradewegs zum Kühlhaus. Es war ein klobiges, fensterloses und von Gardisten gut bewachtes Gebäude mit vier exakt gleich großen, isolierten Räumen. Man erreichte die Kühlräume durch dicke Stahltüren, die mithilfe einer Winde geöffnet wurden. Und in einem der Räume lag Korringrur. In wenigen Augenblicken würde ich in sein totes, erstarrtes Gesicht blicken. Es war doch gar nicht so lange her, da hatte er zwar leicht lädiert im Bett gelegen, aber er war munter und ansprechbar gewesen.

Das Gewinderad klackerte, ein Gardist schob die Tür auf, ein zweiter reichte uns eine Laterne. Dann, endlich, betraten wir den Kühlraum. Mein Blick fiel sofort auf Korringrur, der nackt auf einer Holzplatte lag, die wiederum von zwei großen Eisblöcken getragen wurde. Die Stichverletzung sah ich bereits von der Türschwelle aus, das dunkle Rot der Wunde sprang mir förmlich ins Auge. Vorsichtig trat ich näher.

»Nur ein einzelner Stich«, murmelte ich konzentriert und umrundete die Leiche. »Sehr präzise.«

»Der Mörder wusste genau, was er tat. Handelt man im Affekt, verliert man an Präzision.«

»Dann kann es keiner der Gäste gewesen sein«, sagte ich und öffnete mit einem Rundholz behutsam Korringrurs Mund. Die Zähne waren noch genauso gelb und schief wie an Bord der *Adlerschwinge*. Ich trat zurück. »Das Fest war ein spontanes Ereignis. Warum verhört Ihr dann noch die Leute?«

»Befehl von ganz oben. Vielleicht hat einer von ihnen etwas Verdächtiges gehört oder gesehen und könnte später als Zeuge vor Gericht aussagen. Der Kaiser will und kann sich keinen Fehler leisten. Die Brisanz der Lage ist Euch hoffentlich bewusst? Ein weiterer Disput mit König Urgumlir könnte einen endgültigen Boykott, wenn nicht sogar einen Krieg zur Folge haben.«

Ich nickte, auch wenn ich den eigentlichen Grund der angespannten Beziehungen zwischen Genzabar und Gimnael nicht kannte. Suchend drehte ich mich um die eigene Achse. »Wo ist Korringrurs Kleidung?«

»Da drüben.«

In einer Ecke lagen neben einer Hose, einem Hemd samt Lederwams und den Stiefeln die Bernsteinringe, die man aus Korringrurs Bart gelöst hatte. Ich nahm einen Ring in die Hand und betrachtete das Schmuckstück ausgiebig von allen Seiten. Er glich dem Ring, den ich gefunden hatte, bis aufs Haar. Abermals fragte ich mich, warum Korringrur die Dokumente an Bord der *Adlerschwinge* gestohlen hatte.

Ich durchsuchte jede Tasche, durchtrennte unzählige Nähte, überprüfte sogar die Sohlen der Stiefel auf einen doppelten Boden, aber ich fand rein gar nichts. Keine Dokumente und auch keinen Hinweis auf ihren Verbleib. Der Weg ins Kühlhaus war eine einzige Sackgasse gewesen. Ich war mir zwar zu hundert Prozent sicher, dass der Raubmord ein akribisch geplantes Verbrechen gewesen war, aber es gab noch immer keine Beweise, die einen Verdacht rechtfertigten.

Nachdenklich folgte ich Ezekiel ins Freie. Meine Gedanken drehten sich um den Mörder. Die Tatwaffe stammte aus der privaten Waffensammlung von Vargaz, und für ihren Diebstahl kamen nur fünf Personen in Frage: Kaiserin Anaztasia, Ezekiel, Semeon, Reynard und Joakim Styrmir. Sie waren die Einzigen, die Zugang zum bewachten Waffenraum besaßen.

Einer von ihnen war der Mörder,

Und die Götter sollten mich holen, wenn ich ihn nicht fände.

Kapitel 15

Nach dem Besuch im Kühlhaus kehrte ich zurück zu meiner Unterkunft. Cormac war nirgends zu sehen. Ich war todmüde, hatte tierischen Hunger und brauchte trockene Kleidung. Kaum war ich angekommen, lief ich ins Badezimmer, ließ warmes Wasser in die in den Boden eingelassene Wanne ein und versank kurze Zeit später seufzend in den Schaumbergen. Ich genoss die Wärme des Bads, doch der Anblick von Korringrur kehrte immer wieder in mein Bewusstsein zurück. Energisch wusch ich mir den Körper, um den Gestank des Todes mithilfe von Seifenlauge loszuwerden.

Es war sinnlos!

Aufgebracht betrachtete ich meine gerötete Haut und sprang aus der Badewanne. Ich fühlte mich grässlich. Mein Rang als Ritterin engte mich immer mehr ein. Nur wegen Merideths Unverantwortlichkeit befand ich mich in dieser Lage.

»Zur Hölle mit dir, du untreues Miststück!«, rief ich wütend, riss den goldenen Ring vom Zeigefinger und pfefferte ihn mit aller Kraft auf den Boden. Es war ein befreiendes

Gefühl. Klickend und klackend hüpfte er über die Fliesen – und plumpste in die Badewanne.

»Verdammt«, murmelte ich und starrte ins trübe Wasser.

»Elda Rheanne? Ist alles in Ordnung? Braucht Ihr etwas?«

Ich erstarrte, bückte mich und fischte hektisch den Ring aus dem Wasser »Ja, natürlich, alles bestens!«, rief ich und signalisierte Caitlin, dass sie sich keine Sorgen zu machen brauche. Schnell schlüpfte ich in den Bademantel und betrat das Schlafzimmer. Das dürre Mädchen lehnte am Türrahmen und beobachtete mich skeptisch.

»Wollt Ihr etwas essen?«

Ich war kurz davor, ihr Angebot aus Zeitgründen abzulehnen, als mein Magen hungrig zu knurren begann. Allein schon die Erwähnung von Essen ließ mir das Wasser im Mund zusammenlaufen. Verlegen grinsend presste ich die Hand auf den Bauch.

»Ich glaube, ich sollte wohl besser eine Kleinigkeit zu mir nehmen.«

Ich folgte Caitlin ins Wohnzimmer und fand einen reich gedeckten Tisch vor. Mit regem Appetit stürzte ich mich auf die warme Mahlzeit und vergaß über dem fantastisch zarten Braten mit pürierten Süßkartoffeln glatt meine eigenen Probleme. Als der erste Hunger gestillt war, fiel mir ein, mit wem ich noch gar nicht über den Raubmord gesprochen hatte: Caitlin. Ich kaute gedankenverloren das Fleisch. Sie war unauffällig, pfiffig und redegewandt. Bestimmt hatte sie so einige brisante Gespräche aufgeschnappt.

»Caitlin«, begann ich und schluckte den Bissen herunter, »wie gut kennst du die Vertrauten des Kaisers?«

»Gut genug, um zu wissen, dass es allesamt Idioten sind.«

»Aber kennst du sie persönlich? Hast du mit ihnen direkt zu tun?«

»Ich hatte«, erwiderte sie und betonte das letzte Wort. »Ich war für eine Weile Reynards Dienstmädchen. Er war ganz vernarrt in mich.«

»Über Reynard höre ich vieles und nicht nur Gutes. Und um ehrlich zu sein, habe ich mir bis jetzt noch kein richtiges Bild von ihm machen können.«

»Reynard!« Caitlin lachte abfällig. »Er ist der größte Lügner von allen. Ihr wollt meine ehrliche Meinung? Nehmt Euch vor ihm in Acht. Reynard ist gefährlich. Nach außen hin wirkt er tollpatschig und geradezu liebenswürdig, aber ist man mit ihm ganz allein, legt er die Maske ab.«

»Und dann?«

»Dann wird er zur Spinne. Er hat sich ein hübsches Netz aus Betrügerei und Drohungen gesponnen. Viele sind ihm schon in die Falle getappt.«

»Wie meinst du das?«, fragte ich.

Caitlin schüttelte den Kopf, ihre Miene wurde bitter. »Ihr habt bestimmt von dem fehlenden Geld in der kaiserlichen Staatskasse gehört. Ich wette, Reynard nahm es. Er manipuliert die Menschen rings um sich, aber ich kenne seine Schwäche.«

»Die da wäre?«

»Er ist ein Spieler und Trickbetrüger. Ich musste ihn zu einigen sonderbaren Treffen begleiten, die in luxuriösen Wohnungen stattfanden. Ich habe noch nie so viele Kriminelle auf einem Haufen gesehen.« Caitlin schüttelte sich. »Sie haben um Bares, um Frauen, um Diebesgut gespielt. Ich sah, wie Reynard einen Drogenbaron um viel Geld betrog. Um sehr viel Geld. Der Betrug flog noch am selben Abend auf. Nach dieser Nacht entließ er mich aus seinen Diensten, aber er drohte mir, mich zu töten, wenn ich damit an die Öffentlichkeit ginge. Er hätte sich die Mühe sparen können.« Caitlin zuckte mit den Schultern. »Das Problem ist, dass er mit seinen Machenschaften durchkommt. Wer glaubt schon einem Dienstmädchen?«

»Was geschah denn genau?«, fragte ich neugierig.

»Ich weiß es nicht. Ich schätze, er hat Angst vor den Schlägern, die ihn seitdem verfolgen. Der Drogenbaron will logischerweise sein Geld zurück, aber Reynard verschanzt sich im Palast und mimt den gewissenhaften Sekretär.« Sie schnaubte angewidert. »In letzter Zeit habe ich ihn öfter mit einem Gardisten zusammen gesehen. Ein übler Bursche.«

»Du meinst Nuvarr?«, rief ich aufgeregt, als sich endlich eine Verbindung zwischen den beiden Männern zeigte.

»Ja, ich glaube, das ist sein Name«, nickte Caitlin. »Ich traue Reynard und ihm vieles zu. Auch, dass sie für ihre Ziele über Leichen gehen.«

Ich sah Caitlin aufmerksam an. Ihre Äußerung war eine schwerwiegende Beschuldigung. Aber warum sollte sie lügen? Sie hatte keinen Grund dazu, denn sie hatte nichts zu verlieren. Reynard hingegen schon. Karriere, Ansehen, Geld.

Wie weit würde ein Mann gehen, wenn er kurz davorstand, durch seine Sucht alles zu verlieren? Würde er deswegen tatsächlich morden?

Bring das Kind in Sicherheit … Das Kind ist ein Codewort. Es steht für ein Objekt von Wert. Es kann alles Mögliche sein.

In Sicherheit bringen … ein Objekt von Wert … alles Mögliche …

Ich sprang auf, mein Herz klopfte wild vor Aufregung. Das Kind waren die Dokumente, die Nuvarr im Auftrag von Reynard aus dem Palast schmuggeln sollte. Reynard hatte Korringrur beauftragt und anschließend kaltblütig ermordet, um alle Beweise zu vernichten. Er wusste, was in der Truhe war, er hatte schließlich das jährliche Präsent im Namen des Kaisers bestellt. Von der plötzlichen Wendung meiner Ermittlung war ich völlig überrascht.

Ich musste los. Ich wollte so schnell wie möglich zu Ezekiel, um ihm von meinem Verdacht zu berichten. Eilig rannte ich den Flur entlang und erreichte die Treppe. Plötzlich überkam mich das Gefühl, nicht allein zu sein und von stechenden Augen beobachtet zu werden. Aus den Augenwinkeln nahm ich einen großen Schatten wahr und wollte mich zu ihm drehen, als mich jemand grob in den Rücken stieß. Mit einem Schrei auf den Lippen stürzte ich kopfüber die Treppe hinunter.

Meine Stirn prallte auf die Fliesen am Treppenabsatz. Der Schmerz fuhr wie eine glühende Klinge durch mein Innerstes. Ich war wie gelähmt und spürte meine Arme und Beine nicht mehr. Blut trübte meine Sicht, aber ich erkannte oben eine schemenhafte Gestalt, die sich eilig aus dem Staub machte, als Schritte nahten. Besorgte Rufe drangen an mein Ohr. Ich lächelte und wischte mir das Blut aus den Augenwinkeln. Nein, ich war nicht tot. Ja, mir ging es gut. Ja, wirklich, ich brauchte keine medizinische Versorgung. Das Blut? Nur eine harmlose Platzwunde, kein Grund zur Sorge.

Ich schüttelte die Hände ab, die mir aufhelfen wollten – und bereute die Entscheidung sofort, als mir plötzlich schwarz vor Augen wurde und die Beine meinen Körper nicht länger trugen. Bewusstlos sackte ich zurück auf die harten Steinfliesen.

Mein Schädel brummte und fühlte sich überdimensional groß und aufgebläht an. Ich betastete vorsichtig die Stirn und fühlte eine riesige Beule. Seufzend sank ich zurück in die weichen Kissen – und stutzte. Kissen? Ein Bett? Wo zur Hölle war ich gelandet?

»Ah! Ihr seid wach. Das trifft sich gut«, schnarrte eine Stimme rechts von mir.

Meine Augen weiteten sich, als ich den einarmigen Alchemisten erkannte. »Götter! Ihr!«

»Wie schmeichelhaft. Ein schlichtes Danke hätte mir gereicht.« Er grinste mich mit gelben Zähnen an.

»Ich …« Vergebens suchte ich nach den passenden Worten. »Danke«, sagte ich schließlich und sah zu, wie Joakim Styrmir einige Mullbinden und ein Glasfläschchen mit rotbrauner Jodtinktur in ein Schränkchen zurückstellte.

»Kein Problem. Ihr seid mir schließlich direkt vor die Füße

gefallen.« Er schloss die Metalltür und wandte sich mir zu. »Ihr hättet Euch das Genick brechen können!«, rief er missbilligend, als wäre ich aus reiner Tollpatschigkeit gestürzt.

»Ich weiß«, murmelte ich und zog die Decke bis ans Kinn hoch. »Ich wurde gestoßen.«

Der Alte sah mich forschend an, hielt es dann aber für angebracht, lieber zu schweigen. Ich wusste selbst, wie verrückt das klang, doch es war bereits das zweite Mal binnen weniger Stunden, dass ich durch merkwürdige Unfälle verletzt wurde. Irgendjemand wollte mich offenbar am liebsten tot sehen. Und tief in meinem Inneren wusste ich auch, wer: Reynard.

Ich ballte die Hand und stieß ein Knurren aus. Das kleine Dickerchen würde mich bald kennenlernen, und ich würde einen Beweis finden … *den* Beweis, der ihn als Angeklagten und in eisernen Ketten vor Kaiser Vargaz' Thron brachte.

»Ihr müsst Euch frisch machen«, krächzte Joakim Styrmir geschäftig. »Anaztasia wünscht Euch zu sehen.«

»Die Kaiserin?«, entfuhr es mir ungläubig.

»Sagte ich doch gerade. Seid Ihr taub?«

»Was verschafft mir die Ehre?« Ob es tatsächlich eine Ehre war, würde sich erst noch herausstellen. Fakt war aber, dass ich sie selbst dringend sprechen wollte. Ich musste wissen, ob Sedalé überhaupt eine Aussicht hatte, begnadigt zu werden.

»Sie ist sehr aufgebracht über den Diebstahl und wünscht, über den Fortschritt Eurer Ermittlung unterrichtet zu werden.«

Ich nickte, beschloss aber, der Kaiserin nicht mehr Informationen als nötig zu geben. Ich durfte ihr auf keinen Fall von meinem Verdacht berichten. Viel zu schnell schwang ich mich aus dem Bett. Schwindel überkam mich, und ich stützte mich am Bettpfosten ab. Ungeduldig wartete ich, dass der Raum aufhörte, sich zu drehen, ehe ich das Zimmer verließ. Joakim Styrmir hinkte voran, als ich frisch bandagiert aus dem Krankenzimmer trat. Wir erreichten das Hauptgebäude, stiegen eine breite Treppe nach unten und folgten einem spärlich beleuchteten Flur. Die Wände waren allesamt mit kryptischen Symbolen versehen. Nervös betrachtete ich die unheimlichen Kritzeleien und fühlte mich unwohl in meiner Haut. Wo war ich hier gelandet? Ich fühlte mich beobachtet, spürte eine finstere Präsenz, die mit kalten Fingern nach mir haschte.

Eine Flügeltür wurde geöffnet, und ich trat in eine finstere Halle. Große schwarze Stumpenkerzen standen entlang der Wände und beleuchteten nur spärlich den von Säulen gestützten Saal.

Ein schwerer Läufer führte geradewegs zu einem niedrigen Podest, auf dem ein klobiger Thron stand, der mit einer Vielzahl an schwarzen Fellen bedeckt war. Darauf saß die Kaiserin. Sie war eine attraktive Frau mittleren Alters. Das lange, geglättete braune Haar leuchtete im Licht der Feuerschalen. Zu Anaztasias Füßen lag ein Python, der mich mit gelben Augen anstarrte und den bulligen Kopf eng an die nackten Füße der Kaiserin schmiegte.

Hinter dem Thron brannten vier Feuerschalen. Die Flammen warfen tanzende Schatten an die Wand und beleuchteten zuckend weitere alchemistische Symbole.

»Götter«, murmelte ich perplex. Ich befand mich in einem Totentempel. Ich wusste gar nicht, wo ich zuerst hinsehen sollte, und entschied mich dann dafür, die riesige Würgeschlange im Auge zu behalten.

»Elda Ritterin«, rief Anaztasia und rekelte sich auf dem schwarzen Thron. »Tretet näher.« Sie winkte hoheitsvoll mit der Hand.

Ich kam ihrem Wunsch nach. Anaztasia lächelte milde. Ein filigranes Diadem aus Silber, in das kleine rote und grüne Edelsteine eingelassen waren, ruhte auf ihrem Haupt. Das Gesicht mit den braunen Augen war sorgfältig geschminkt. Sie trug ein dunkelblaues, samtig glänzendes Korsettkleid, wohl um die zusätzlichen Pfunde zu kaschieren.

»Kniet nieder vor der Kaiserin von Genzabar!«, rief die Wache neben dem Thron und ließ das rund geschliffene Ende einer Hellebarde auf den Boden krachen.

»Ich …« Widerwillig ging ich auf ein Knie. Den Kopf senkte ich jedoch nicht, sondern sah Anaztasia fest und eindringlich an. Sie sollte nicht denken, dass ich ihr untertan war.

»Also … Susann …« Sie legte den Finger an die rot bemalten Lippen. »Ich wünsche, auf den neuesten Stand der Ermittlungen gebracht zu werden.«

»Rheanne. Mein Name lautet Rheanne«, korrigierte ich sie höflich und nickte. »Und ja, Eure Majestät. Ich komme Eurem Wunsch gerne nach.«

»Schön. Rheanne.« Anaztasia schnippte. »Meister Joakim, kommt zu mir. Ich brauche Euren Beistand.«

Etwas exzentrisch, die Gute, dachte ich und zuckte zusammen, als sich im selben Moment die Schlange aufbäumte und der Schädel in meine Richtung schwang. Der alte Alchemist stakste mit steifer Hüfte zum Thron der Kaiserin. Anaztasia legte die Hand auf Joakims verbliebenen Arm und flüsterte ihm einige Worte zu, ohne dabei den Blick von mir zu nehmen.

Hätte ich nur gewusst, worauf ich mich einließ! Ich hatte keine Zeit für Dramatik, Irrsinn und Größenwahn. Ich wollte das Gespräch so schnell wie möglich hinter mich bringen, um danach Ezekiel aufzusuchen und ihm von Reynard zu berichten.

»Er ist wunderschön, nicht wahr?«, sagte die Kaiserin lächelnd. Sie hatte meinen argwöhnischen Blick bemerkt. Schweigend beobachtete ich, wie sie dem Python den Kopf tätschelte. »Er heißt Ammon und war das Geschenk eines äußerst wohlhabenden Bürgers von Esteban für den Kaiser.« Sie fuhr mit den zärtlichen Streicheleinheiten fort, und der Python streckte mir spöttisch die gespaltene Zunge heraus. »Mein Mann konnte mit ihm nicht viel anfangen. Ich rettete Ammon vor dem frühzeitigen Tod, und nun ist er mir treu ergeben.«

Ich nickte. »Wie schön. Loyalität bei … Haustieren ist ein Geschenk. Ihr habt einen Freund fürs Leben gefunden.« Es ist eine verdammt riesige Schlange!, schrie meine innere Stimme.

»Yarna flößte Ammon Verstand ein. Er verkörpert die wahre Göttin wie kein Zweiter. Sein Tod würde Yarna erzürnen, und sie würde den Schuldigen mit ewiger Knechtschaft strafen.«

»Sicher.«

»Ihr glaubt mir nicht. Ihr haltet mich für verrückt.«

Ich blieb vorsichtshalber still, um Anaztasia nicht zu reizen.

»Die Ungläubigen werden ihre Blindheit schon bald erkennen! Meister Joakim Styrmir brachte mich auf den Weg der Sehenden. Die Lehren Oskanons sind fortschrittlich. Yarna bedeutet Fortschritt. Die Magie ist unsere Zukunft!«

»Magie existiert nicht«, widersprach ich prompt und setzte zu einer schnellen Erklärung an: »Die Alchemisten vermögen vieles, aber sie können nicht zaubern.«

»Dann seid auch Ihr eine Ungläubige. Lasst mich Euch helfen. Mit Yarnas Hilfe werde ich Euch aus der Knechtschaft der Ungläubigen führen!«

»Yarna muss sich hinter Cheron, Mirane und Hades anstellen.« Ich trat näher und machte sogleich einen Satz nach hinten, als Ammons monströser Körper in meine Richtung schlängelte. »Ihr wollt mich nicht bekehren, Ihr wollt Informationen von mir. Warum ausgerechnet von mir? Ihr seid die Kaiserin von Genzabar, die Gemahlin von Kaiser Vargaz. Wer könnte ihm näherstehen als seine Gattin?«

Anaztasia lachte grell auf. »Seine Gespielinnen vielleicht. Die Huren, die er regelmäßig zu sich ins Bett holt, pflegen innigeren Kontakt zu ihm als ich. Sagt mir, Ritterin, machte er Euch bereits Avancen? Wollte er Euch näherkommen?«

Ich verschwieg vorsorglich die Tatsache, dass Vargaz mich

bereits als sein Eigentum betrachtete. »Er hat ein gefährliches Charisma«, antwortete ich ausweichend.

»Und einen Penis, den er nicht unter Kontrolle hat.«

Ich räusperte mich und suchte nach passenden Worten.

»Vargaz' perverse Gelüste sind kein Geheimnis, Elda Ritterin. Ich habe mich damit abgefunden. Mein Dienst an Genzabar ist erfüllt: Ich habe dem Kaiser einen Sohn geschenkt. Runet ist mein ganzer Stolz, und ich bin ihm eine gute Mutter.« Die Kaiserin blickte nachdenklich in die Ferne und wirkte plötzlich verletzlich und verunsichert. »Vielleicht sollte ich es Vargaz nachmachen und unser Ehegelübde brechen. Elder Semeon scheint ein aufrichtiges Interesse an mir zu haben, doch ich werde nicht denselben Fehler wie mein Mann begehen. Eines kann ich Euch sagen: Vargaz weiht mich nicht in die Regierungsangelegenheiten ein. Ich bin die Kaiserin von diesem Saal. Alles, worüber ich herrsche, ist ein Python, der mich für zappelndes Fleisch auf der Stelle verlassen würde.«

Plötzlich tat sie mir leid. Ihre exzentrische Herrschsucht und ihr Interesse für die alte Alchemie ergaben plötzlich einen Sinn.

»Ihr fühlt Euch alleingelassen.« Ich versuchte es mit Mitgefühl. Anaztasia schien sich nach Liebe und Anerkennung zu sehnen, sie lechzte geradezu danach. Wer würde sonst freiwillig eine Würgeschlange liebkosen?

»Falsch! Ich fühle mich nicht ernst genommen«, fauchte Anaztasia und rutschte nervös auf dem Thron hin und her. Ich verfluchte mich dafür, bei der Kaiserin schlafende Hunde geweckt zu haben. »Meine Arbeit bedeutet mir viel. Durch die Alchemie hat sich meine Sicht der Dinge geändert. Die Politik ist ein hartes Geschäft, sie ist ein Netz aus Intrigen und Lügen. Die Alchemie … die Alchemie hingegen bedeutet Wahrheit. Die alten Forschungen und Experimente haben gezeigt, was tief im Menschen schlummert: ein Dämon! Und ich weiß, dass Vargaz auch einer ist. Er raubt und mordet im Namen der Politik. Es ist falsch. Falsch!« Ihr Speichel stob durch die Luft. »Und dann kommt eine dahergelaufene oskanonische Schlampe und wirft mir gemeine Sachen an den Kopf, beleidigt mich und verbreitet Lügen! Sie sagt, sie wird es nicht zulassen, dass ich die Dokumente je in die Hände bekomme. Sie sind mein Eigentum! Sie wurden mir gestohlen! Ich werde nicht ruhen, bis ich sie in meinen Besitz gebracht habe. Denn in ihnen steht die Wahrheit, so dunkel und endgültig sie auch sein mag. Nur mit ihr kann der Palast von all dem ekelhaften Ungeziefer befreit werden! Ich muss sie alle zum Sehen bringen«, murmelte Anaztasia und wirkte plötzlich entrückt. Ihre Augen huschten fahrig hin und her.

»Habt Ihr Sedalé deswegen eingesperrt?«

»Wen?«

Ich räusperte mich verhalten. »Die Alchemistin. Ihr Name ist Sedalé.«

Anaztasia lächelte so liebevoll wie eine Mutter, die ihr Kind in den Schlaf wiegt. »Sedalé wird geläutert werden. Das Feuer der Reinheit wird in ihr leuchten und das Böse zu Asche verbrennen. Erst dann ist sie würdig, die Hallen der Sehenden zu betreten.«

Ich verstand nur die Hälfte ihres Wahnsinns. Eines aber war mir klar und machte mich unsicher: Sedalé würde gefoltert werden, und die Aussichten auf ihr Überleben standen nicht gerade gut. Anaztasia war verrückt. Insgeheim gab ich Sedalé recht: Die Kaiserin durfte die Aufzeichnungen der Alchemisten nicht in die Finger kriegen.

»Ich bete zu Yarna, dass sie die Menschen zurück auf den Weg der Vernunft bringt.« Die Augen der Kaiserin wurden kalt, ihre Wangen glühten fiebrig. »Nur leider sind Yarnas Wege oft blutgetränkt.«

Ich wusste in diesem Moment nicht, ob ihre Worte eine Drohung oder ein böses Omen waren.

Kapitel 16

Anaztasia löcherte mich mit weiteren Fragen, die ich ihr so gut es ging beantwortete, ohne ihr mehr als nötig zu verraten. Sie hatte ein starkes Interesse an den verschwundenen Dokumenten, was sie mir mehr als einmal deutlich machte. Ihr labiler Gemütszustand erschwerte die Situation nur noch mehr. Warum ließ sich Joakim Styrmir überhaupt auf die Kaiserin ein? Gerade er sollte doch wissen, wie gefährlich es war, wenn die falschen Personen von der Existenz der Dämonen erfuhren. Ich verließ mit gemischten Gefühlen den Saal.

Aber wie sollte ich die antiken Aufzeichnungen finden? Der Palast und das an ihn grenzende Areal waren riesig! Es würde Tage, wenn nicht sogar Wochen dauern, alles auf den Kopf zu stellen. Wenn es doch nur einen winzigen Hinweis gäbe, wo Nuvarr die Dokumente versteckt hatte.

Erschöpft machte ich mich auf die Suche nach Ezekiel und fand ihn auf dem schlammigen Übungsplatz. Die Luft roch nach dem Schweiß der Männer, die in voller Rüstung verschiedene Kampfmanöver übten. Funken stoben auf, als Stahl auf Stahl traf. Eine Weile beobachtete ich die Gardisten, stützte mich auf dem hölzernen Zaun ab und ließ meine Gedanken schweifen.

»Ich hätte nicht damit gerechnet, Euch so bald schon wiederzusehen.«

Ezekiel lehnte sich seitlich gegen den Zaun und nickte mir freundlich zu. »Oh! Was ist denn mit Euch passiert?« Er deutete auf meinen Verband.

»Ein kleiner Unfall. Jemand hat mich die Treppe im Gästehaus hinuntergestoßen. Ich bin froh, dass ich mir nichts gebrochen habe.«

»Jemand hat Euch geschubst? Dann war es Absicht?«

Ich nickte. »Ich habe die Vermutung, dass man mich aus dem Weg räumen will.«

»Dann seid Ihr wohl der Fuchs?«, lachte Ezekiel leise und brach abrupt ab. Stirnrunzelnd sah er mir in die Augen. »Ihr wisst, was das bedeutet? Seid Ihr deswegen zu mir gekommen?«

»Ja. Und ich weiß, dass ich wegen Verleumdung angeklagt werden kann, wenn ich Reynard beschuldige, mich umbringen zu wollen.«

»Nicht nur angeklagt. Darauf steht hierzulande die Todesstrafe.«

Damit hatte ich nicht gerechnet. Ich musste langsam Ergebnisse vorweisen. Die Zeit des Däumchendrehens war vorbei. »Überprüft Nuvarr und Reynard. Eine vertrauliche Quelle berichtete mir, dass der Sekretär von jemandem aus der kriminellen Szene Estebans gejagt wird. Reynard ist ein Betrüger.«

»Das reicht leider nicht für eine Festnahme aus.«

»Es passt doch alles zusammen! Reynard wusste von den Dokumenten und auch, wie wertvoll sie sind. Er beauftragte Korringrur mit dem Raub.«

»Und die Verbindung zwischen ihnen?«

»Reynard verkehrt mit Verbrechern. Er wird über seine Kontakte auf Korringrur gestoßen sein. Die Welt der Kriminellen ist erschreckend klein, aber weit vernetzt. Jeder kennt jeden.«

»Selbst wenn dem so wäre: Ihr habt nur diese eine anonyme Quelle, auf die Ihr Euch beruft, und keine handfesten Beweise. Nennt mir den Namen Eurer Quelle, dann kann ich sie persönlich verhören.«

»Das geht nicht.« Ich presste die Lippen aufeinander.

»Dann ist unser Gespräch hiermit beendet«, erwiderte Ezekiel schroff. Er stieß sich vom Zaun ab, wollte gehen, aber wandte sich mir ein letztes Mal zu. »Eine weitere haltlose Beschuldigung könnte Euch weit mehr Probleme bereiten, als Ihr Euch vorstellt, Elda.«

»Keine Sorge. Ich werde nichts Unbedachtes unternehmen«, antwortete ich kühl und zuckte mit den Schultern. »Manchmal muss man aber gewisse Risiken in Kauf nehmen, um die Ermittlung voranzutreiben.«

»Passt auf, was Ihr sagt. Eine professionelle Ermittlung dauert seine Zeit.«

»Nicht, wenn der Schuldige bereits in Reichweite ist! Überprüft Reynard und Nuvarr. Es wird eine Verbindung zu Korringrur geben, man muss sie nur finden. Fangt bei den frisierten Kassenbüchern an.«

»Jetzt erteilt Ihr mir schon Befehle?« Er schnaubte abfällig.

»Der Zwerg kam deswegen bereits ums Leben.«

»Das ist nicht bewiesen.«

»Und wenn doch? Dann habt Ihr Euch Untätigkeit vorzuwerfen.«

»Bis jetzt werfe ich mir nur vor, meine Zeit an Euch vergeudet zu haben«, gab Ezekiel bissig zurück. Er blieb mit vor der Brust verschränkten Armen stehen. »Mein Bruder erteilte Euch einen Befehl. Ihr sollt einen Raubmord aufklären und Euch nicht in haarsträubende Verschwörungstheorien verstricken. Macht Ihr Eure Arbeit und ich die meine. So kommen wir uns nicht in die Quere.«

»Ist das Euer Ernst?«, entgegnete ich aufgebracht.

»Mein voller Ernst«, erwiderte der General unnachgiebig.

»Und wenn sich noch ein weiterer Mord ereignet? Wenn es jemanden trifft, der Euch nahesteht? Jemanden, den Ihr liebt?«

»Ihr könnt mich nicht umstimmen, Elda.«

»Ich weiß, denn dafür müsstet Ihr mir vertrauen. Aber könnte Maverigk Eure Sicht der Dinge ändern?«

Ezekiels Hand schnellte vor und krallte sich um meinen Arm. Die Fingerknöchel traten weiß hervor, so sehr drückte er zu. Ich zog erschrocken die Luft ein. Ezekiels Stimme war gefährlich leise. »Woher wisst Ihr davon? Wer hat es Euch gesagt? Wer!«

»Das lasst mein Geheimnis sein«, brachte ich zu meinem eigenen Erstaunen ruhig hervor. »Ich kann Geheimnisse gut hüten. Noch«, fügte ich warnend hinzu.

Ezekiel löste den klammernden Griff, als wäre er sich

plötzlich bewusst, dass er mir Schmerzen zufügte. »Ihr wagt es, mir zu drohen? Wachen!«

Drei Gardisten eilten in unsere Richtung. Ich sah abwechselnd von ihnen zu Ezekiel.

»Ihr verkennt die Bedrohung, die von Reynard ausgeht. Er geht über Leichen! Er ist eine Gefahr für den Kaiser, für Euch und für alle, die sich im Palast aufhalten.« Ich war felsenfest von Reynards Schuld überzeugt.

»Ich könnte Euch verhaften und in Ketten legen lassen. Und gerade wird mir der Gedanke sehr sympathisch.«

Die Gardisten passierten ein Holztor und waren nur noch rund zehn Meter von uns entfernt. Mein Herz schlug plötzlich schneller.

»Ich sage Euch etwas, Ritterin. Ich lasse mich nicht einschüchtern oder erpressen. Ihr habt keinen Respekt vor meinem Rang und meinem Geburtstitel. Ihr verkennt meine Macht und ihre Reichweite.« Sein Blick durchschnitt mein Innerstes.

»Elder General, zu Euren Diensten!« Die Gardisten hatten uns erreicht. »Was gibt es?«

Ezekiel musterte mich herausfordernd, während er dem Gardisten seine Antwort gab. »Ich will sämtliche Abschriften der Kassenbücher der letzten Monate und die Unterlagen des Offiziers Nuvarr auf meinem Schreibtisch haben.«

»Sehr wohl, Elder General!« Trabend setzten sich die drei Männer in Bewegung und eilten zurück zum Palast. Langsam löste ich mich aus meiner Schockstarre, meine Fingerspitzen kribbelten.

»Ich werde sehen, was ich über Reynard herausfinden kann. Trefft mich bei Sonnenaufgang im Stall. Und jetzt verschwindet, sonst überlege ich es mir anders und durchbohre Euch hier und jetzt mit meinem Schwert.«

Ich zweifelte nicht eine Sekunde daran. Ein leises Danke kam murmelnd über meine Lippen, doch Ezekiel ignorierte es. Ich drehte mich um und kehrte ihm und dem düster aufragenden Palast den Rücken zu. Trotzdem nagten an mir letzte Zweifel. Was, wenn Reynard wider Erwarten unschuldig war? Ich würde den Palast nie mehr verlassen.

Kapitel 17

Die Zeit ist gekommen, die Verwirrung und das Chaos sind perfekt. Ich schleiche wie ein unsichtbarer Schatten durch den Palast, und niemand nimmt mich wahr. Dabei verkörpere ich das Böse wie kein Zweiter.

Abermals überkommen mich die Erinnerungen … sie verfolgen mich. An jenem Tag verlor ich zwei Menschen und mein Leben. Alles an mir ist eine Lüge! Ich … ich war nicht erwünscht. Ich wurde abgeschoben wie ein Objekt, mit dem man nicht das Geringste zu tun haben wollte.

Dabei war ich ein Säugling! Unschuldig, abhängig, liebebedürftig. Die Liebe, die ich fand, wurde mir von demjenigen genommen, der ein Teil von mir ist. Dessen Blut durch meine Adern fließt.

Er schenkt und nimmt das Leben im selben Atemzug, ohne mit der Wimper zu zucken. Er ist ein Monstrum. Und das Böse kann nur mit dem Bösen bekämpft werden. Ich glaube nicht an das Gute, ich glaube auch nicht an strahlende Helden, die ihr Leben für mich aufs Spiel setzen. Es gibt keine Helden, jeder ist seines Glückes Schmied.

Ich erinnere mich an die guten Zeiten, in denen ich unbe-

schwert und frei war. Ich werde nie mehr lachen können. Aber damit habe ich mich abgefunden.

Der tote Zwerg kommt mir ganz gelegen. Alle rennen wie aufgescheuchte Hühner durch den Palast, suchen hier und suchen dort, und dabei bemerken sie nicht, dass sich über ihren Köpfen ein Sturm zusammenbraut.

Sobald der Blitz einschlägt und der Donner mit lautem Krachen folgt, werden sie mit ängstlichem Blick zum Himmel aufschauen.

Aber dann ist es bereits zu spät.

Kapitel 18

Nach dem Gespräch mit General Ezekiel spazierte ich eine Weile durch den schlicht gehaltenen Palastgarten. Meine Augen brannten vor Müdigkeit, meine Schritte waren schleppend. Obwohl ich mich nach Schlaf sehnte, trieb mich eine innere Rastlosigkeit voran. Das penetrante Gemurmel innerhalb der Palastmauern war nervtötend, der Gestank von Lügen und Intrigen machte mich krank. Doch immer wieder zog es mich wie magisch zu dem Rhododendron, hinter dem Korringrurs Leiche gefunden worden war.

Seufzend nahm ich auf einer Steinbank Platz, stützte die Ellenbogen auf die Knie, bettete das Gesicht in die Handflächen und starrte den Strauch an. In Gedanken versunken, ließ ich alle Gespräche an mir vorbeiziehen und hoffte, Schlüsse daraus ziehen zu können. Bemerkungen, die zu wichtigen Aussagen werden konnten. Beschuldigungen, aus denen nach genauer Prüfung eine Anklage folgen mochte.

»Verflucht«, murmelte ich, weil ich trotz allem das Gefühl hatte, auf der Stelle zu treten. Was nützte es mir, wenn ich einen Hauptverdächtigen hatte, ihm aber absolut nichts nachweisen konnte? Ich sollte aufhören, mir den Kopf zu zerbrechen, ins Bett gehen und etwas Ruhe finden.

»Verdammt!«, fluchte ich noch mal, und einige Gardisten warfen mir misstrauische Blicke zu.

Ich riss mich zusammen, und meine Gedanken schweiften zu Cormac. Wo war er? Was hatte er vor? Das letzte Mal hatte ich ihn vor Stunden gesehen, und wir hatten uns nicht im Guten voneinander getrennt. Ich hoffte, dass er nichts Unbedachtes unternahm, nur weil er meinte, mich beschützen zu müssen.

Er hatte mit seinen und ich mit meinen Dämonen zu kämpfen. Freiheit? Was bedeutete sie schon? Freiheit bekam man nicht, man musste sie sich nehmen. Doch meine Hände waren zu fest gebunden. Ich war eine Ritterin. Ich hatte Pflichten. Und meine einzige Liebe galt dem astranischen Adler. Hatte ich denn überhaupt die Möglichkeit, meinem alten Leben Lebewohl zu sagen und mit Cormac eine gemeinsame Zukunft aufzubauen?

Müde schlich ich zurück ins Gästehaus und fiel rücklings auf das Bett. Ich starrte die stuckverzierte Decke an. Abermals überfiel mich der Gedanke, wie die Zukunft ohne meine Gebundenheit an Merideth aussehen würde. Harmonisch. Ruhig. Sicher. Aber wollte ich denn frei sein? Konnte ich ohne Pflichten leben? Ich wusste es nicht, fand nicht die Antwort, die ich mir insgeheim erhoffte. Zutiefst erschöpft quälte ich mich in einen unruhigen Schlaf.

Fäuste schlugen vehement gegen die Zimmertür und rissen mich aus meinen Albträumen.

»Elda Ritterin! Elda Ritterin!«

»Geh weg … lass mich in Frieden«, murmelte ich schlaftrunken und zog mir die Decke über den Kopf.

Ich wurde unsanft an der Schulter gepackt.

»Aufstehen!«

Die schneidende männliche Stimme katapultierte mich augenblicklich in das Hier und Jetzt. Ich schnellte hoch, kniff angesichts des hell erleuchteten Zimmers die Augen zusammen und sprang aus dem Bett.

»General Ezekiel! Was führt Euch mitten in der Nacht in mein Zimmer? Wie spät ist es? Was ist hier überhaupt los?« Ich stand ihm mit zerzausten Haaren und nur leicht bekleidet gegenüber, ein Umstand, der mir höchst unangenehm war, Ezekiel jedoch nicht zu kümmern schien.

»Zieht Euch schnell etwas an. Und dann folgt mir.«

Verwirrt schlüpfte ich in die lederne Rüstung, zurrte den Waffengürtel fest und langte nach dem Dolch, der griffbereit neben meinem Bett lag.

»Himmel, was ist denn passiert?«, fragte ich abermals, während ich hastig die Stiefel zuschnürte und Ezekiel ins Visier nahm, der vor Ungeduld von einem Fuß auf den anderen tänzelte.

»Es hat einen erneuten Vorfall gegeben.«

»Einen weiteren Mord?«, stieß ich ungläubig hervor. »Das ist nicht möglich.«

»Mord klingt viel zu harmlos. Es ist ein Massaker.«

Ezekiel stürmte voran. Die Nacht war klar und überraschend kalt, sodass ich meinen Atem sehen konnte. Vor dem Gästehaus wartete ein berittener Trupp Soldaten. Ezekiel drückte mir die Zügel eines bereitstehenden Pferdes in die Hand, und mit mulmigem Gefühl kletterte ich unbeholfen auf dessen breiten Rücken.

Glücklicherweise musste ich das Pferd nicht lenken, es folgte den anderen von selbst. Ich klammerte mich an der Mähne und am Sattelknauf fest und dankte den Göttern, dass der Ritt nicht lange dauerte. Vor uns tauchten die hell erleuchteten Stallgebäude auf.

»Eine Patrouille schlug sofort Alarm, als sie Schreie aus dem Stall hörte«, klärte Ezekiel mich auf. Er schwang sich geschmeidig aus dem Sattel, und ich versuchte, es ihm halbwegs elegant nachzumachen. Mit wackligen Beinen entfernte ich mich eilig von dem Pferd.

Ezekiel stieß die Stalltür auf. Der unverwechselbare Geruch von frischem Blut schlug mir entgegen. Augenblicklich sträubten sich meine Nackenhaare. Meine Hand glitt zum Langdolch und umschlang den Griff.

Zum ersten Mal in meinem Leben hörte ich Tiere vor Todesangst schreien. Hufe keilten donnernd gegen die Trennwände aus, und ich sah, dass die Soldaten größte Mühe damit hatten, die verängstigten Pferde ins Freie zu führen.

»Was ist hier geschehen?«, flüsterte ich verunsichert.

»Macht Euch am besten selbst ein Bild von der Lage.«

Ich trat ein und presste sofort die Hand gegen die Nase.

Es stank nach Exkrementen, Blut und kaltem Angstschweiß. Langsam näherte ich mich der Mitte des Stalls.

»Götter!«, stieß ich entsetzt hervor, als mein Blick auf die zerfetzten Pferdekadaver fiel.

Holzbalken und zerbrochene Bretter lagen auf dem Boden, und ich musste aufpassen, nicht versehentlich darüber zu stolpern. Ich stieg über den Bretterhaufen und blickte hinab auf die Kadaver. Die Extremitäten lagen willkürlich in der großen Box verstreut. Blutspritzer und Fleischreste klebten an den Wänden, und das Blut auf den Holzbohlen hatte sich mit Stroh und Spreu zu einer zähflüssigen Lache vermischt.

»Das ist noch nicht alles«, knurrte Ezekiel, und ich folgte ihm wie im Rausch. »Man fand ihn etwas abseits.«

»Wen?«, hörte ich mich atemlos fragen.

Ezekiel lachte gequält. »Ja, das wüsste ich auch gern!«

Er schnippte mit zwei Fingern, und ein Gardist schlug das blutgetränkte Tuch von dem Leichnam. Mir verschlug es die Sprache. Mein Magen rebellierte, ich drückte mir die Hand auf den Mund und versuchte, das Würgen zu unterdrücken.

»Bei Hades' Sichel!«, rief ich und rang mühsam nach Atem.

Vor mir lag die abgerissene untere Körperhälfte eines Mannes. Das linke Bein war merkwürdig verdreht, die Gardistenhose an vielen Stellen zerrissen. Am rechten Fuß fehlte der Stiefel. Abgerissene Gedärme quollen aus dem Rumpf, an denen sich bereits Käfer labten und mit zuckenden Fühlern schleunigst davonkrabbelten, als das Licht der Laterne sie traf. Der Anblick war kaum zu ertragen, und ich wandte schnell den Blick ab.

»Habt Ihr genug gesehen?«

Ich nickte hastig und war erleichtert, als der Gardist das Tuch wieder über die Leiche schlug.

»Wer ist der Tote?«, fragte ich Ezekiel, als ich mich wieder halbwegs unter Kontrolle gebracht hatte.

»Findet die andere Hälfte, und ich kann es Euch sagen.«

»Wurde der Stall bereits durchsucht?«

»Natürlich.« Ezekiel beschrieb mit der Hand einen Bogen und blickte dann ratlos zu mir. »Wir fanden nichts. Weiß der Geier, wer oder was den Kerl in zwei Teile gerissen hat und wo der Rest ist.«

»Vermutlich dieselbe Person, die auch die Pferde tötete.«

Wir suchten ein weiteres Mal gründlich den gesamten Stall und die anliegenden Koppeln ab, doch wir fanden nichts. Der Oberkörper des Mannes blieb unauffindbar. Mitgenommen fuhr ich mir mit beiden Händen über das Gesicht. Der Morgen graute, und ich fühlte mich ausgelaugt, körperlich am Ende.

»Zwei Vorfälle innerhalb von zwei Tagen. Das muss eine Strafe der Götter sein«, murmelte Ezekiel. Kopfschüttelnd verschränkte er die Arme vor der breiten Brust und reckte das Gesicht der aufgehenden Sonne entgegen.

Ich blieb neben ihm stehen. »Habt Ihr Fortschritte hinsichtlich Nuvarr und Reynard gemacht?«

»Nein. Und ich denke, es ist jetzt nicht an der Zeit, sich

darüber den Kopf zu zerbrechen. Ich ließ zwar nach Nuvarr rufen, aber er erschien nicht. Allerdings meinte einer meiner Offiziere, er sei gestern Abend in das Wäldchen gegangen.«

»Er wird dort Reynards Auftrag nachgekommen sein. Bestimmt sind die Dokumente im Wald versteckt.«

»Ihr verschwendet Eure Zeit mit einem Hirngespinst. Ist Euch das überhaupt bewusst?«

»Es ist nicht bloß eine Einbildung, General. Es ist die einzige logische Erklärung.« Ich nickte zum Stall und verdrängte die Erinnerung an das furchtbare Schlachtfeld. »Ich befasse mich lieber mit einem berechenbaren Reynard, als diesen Wahnsinnigen zu jagen, der Pferde und einen Mann bei lebendigem Leib *zerrissen* hat. Ist *Euch* überhaupt bewusst, dass Ihr ein Monstrum sucht?«

Ezekiel starrte mich unergründlich an. Anscheinend sprach ich soeben das laut aus, was er insgeheim dachte. War derjenige, der für das Massaker verantwortlich war, überhaupt ein Mensch? Konnten Menschenhände zu so etwas Schrecklichem fähig sein?

»General! General Ezekiel!«

Ein junger Gardist kam zu uns geeilt. Mit weit aufgerissenen Augen gestikulierte er wild in der Luft herum.

»Was ist?«

»Elder General, wir haben zwei Personen in unmittelbarer Nähe zum Stall festgenommen. Einen Mann, der sich als Gast des Kaisers ausgibt, und den Sekretär Reynard.«

Mein Blick schoss zu Ezekiel, als Reynards Name fiel. Ich

bemerkte, wie der General überrascht eine Augenbraue nach oben zog. Anscheinend hatte er mit dessen Anwesenheit am allerwenigsten gerechnet.

Mir kam es so vor, als würde eine düstere Macht über mir schweben und mich höhnisch angrinsen. Ein Schauder rann mir den Rücken hinab, und die Angst griff mit klammen Fingern nach mir. Als ich mich vom Stall fortbewegte, verschwand das mulmige Gefühl wie von Geisterhand.

»Rhea!«

Cormacs Stimme ließ mich erstarren. Wie in Zeitlupe wandte ich mich ihm zu. Freude, Verärgerung und Erleichterung flammten in mir auf.

»Cormac! Wo zur Hölle warst du? Und was machst du überhaupt hier?«

»Es freut mich ebenfalls, dich zu sehen«, erwiderte er trocken.

Ich sah nach links und rechts, packte seinen Arm und zog ihn außer Hörweite der anderen. »Verdammt, ich habe mir Sorgen gemacht! Du bist mir eine Erklärung schuldig. Was hast du die ganze Zeit über getan?«

Cormac legte den Kopf schief. Das dunkle Feuer war aus seinen Augen verschwunden. Sie wirkten stumpf und leer. »Ich habe nachgedacht. Mit mir gerungen.«

»Doch nicht wegen der Sache mit Vargaz?«

»Rhea, er will dich zu seiner … *Hure* machen!« Er spie das Wort voller Abscheu aus. »Denkst du, ich werde der Dinge harren und dabei Däumchen drehen?«

»Du musst mich nicht retten«, rief ich und wurde ohne

Absicht lauter. »Wie oft soll ich es dir denn noch sagen? Vargaz kann sich nicht alles nehmen, was er will.«

»Doch, das kann er. Und das weißt du nur zu gut. Deine Heimat ist in seiner Gewalt! Sage mir nicht, dass ausgerechnet du sie von ihm befreien kannst.«

Ich nahm seine Hand und führte sie zu meinen Lippen, wollte ihn beruhigen. Doch plötzlich hielt ich inne. Starr blickte ich auf seine blutigen Knöchel, ehe ich langsam den Blick hob und die getrockneten Blutspritzer auf seinem Hemd bemerkte.

»Was ist das?«, fragte ich ihn und zwang mich dazu, meine Stimme nicht zittern zu lassen.

»Eine kleine Reiberei. Nichts weiter. Wirklich, Rhea, es ist nichts.«

»Blutige Knöchel sind nichts? Hast du dich geprügelt? Von wem stammt das Blut, Cormac? Von wem?!«

»Ich sagte, es ist nichts!« Zornig riss er die Hand zurück und vergrub sie in der Hosentasche.

Ich starrte ihn an, und ohne es zu wollen, stiegen mir Tränen in die Augen. »Wo warst du gerade?«, flüsterte ich heiser.

»Rhea, ich versuche dir doch nur zu helfen«, sagte Cormac flehend und wich meiner Frage aus.

»So hilfst du mir nicht. Du machst es gerade sehr viel schlimmer.« Ich blickte zu den Gardisten, die die Gegend um den Stall absuchten. »Verschwinde, Cormac. Du bist hier nicht sicher. Geh!« Er sah mich verständnislos an, und ich bemerkte den tiefen Schmerz in seinen Augen. »Geh einfach!« Ich stieß ihn weg von mir, wollte, dass er ging, bevor die Gardisten ihn näher musterten.

Cormac trat unerwartet zu mir, nahm meine Hand und hauchte einen zarten Kuss darauf. Ich zitterte bei seiner Berührung, doch ich entzog mich ihr nicht. Ich schloss die Augen. Mein Innerstes schrie nach ihm und seiner Nähe.

»Ich tue das nur für dich, Rhea. Und für uns«, murmelte er in mein Ohr. »Verurteile mich deswegen bitte nicht.« Seine Lippen verweilten einen Herzschlag lang federleicht auf meiner Wange.

Atemlos blickte ich ihm hinterher. Meine Finger glitten zu der Stelle, an der Cormac mich soeben geküsst hatte. Mein Herz verkrampfte sich. Er verschwand in den letzten Schatten der Nacht, und mit ihm ging ein Stück meines Herzens. Hatte ich ihn gerade verloren?

»Ziehen da etwa dunkle Wolken im Paradies auf?«

Ich fühlte mich ertappt. Schnell wischte ich die Tränen mit dem Hemdsärmel weg, drehte mich um und blickte geradewegs in das strahlende Gesicht von Reynard.

»Das geht Euch nicht das Geringste an.« Schon allein sein Anblick machte mich wütend.

»Ich könnte Euch helfen«, fuhr Reynard im Plauderton fort. »Euch ablenken. Ihr seht wirklich traurig aus, Elda! Dieser Anblick bricht mir das Herz.«

Ich öffnete den Mund, wollte ihm eine spitze Bemerkung an den Kopf werfen und besann mich wieder. »Was macht Ihr hier?«, fragte ich stattdessen.

Reynard hob abwehrend die Hände. »Ihr seid die Zweite,

die mich das so streng fragt. Götter, am liebsten wäre ich gar nicht hier! Wirklich schrecklich, was passiert ist. Ich bin auf der Suche nach jemandem.« Hilflos sah er sich nach allen Seiten um. »Aber ich kann ihn nirgends finden.«

»Und wen sucht Ihr?«, wollte ich ungeduldig wissen. Mir ging das Katz-und-Maus-Spiel langsam auf die Nerven. Für wie dumm hielt er mich?

»Nuvarr, einen Gardisten.«

»Was wolltet Ihr von ihm?«, fragte ich herausfordernd, sah Reynard mitten ins Gesicht und meinte, ein spöttisches Funkeln in seinen Augen zu erkennen.

»Ich sollte ihn hier treffen. Alles andere geht Euch nicht das Geringste an. Merkwürdig, er ist sonst sehr pünktlich. Vielleicht wurde er durch den Vorfall verhindert. Ich hörte von den Gardisten, dass sich ein furchtbares Blutbad ereignet hat. Wer wohl dafür verantwortlich ist?«, fügte er kopfschüttelnd hinzu.

Mein Kopf war wie leer gefegt. Ich suchte nach den passenden Worten, aber ich fand sie nicht.

»Himmel, Teuerste, was ist denn mit Euch?« Reynard hob mein Kinn ein Stück weit an und schnalzte missbilligend mit der Zunge, während er meine bandagierte Stirn begutachtete. »So etwas aber auch! Wurdet Ihr etwa überfallen?«

Wütend schlug ich seine Hand weg. Ich konnte seine Spielchen einfach nicht länger ertragen!

»Das wisst Ihr doch am besten! Lassen wir den lächerlichen Tanz um das Feuer und kommen endlich auf den Punkt«, zischte ich erbost.

»Wovon redet Ihr denn überhaupt?«

Meine Hand krallte sich um seinen Unterarm. »Still! Ich habe Euch durchschaut, Reynard. Mir könnt Ihr nichts mehr vormachen.«

»Aua! Ihr tut mir weh!«

Ich ließ ihn vorsichtshalber los und stieß ihn wütend von mir, bevor ein Gardist auf uns aufmerksam wurde. Jammernd rieb Reynard seinen Arm und warf mir vernichtende Blicke zu. Ich hatte im entscheidenden Moment die Fassung verloren.

»Ihr seid doch krank«, zischte ich. »Ihr werdet mich nicht töten können. Ich werde leben und die Beweise finden, die Euch ein für alle Mal hinter Gitter bringen.«

Reynard musterte mich und zog den Kopf wie eine Schildkröte ein. Angeekelt wollte ich mich abwenden.

»Was genau werft Ihr mir vor? Ich habe nichts Unrechtes getan.«

Er legte die Fingerspitzen aneinander und verzog das Gesicht zu einer höhnischen Fratze. Der Anblick ließ mich schaudern.

»Das Grinsen wird Euch schon bald vergehen. Ich werde Euer schlimmster Feind sein, Reynard.«

»Nun werdet nicht albern. Ihr verdächtigt mich etwa? Sucht nach Beweisen für ein Vergehen? Das ist lächerlich. Ihr werdet keine finden.« Er lächelte selbstgefällig. »Ich werde dem Kaiser Bericht erstatten«, sagte Reynard gewichtig und beugte sich vor. »Meint Ihr, ich sollte ihm sagen, dass Koringrur durch meine Hand starb?«, wisperte er mir ins Ohr.

Sein heißer Atem streifte meinen Hals. Eine schmerzhafte Gänsehaut bildete sich auf meinen Armen, und ich schluckte. Mein Herz setzte für einen Schlag aus, Schweiß sammelte sich auf meiner Stirn. Er hatte es zugegeben.

»Passt gut auf Euch auf, Elda Rheanne. Ihr solltet gut darauf achten, was fortan hinter Euch ist«, raunte er. »Ich verspreche Euch, wir sehen uns bald wieder!«, rief er für alle hörbar, winkte fröhlich und verschwand.

Mit geöffnetem Mund sah ich ihm nach und verfolgte seine leicht wankende Gestalt mit abgrundtiefem Hass. Seine Worte waren zu leise gewesen. Sie galten nur mir. Er hatte Spaß daran, mich zum Narren zu halten und mir zu drohen.

Ich wünschte, ich könnte einfach zu Cormac gehen und mich ihm anvertrauen, so wie ich es vor nicht allzu langer Zeit an Bord der *Adlerschwinge* tat. Aber dieses Mal musste ich den Fall allein lösen. Cormacs erschreckendes Verhalten, das Blut auf seiner Kleidung und sein Streben nach Vergeltung für das, was Vargaz bereit war, mir anzutun, hielten mich davon ab, ihn um Hilfe zu bitten. So verrückt es auch klang: Ich hatte tatsächlich Angst davor, dass er sich in einen Dämon zurückverwandeln könnte – und mich damit auseinanderzusetzen war mir im Moment schlichtweg zu viel.

Müde fuhr ich mir über das Gesicht. Ich durfte mich nicht von meinen Gefühlen leiten lassen, denn was es brachte, sah ich an Reynard. Ich hatte meinen einzigen Trumpf verspielt. Den Schritt, den ich ihm voraus gewesen war, hatte ich durch meinen Leichtsinn eingebüßt.

Er wusste, dass er mich spielend leicht aus dem Weg räumen konnte. Schließlich hatte ich denjenigen verjagt, der mich beschützte. Verbissen ballte ich die Hand zur Faust und stürzte mich in die Arbeit. Sie war das beste Mittel, um mich von Cormac abzulenken.

Kapitel 19

Finster starrte ich auf den riesigen Verbrennungsofen, in dem ein Feuer wütete und Kadaver um Kadaver zu Asche verbrannte.

Die Inspizierung der Pferdeleiber war weniger aufschlussreich gewesen, als Ezekiel und ich angenommen hatten. Die Brutalität, mit der den Tieren bei lebendigem Leib die Extremitäten ausgerissen worden waren, zeugte von ungeahnten, ja, nicht menschlichen Kräften. Die andere Körperhälfte des ermordeten Mannes war bislang immer noch nicht gefunden worden. Sucheinheiten kämmten die gesamte Palastanlage systematisch ab.

»Er hat den Mord gestanden«, sagte ich leise, während ich zusah, wie die brüllenden Flammen in Sekundenschnelle das Fleisch fraßen. »Er gestand es und hat mir dabei ins Gesicht gelacht.«

»Ihr meint Reynard?«

Ich nickte, ohne den Blick von dem brennenden Spektakel abzuwenden.

»Euer Wort hat kein Gewicht. Wir brauchen Beweise.«

»Ich weiß.« Nun wandte ich mich ihm zu. »Und gerade dieser Umstand macht mich so unglaublich wütend! Ihr könntet den Kaiser einweihen. Euch müsste er doch Gehör schenken, Ihr seid immerhin sein Bruder.«

»Vargaz hört mir nicht zu. Er hört niemandem zu, außer sich selbst.« Ezekiel starrte finster auf seine Stiefelspitzen. »Er mag es, sich reden zu hören.«

»Dann zwingt ihn dazu! Götter, es handelt sich hierbei um eine ernst zu nehmende Bedrohung. Die Gefahr, die von Reynard ausgeht, kann behoben werden. Dann bleibt nur noch ein Mörder übrig.«

»Ihr seid also wirklich davon überzeugt, dass es zwei Täter gibt.«

»Ja! Es sind zwei unterschiedliche Handschriften. Der Zwergenmord war geplant. Reynard ist pfiffig und hinterhältig, und der Mord an Korringrur geschah aus reiner Zweckmäßigkeit. Das hier …«, ich nickte zu den vernichtenden Flammen, »… war das Werk eines skrupellosen Ungeheuers. Kein Mensch, mag er auch noch so stark sein, kann etwas so Abartiges tun.« Ich hielt inne und rieb mir über die Oberarme, auf denen sich eine schmerzhafte Gänsehaut gebildet hatte. Vor meinem geistigen Auge flammten Bilder von den brutalen Morden an Bord der *Adlerschwinge* auf. Damals brachte ein Dämon mit genau derselben Brutalität Menschen um. Konnte es sein, dass ich erneut ein Wesen Xadurs jagte? »Dieser Täter ist um einiges gefährlicher.«

»Ich bin fast bereit, Euch zu glauben. Es gibt nur ein kleines Problem. Euer Hauptverdächtiger ist nun mal niemand

Geringeres als der kaiserliche Sekretär und Schatzmeister. Ich brauche noch immer handfeste Beweise, um ihn festzunehmen.«

»Sich hinter den Mächtigen zu verstecken erfordert nicht viel Geschick.«

»Das mag sein. Warten wir ab, was Nuvarr zu sagen hat.«

»Wenn er denn auftaucht.«

Vielleicht war es eine spontane Eingebung, vielleicht war es auch nur mein Bauchgefühl: Plötzlich kam mir der Verdacht, dass wir Nuvarr nicht länger suchen mussten.

»Gut möglich, dass wir ihn schon gefunden haben«, sagte ich leise und spürte Ezekiels Blick auf mir lasten. »Jedenfalls seinen Unterkörper.«

»Diese Theorie halte ich für abwegig, Elda. Es gibt so viele Gardisten innerhalb der Mauern. Warum sollte es ausgerechnet Nuvarrs Leichnam sein?«

»Der Offizier, der Nuvarr anscheinend als Letzter lebend gesehen hat, sagte, er sei im Park verschwunden.«

»Ja, und?«

»Und? Ich halte nichts mehr für unmöglich. Der Park liegt in nächster Nähe zum Stall. Es könnte ein einfacher Fall von zur falschen Zeit am falschen Ort sein.« Ich tippte mit dem Zeigefinger nachdenklich gegen meine Nase. »Reynard sagte, er wolle sich mit Nuvarr am Stall treffen, doch dieser erschien nicht zur verabredeten Zeit. Vielleicht war er verhindert, vielleicht konnte er aber gar nicht kommen, weil er zu diesem Zeitpunkt bereits tot war. Wahrscheinlich, weil er in der Nähe des Stalls vom zweiten Mörder überrascht wurde.«

»Reynard ist ein notorischer Lügner. Und ausgerechnet seine Aussage nehmt Ihr ernst?«

»Warum sollte Reynard seinen Verbündeten töten?«, erwiderte ich. »Reynard braucht Nuvarr, um die Dokumente aus dem Palast zu schmuggeln, damit er seine Schulden begleichen kann. Sofern er es nicht bereits getan hat. Allerdings«, fügte ich hinzu, »würde Reynard den Wirbel nicht gutheißen. Womöglich hat er Nuvarr beauftragt, die Dokumente solange im Park an einem vorher vereinbarten Ort zu verstecken, bis sich die erste Aufregung um den Mord an Korringrur gelegt hat. So würde ich an seiner Stelle handeln. Irgendwann hätte sich für Nuvarr die Gelegenheit ergeben, die Dokumente der Person zu übergeben, die Reynard betrogen hat. Das Massaker im Stall wirft all seine Pläne über den Haufen. Gut möglich, dass die Patrouillen ein weiteres Mal aufgestockt werden.«

»Das ist nicht nur gut möglich, sondern wird auch der nächste Schritt sein.«

»Damit zwingt Ihr Reynard zum Handeln«, fuhr ich mit meiner Überlegung fort und schürzte die Lippen, mein Blick glitt ins Leere. »Ich muss vor ihm die Dokumente finden!«

»He, wo wollt Ihr hin?«, rief Ezekiel mir hinterher, als ich an ihm vorbei aus dem Gebäude stürzte.

»In den Park!«

Hoch über mir wölbte sich ein grüner Himmel. Ich staunte über die Ruhe und die Schönheit der Natur in dem angelegten Wäldchen. Die verschiedenen Nadel- und Laubhölzer erinnerten mich an Astrans dichte Wälder, und erneut überkam mich Heimweh. Ich war oft durch die Wälder außerhalb der Hauptstadt gewandert. Nur dort bekam ich einen freien Kopf, nur dort fühlte ich mich wirklich frei.

Ich atmete tief die reine Luft ein und folgte dem ausgetretenen Weg. Der Wald war nicht groß, man konnte ihn innerhalb einer Viertelstunde durchqueren. Er lag auf einem kleinen Hügel und schmiegte sich dicht an die Palastmauer. Von dem Hügel aus konnte man auf die Stallgebäude hinabblicken. Abermals überkam mich ein ungutes Gefühl. Das Bild der zerfetzten Tiere lag mir noch immer schwer im Magen, und die Frage, wer zu so etwas fähig war, blieb nach wie vor unbeantwortet.

Seufzend wandte ich mich ab und sah nach links und rechts. Der Park war überschaubar, aber dennoch groß genug, um ein Bündel Dokumente sicher zu verstecken. Wo zur Hölle sollte ich mit der Suche beginnen? Ich konnte schlecht den gesamten Waldboden umgraben.

Ich verließ den Weg und schlug mich durch das dichte Unterholz. Dünne Äste peitschten gegen meine Beine. Ich genoss das Gefühl des Alleinseins, blieb stehen, legte den Kopf in den Nacken und sah lächelnd zu den Baumkronen hinauf – und blickte geradewegs in die toten Augen von Nuvarr.

»Verdammt«, flüsterte ich tonlos. Meine Hand fuhr automatisch an meine linke Seite und zog den Dolch, der geschmeidig aus der ledernen Schlaufe glitt. Schritt für Schritt näherte ich mich dem Leichnam und blieb direkt unter ihm stehen.

Nuvarr hing etwa anderthalb Meter über mir. Der Oberkörper war auf einen abgebrochenen Ast gepfählt, der Stamm glänzte feucht von den Hautfetzen und dem Blut, das heruntertropfte. Jemand … etwas hatte offenbar mit großer Kraft an Nuvarrs Beinen gezogen, sodass er regelrecht in zwei Teile gerissen worden war.

Mir wurde schlecht. Ich atmete flach, doch ich konnte mich nicht länger gegen den Würgereiz wehren. Ich erbrach mich neben dem Baum und suchte krampfhaft Halt an dessen Rinde. Keuchend rang ich nach Luft, strich mir mit zitternden Fingern eine Haarsträhne hinter das Ohr – und betrachtete anschließend meine schmutzige, klebrige Hand.

Es war nicht möglich.

Es war nur ein Traum. Eine Einbildung.

Langsam sah ich nach oben, schärfte den Blick und fixierte das nachtschwarze Blut an Nuvarrs aufgedunsenem Körper. Ich war wie gelähmt. Es war die Dunkelheit der Bäume. Im Licht würde das vermeintliche Schwarz zu Rot werden. Blutrot. Das war die Erklärung, es war ganz einfach. Wie als Antwort brach ein Sonnenstrahl durch die Baumkronen und offenbarte mir die Wahrheit: Das Blut blieb schwarz.

Nuvarr war das Opfer eines Dämons.

Nach der furchtbaren Entdeckung eilte ich zu Ezekiel, doch die ganze Wahrheit traute ich mich nicht zu äußern. Ein Dämon. Hier, im kaiserlichen Palast mit seinen riesigen Ausmaßen. Stumm beobachtete ich die Gardisten, die mithilfe von Leitern und Seilen den Leichnam bargen und anschließend auf einen Karren hievten. Der Torso wurde mit Tüchern zugedeckt und so schnell wie möglich in das Kühlhaus gebracht, das immer mehr zu einer Leichenhalle wurde.

»Ich … ich muss zu Vargaz«, brachte Ezekiel schließlich hervor. Ohne Umschweife marschierte er los und drehte sich kein weiteres Mal zu mir um. Ich folgte ihm, bis wir vor der mir bereits bekannten Tür zum Audienzzimmer stehen blieben.

»Überlasst das Reden mir«, knurrte Ezekiel und stieß dann die Tür auf.

Vargaz saß am Tisch, dieses Mal allerdings umringt von mehreren Gardisten, sodass der Raum klein und eng wirkte.

»Ezekiel. Rheanne«, sagte er als knappe Begrüßung. Der Kaiser sah müde und zutiefst beunruhigt aus. Dunkle Ringe lagen um seine Augen, und die Blässe seiner Haut stand im starken Kontrast zu seinen schwarzen Haaren. Kritisch musterte ich ihn. Seine Dominanz und Autorität waren zwar noch immer zu spüren, doch er hatte etwas von seinem bezwingenden Charisma verloren. Es kam mir vor, als wäre er gerade erst aus einem bösen Traum hochgeschreckt.

»Gibt es Neuigkeiten?« Außenminister Semeon trat aus dem anliegenden Zimmer. In den schmalen Händen hielt er eine Porzellantasse, an der er bedächtig nippte. Jedes Mal, wenn er den Kopf neigte, spiegelte sich die Sonne in den Brillengläsern.

»Ist er eingeweiht?«, fragte Ezekiel misstrauisch und nickte zu Semeon.

»Ja. Semeon und Reynard werden an der Berichterstattung teilnehmen.«

Mir stockte unmerklich der Atem. Ich schielte vorsichtig hinüber zu dem dicken Sekretär, der mit aalglatter Miene auf den Zehenspitzen wippte. Sofort spürte ich Wut in mir aufsteigen und ballte die Hand zur Faust. Reynard kam mir plötzlich so schäbig und klein im Vergleich zu der Macht des Dämons vor. So unwichtig!

»Und? Wer ist für das Gemetzel in dem Stall verantwortlich? Stimmt es, dass der geladene Gast Elder Cormac als Hauptverdächtiger behandelt wird?«

Vargaz' Frage hallte in meinem Kopf wider. Ich war unfähig, mich zu bewegen. Nach und nach begann mein Verstand wieder zu arbeiten, und ich stellte fest, dass Vargaz' Äußerung auch Ezekiel völlig unvorbereitet traf.

»Wie kommst du darauf?«, wollte dieser argwöhnisch wissen.

»Reynard. Er war freundlicherweise so gütig und hat mir Bericht erstattet«, knurrte Vargaz verärgert. »Aber den Göttern sei Dank, erbarmt sich mein kleiner Bruder wenigstens jetzt und berichtet mir aus erster Hand.«

»Ich habe nur weitergegeben, was mir die ehrenwerte Elda Ritterin erzählte«, schnatterte Reynard eifrig und löste sich von der Wand. Er warf mir einen triumphierenden Blick zu, ehe er wieder in seine Rolle des tollpatschigen Sekretärs schlüpfte. »Als ich die Stallungen erreichte, waren die ersten Ermittlungen beendet. Die Elda sagte mir, das Militär suche in unmittelbarer Nähe zum Stall nach einem Flüchtigen.«

»Und? Entspricht das der Wahrheit? Hat dieser … dieser Cormac etwas mit dem Fall zu tun?« Vargaz musterte mich mit wachsamen Falkenaugen.

Reynard wackelte lächelnd mit dem Zeigefinger und lenkte meine Aufmerksamkeit auf ihn. Er hielt ein schlohweißes Büschel in der Hand und fuhr sich dann mit dem Zeigefinger über die Kehle, ohne den Blick von mir zu nehmen. Schlohweiße Haare. Sedalé. Er wollte sie umbringen! Mein Mund öffnete sich zu einer protestierenden Widerrede, doch bevor ich etwas erwidern konnte, richtete Ezekiel das Wort an Vargaz.

»Reynard sagt die Wahrheit. Wir haben Cormac in der Nähe des Tatorts aufgegriffen«, antwortete Ezekiel und räusperte sich. Er rettete damit Sedalé das Leben, aber er gefährdete das Leben desjenigen, den ich liebte. »Die Indizien sprechen für seine Schuld.«

Ich erinnerte mich an unsere Begegnung, an das Blut an Cormacs Knöcheln und auf seinem Hemd. War er wirklich unschuldig?

»Dich habe ich nicht gefragt. Ich will ihre Meinung hören … Rheannes.« Hungrig streiften mich Vargaz' Augen. Der Verdacht kam ihm mehr als gelegen, und plötzlich fand ich an Cormacs Vorhaben, Vargaz umzubringen, Gefallen.

Ich straffte die Schultern, ließ mich nicht auf Reynards Drohung ein und antwortete dem Kaiser: »Elder Reynard sagt die Wahrheit, Majestät. Cormac war tatsächlich am Tatort. Aber mit dem Mord hat er nicht das Geringste zu tun.«

»Ach ja? Und was ist dann das?« Vargaz langte unter den

Tisch und warf ein blutverschmiertes Hemd auf die Tischplatte. »Das fand Reynard im Zimmer des *unschuldigen* Cormacs. Für mich ist die Sachlage klar, der Schuldige ist gefunden. Momentan fahnden Einheiten nach ihm. Das gesamte Areal wird durchkämmt.«

»Das beweist doch rein gar nichts!«, rief ich verzweifelt, als ich Cormacs Hemd wiedererkannte.

»Frisches Blut auf seiner Kleidung findet Ihr nicht aussagekräftig genug? Nun, die Flucht macht ihn nur umso verdächtiger.«

»Und der Mord an dem Zwerg?«

»Ich bin mir sicher, dass sich dafür auch eine logische Verbindung finden lässt. Früher oder später führt er uns geradewegs zu den Dokumenten«, hörte ich Vargaz sagen, während mir heiße Tränen in den Augen brannten.

Aus den Augenwinkeln nahm ich wahr, wie Reynard mich mit schief gelegtem Kopf musterte und zufrieden grinste. Sein Kinn wurde dabei von den Fettschwarten eingeklemmt. Er, ein einfacher Beamter des Kaisers, hatte Cormac in der Hand und erfand Beweismittel für ein Verbrechen, das er nie begangen hatte.

»Bringt ihn mir lebend. Ich will ihn eigenhändig zerquetschen«, presste Vargaz hervor. »Hast du verstanden, Ezekiel? Sobald ich mit dem Dreckskerl fertig bin, kannst du seine Einzelteile den Hunden zum Fraß vorwerfen. Niemand hält mich zum Narren.« Er schlug mit der flachen Hand auf den Tisch. Der laute Knall ließ mich zusammenzucken. »Niemand!«, brüllte Vargaz.

Am liebsten hätte ich ihm gesagt, dass er in Reynard seinen Mörder längst gefunden hatte.

Vargaz entließ uns ohne Weiteres, nur Semeon bat er zu bleiben. Mir war es recht. Ich wollte so schnell wie möglich aus der Schlangengrube verschwinden, wollte mich an irgendetwas abreagieren und meiner Enttäuschung und Hilflosigkeit freien Lauf lassen. Wäre Reynard nicht mit siegessicherem Lächeln neben mir hergegangen, wäre es mir vielleicht auch gelungen.

»Dieser Cormac wird hoffentlich alsbald gefunden werden, oder, General Ezekiel?«, fragte Reynard betont unschuldig, und in genau diesem Moment verlor ich die Beherrschung.

Ich packte Reynard und presste seinen fetten Körper mit voller Wucht gegen die Fackelhalterung an der Wand. Schmerzhaft bohrte sie sich in seinen Rücken und entlockte ihm ein Schnaufen. Der alberne Federhut flog ihm dabei vom Kopf.

»Was erlaubt Ihr Euch! Das ist eine Tätlichkeit! Ich werde mich beim Kaiser beschweren!«, japste Reynard.

»Ihr seid das Letzte«, fauchte ich erbost. Meine Fingerknöchel traten weiß hervor, ich genoss das Gefühl der Kontrolle. Ich spürte eine Hand auf meiner Schulter, die mich von dem Sekretär wegziehen wollte, doch ich schüttelte sie ab und legte beide Hände um Reynards speckigen Hals.

»Rheanne«, drang Ezekiels Stimme wie aus einem Traum zu mir. Ich reagierte nicht. Meine Finger schlossen sich enger um Reynards Hals und drückten mit aller Kraft zu. Hinter meinen Schläfen pulsierte pochend die Wut. Zufrieden sah ich dabei zu, wie Reynards Augen aus den Höhlen quollen. Sein Gesicht war puterrot.

»Aufhören! Sofort!«, donnerte Ezekiel und riss mich grob von Reynard weg.

Der Sekretär sackte auf die Steinfliesen und krabbelte auf allen vieren von mir weg. Nach Luft ringend rappelte er sich auf, richtete seinen Mantel und bückte sich nach dem Federhut. Entrüstet schüttelte er den Kopf, während er den Staub vom Hut klopfte.

»Eine Frechheit! Das war ein versuchter Anschlag auf einen hochrangigen genzabarischen Beamten! Ich werde das Parlament darüber in Kenntnis setzen und unverzüglich ein Verfahren gegen die astranische Gesandte einleiten lassen!«

Reynard warf mir einen hasserfüllten Blick zu und war kurz davor davonzustürmen, als Ezekiel ihn am Handgelenk packte. Sein Gesicht war so glatt wie eine Eisfläche, in seinen Augen spiegelten sich keine Gefühle wider. Doch als er zum Sprechen ansetzte, war seine Stimme kalt und unheilvoll.

»Ihr werdet kein Wort sagen. Kein. Einziges. Wort.« Seine Finger krallten sich erbarmungslos um Reynards Handgelenk, und ich hörte, wie der Sekretär vor Schmerz ächzte. »Ihr seid eine miese Ratte, die sich in ihrer Höhle versteckt. Aber ich bin ein Marder. Ich finde einen Weg in Euren Bau, mag er auch noch so winzig sein, und dann …«, er hielt inne, kniff die Augen zusammen und lächelte grimmig, »werde ich Euch mit Haut und Haaren verschlingen.« Er ließ

Reynard los, der ihn mit weit aufgerissenen Augen anstarrte, und stieß ihn von sich. Stolpernd kämpfte der Sekretär mit dem Gleichgewicht und hastete sodann durch den Flur, als wäre ihm eine Horde Dämonen auf den Fersen. Auf halbem Weg drehte er sich nochmals zu uns um und warf uns hasserfüllte Blicke zu.

»Das werdet Ihr bitter bereuen!«, schrie er und verschwand hinter einer Biegung.

»Haben Euch alle guten Geister verlassen?«, raunzte mich Ezekiel schließlich an.

Ich senkte beschämt den Kopf. So aggressiv und unbeherrscht kannte ich mich gar nicht. Ich war eindeutig zu weit gegangen. Himmel, ich konnte froh sein, wenn die Tätlichkeit gegen Reynard nicht vor den Kaiser gebracht wurde.

»Es tut mir leid«, murmelte ich zerknirscht.

»Es tut Euch leid«, höhnte der General und maß mich mit strengem Blick, sodass ich geradezu schrumpfte. »Bei den Göttern, Rheanne, Ihr und ich haben soeben einen Haufen von Straftaten begangen, bei denen uns der sichere Tod blüht, wenn sie ans Tageslicht gelangen!«

»Ich dachte, Ihr fürchtet den Tod nicht.«

Ezekiel starrte mich an, als wäre ich von allen guten Geistern verlassen. Dann lachte er unerwartet und so dröhnend, dass ich zusammenzuckte.

»Ihr seid eine Teufelin, Ritterin. Eine verdammte Teufelin!«

Ich nickte und fasste es einfach als Kompliment auf. Doch schnell kehrte der Ernst zurück. Ich blickte zu allen Seiten, doch außer den entfernten Wachposten waren wir ungestört. Ich brauchte Klarheit. Konnte ich mich trotz allem auf Ezekiels Hilfe verlassen?

»Was geschieht, wenn Cormac gefunden wird?«

»Das wisst Ihr doch längst.«

»Er ist unschuldig«, versetzte ich hart, und ich merkte, wie die Verzweiflung mich übermannte.

»Ihr müsst Reynard überführen. Konzentriert Euch darauf.«

»Und Nuvarr? Er hat sich schließlich nicht selbst in zwei Hälften gerissen.« Sollte ich ihm von meinem Verdacht erzählen? Konnte ich Ezekiel mit meinen Beobachtungen überzeugen? Würde er überhaupt begreifen, dass die Dämonen existierten? Er und die anderen hatten das schwarze Blut bei Nuvarrs Leiche zwar als merkwürdig, aber nicht als gefahrvoll empfunden. Sie hatten es ohne weitere Fragen hingenommen und rechneten offenbar nicht mit einer Bedrohung aus der Welt unter uns.

Ezekiel sah ins Leere. Als er den Blick wieder hob, war er kalt und grimmig. »Ich werde dem nachgehen. Findet Ihr den Beweis, der Reynard das Handwerk legt.«

Ich nickte und schwor im selben Atemzug, Esteban nie wieder zu betreten, sollte ich je den Palast lebend verlassen.

Kapitel 20

Wie magisch zog es mich zu den Stallgebäuden. Doch ich blieb im sicheren Schutz der Bäume und verbarg mich in ihrem Schatten, bis mir die Frage kam, vor wem ich mich eigentlich versteckte. Vor dem Dämon? Vor Vargaz? Vor Reynard? Oder vor mir selbst?

Ich beobachtete, wie mehrere Gardisten die Bestandteile der zerstörten Box ins Freie trugen, den Stall säuberten und anschließend mit frischem Stroh und Streu auslegten. Nach einer Weile wurden die ersten verängstigten Pferde zurück in ihre gewohnte Umgebung gebracht, und erst da fiel mir auf, wie lange ich schon im Schatten der Bäume saß und ins Leere starrte.

»Die Tiere riechen noch immer den Tod und die Gefahr«, hörte ich eine Stimme hinter mir.

Ich fuhr erschrocken hoch. An einen Baum gelehnt, stand der alte Alchemist Joakim Styrmir. Er wirkte in der freien Natur absolut fehl am Platz, als würde er im nächsten Moment über eine Wurzel stolpern und sich dabei die Hüfte brechen.

Seine trüben Augen funkelten. »Eine Aura des Unheils schwebt über dem Stall.«

»Sie schwebte«, verbesserte ich ihn.

»Himmel, Kleines, ich bin alt, aber mit Sicherheit nicht dumm.« Er tippte sich gegen die faltige Stirn. »Ich sah die Leiche … Ich kenne die Anzeichen. Weiß, was hier vor sich geht.«

Mein Herz klopfte aufgeregt. »Und was geht hier vor sich?«, fragte ich herausfordernd. Ich fühlte mich merkwürdigerweise ertappt, obwohl ich nichts verbrochen hatte.

»Wir haben ungebetenen Besuch«, raunte er mit verschwörerischer Stimme, die mir einen kalten Schauer den Rücken hinabjagte. »Besuch aus der Welt unter uns.«

Er wusste es. Woher? Ich entschied mich dazu, ihn mit meinem scheinbaren Unwissen zu provozieren. Vielleicht würde er mir dadurch etwas verraten, was mir bei der Aufklärung weiterhelfen könnte.

»Das ist völliger Blödsinn«, erwiderte ich ruhig. »Mich könnt Ihr im Gegensatz zur Kaiserin mit Eurem alchemistischen Gefasel nicht beeindrucken.«

Joakim Styrmir kicherte unheimlich. »Ich bitte Euch, Elda. Ich habe mich mein Leben lang mit der furchtbaren Vergangenheit meiner Vorfahren beschäftigt. Ich kann die Zeichen richtig deuten. Und mein Bauch sagt mir, dass Ihr die Zeichen ebenfalls seht. Nur woher ausgerechnet Ihr, eine astranische Ritterin, sie kennt, ist mir nach wie vor ein Rätsel.«

»Das muss mein Geheimnis bleiben«, erwiderte ich und wollte mich zum Gehen wenden.

Er wirkte beleidigt, ehe sich das runzlige Gesicht aufhellte. »Ich verstehe! Selbst in mir vermutet Ihr ein Schwarzblut.«

»Ich sehe in Euch vieles, Elder Joakim Styrmir. Ihr seid anscheinend ein bekannter Alchemist, der jetzt im genzabarischen Palast Amme für die Kaiserin spielt. Ihr unterstützt sie bei ihren okkulten Nachforschungen. In meinen Augen macht das Eure Arbeit wenig professionell und Euer Land weniger frei, als es sich zu sein brüstet.«

Joakim Styrmir lachte blechern. »Oskanon war noch nie frei! Wir sind an unsere Vergangenheit gebunden, und dieser dämonische Schatten wird uns auf ewig verfolgen.« Er schürzte die Lippen und wippte auf den Zehenspitzen. »Ich habe die Leiche des Gardisten gesehen. Ich habe den Tatort untersucht, sah das schwarze Blut und weiß im Gegensatz zu Ezekiel, was es bedeutet. Und Ihr wisst es ebenfalls, Elda Rheanne. Ein Dämon sitzt uns im Nacken«, hauchte er mit kratziger Stimme. »Die Frage ist nur: Was will er hier?«

»Ich kann nicht mit Euch darüber reden.«

»Weil Ihr mir nicht vertraut«, sagte der Alchemist und nickte. »Aber Ihr vertraut dem jungen Mann, der vom gesamten Militär gesucht wird?«

»Habt Ihr Cormac gesehen?«

»Gerade eben, am Tatort im Park. Er bemerkte mich nicht. Aber ich sah, wie er etwas vom Boden aufhob. Es war ein ledernes Bündel, es war direkt neben dem Baum vergraben, an dem der Gardist starb.« Er sah mich ernst an. »Ihr solltet Euch vor diesem Cormac in Acht nehmen. Etwas Dunkles geht von ihm aus.«

Ich schüttelte den Kopf. Was redete der Alte da? Aufmerksam suchte ich in Joakim Styrmirs Augen nach einem Indiz dafür, dass er mir einen Bären aufband. Er wich meinem Blick nicht aus. Ich spürte, wie sich mein Herzschlag unwillkürlich beschleunigte. Warum hatte Cormac sich an dem Tatort zu schaffen gemacht? Ich musste ihn unbedingt zur Rede stellen. Vielleicht aber handelte es sich bloß um eine Verwechslung. Schließlich hatte Cormac rein gar nichts mit Nuvarr zu tun gehabt. Er kannte ihn noch nicht einmal. Cormac war wahrscheinlich nur neugierig und fand … ein Bündel, neben dem Baum vergraben? Woher wusste er überhaupt, dass dort etwas in der Erde verborgen war?

»Wohin ist er verschwunden?«

»Das weiß ich nicht. Er lief tiefer in das Unterholz und war nicht mehr zu sehen.«

Ich strich mir mit fahrigen Bewegungen durchs Haar. »Die Dokumente … die Aufzeichnungen, die Anaztasia haben will: Wisst Ihr etwas über den Inhalt?«

»Es sind Beschwörungsformeln.«

»Man kann damit einen Dämon beschwören?«

»Unter anderem, ja. Aber dafür muss man sich mit der Materie lange beschäftigt haben.« Joakim Styrmir sah mich ernst an. »Ich habe nicht die geringste Ahnung, wie diese mächtigen Dokumente je in Merideths Hände gelangen konnten. Aber eines steht fest: Anaztasia darf die Aufzeichnungen nicht in die Finger kriegen, vor allem in ihrem derzeitigen Zustand nicht. Ich muss sie finden!«

»Dann seid auch Ihr hinter den Dokumenten her. Warum unterstützt Ihr die Kaiserin überhaupt?« Ich schüttelte den Kopf. »Sedalé hatte recht. Eure Arbeit hier grenzt an Verrat. War sie deswegen so wütend auf Euch und die Kaiserin?«

»Ihr verurteilt mich vorschnell. In meiner Bibliothek wären die Dokumente fürs Erste sicher.«

Ich verschränkte die Arme vor der Brust und blitzte ihn an. »Und was befindet sich noch so alles in Eurer Bibliothek? Weitere Beschwörungsformeln?«

Sein sturer Blick war mir Antwort genug. »Elda Ritterin, ich musste mich dem Willen der Kaiserin von Genzabar beugen! Ich gab ihr, was sie verlangte.« Ein spöttisches Grinsen umspielte seine faltigen Mundwinkel. »Aber wie schon gesagt, ich bin nicht dumm. Ich schloss die gefährlichen Formeln ein und gab der Kaiserin handgemachte Fälschungen.«

»Ihr spielt trotzdem mit dem Feuer, Elder Joakim! Jeder, der es will, kann sich einfach Zugang zu Eurer Bibliothek verschaffen.«

»Ich weiß«, erwiderte er eine Spur zu patzig.

»Ihr seid doch wahnsinnig!«, fuhr ich auf. Ich deutete in die Ferne. »Ihr müsst sofort alle Unterlagen vernichten, mit denen man Dämonen beschwören kann. Verbrennt sie.« Gerade er müsste wissen, dass sein Leichtsinn schwerwiegende Konsequenzen haben könnte. Gut möglich, dass es bereits geschehen war. Irgendjemand schien die Unterlagen aus Joakim Styrmirs Bibliothek näher betrachtet zu haben. Jemand, der sich schon vorher mit Dämonen beschäftigt hatte. Wie sonst käme ein Dämon in den Palast? Zwar stand das Loch nach Xadur offen, aus dem Cormac und Abzhalom gekommen waren, aber was, wenn innerhalb des Palastes tatsächlich ein Dämon mithilfe von alchemistischen Formeln beschworen worden war? Es wäre schon ein sehr großer Zufall, wenn er wie Cormac und Abzhalom aus der Öffnung gekommen wäre.

»Einen Teufel werde ich tun, Elda!«

Meine Hand zuckte zum Heft des Dolchs, Joakim Styrmir verfolgte meine Bewegung misstrauisch.

»Wollt Ihr mich jetzt umbringen?«, krächzte er herausfordernd.

»Der Gedanke ist mir durchaus sympathisch, denn Eure Leichtfertigkeit gefährdet Hunderte unschuldige Menschen.« Ich ließ die Hand sinken. »Es wäre dumm, Euch jetzt dafür zu strafen. Erst muss der Dämon gefunden werden. Und deswegen muss ich mit Sedalé sprechen.«

»Sie ist eine Gefangene. Ihr als Zivilist dürft sie nicht sehen.«

»Ich weiß«, erwiderte ich freundlich. »Deswegen werdet Ihr an meiner Stelle die Kaiserin davon überzeugen, dass ich Sedalé dringend sprechen muss.«

»Und wenn ich mich weigere?«

»Dann erzähle ich Vargaz, dass Ihr seine Frau nach Strich und Faden belügt. Ich glaube, er wäre davon nicht gerade begeistert.«

Joakim Styrmir funkelte mich wütend an. Sein Mund öffnete sich, doch er schwieg klugerweise und wandte sich ohne ein Wort des Abschieds von mir ab. Nachdenklich blickte ich seiner dürren Gestalt hinterher, die den ausgetretenen Weg entlangstakste und um eine Biegung verschwand.

Kaum war er aus meiner Sichtweite, eilte ich zurück zu der Stelle, an der Nuvarr sein Leben gelassen hatte. Die Stille und die Abgeschiedenheit waren nun nicht länger wohltuend, sondern mehr als unheimlich. Vielleicht war es gar nicht Cormac gewesen, den Joakim Styrmir gesehen hatte, sondern nur ein Gardist in Zivilkleidung? Warum sollte Cormac nach gestohlenen Dokumenten graben und sie dann für sich behalten?

Rechts neben dem Baum bemerkte ich frisch aufgewühlte Erde, die zum Teil von Blättern verdeckt war. Mit klopfendem Herzen kniete ich nieder und entfernte Laub und Erde, bis vor mir tatsächlich ein kleines Loch klaffte. Der Alchemist hatte nicht gelogen. Aber er war allein gewesen. Genauso gut hätte er die Dokumente selbst stehlen können. Nachdenklich erhob ich mich aus der knienden Position.

»Ich habe gehofft, dich hier zu treffen.«

Mein Herz setzte einen Schlag aus und begann dann, vor Freude wild zu klopfen.

»Cormac.« Ich drehte mich suchend um die eigene Achse, bis mein Blick ihn traf. Er lehnte gegen einen Baum; in seinem Gesicht spiegelten sich Licht und Schatten.

»Der gesamte Palast wird nach dir durchsucht.«

»Ich weiß. Sie jagen einen Unschuldigen.«

»Und deine blutigen Knöchel?«

»Ich war wütend, habe aber niemanden verletzt«, betonte er nochmals. Er machte einen Schritt auf mich zu, und ich wich nicht zurück. Alles in mir sehnte sich nach seiner Nähe.

»Man hat dich hier am Tatort gesehen, wie du etwas ausgegraben hast. Was war es?«

Cormac schlug überrascht die Augen auf. »Ich wurde beobachtet? Von wem?«

»Das tut jetzt nichts zur Sache«, antwortete ich ausweichend. Ich stockte, als ich seinen forschenden Blick bemerkte, und warf mein Vorhaben zu schweigen über den Haufen. Er würde so lange nachfragen, bis ich es ihm sagte. »Es war der Alchemist, Joakim Styrmir. Er will die Dokumente und sie austauschen, bevor sie der Kaiserin übergeben werden.«

»Warum denn das?« Cormac runzelte die Stirn. »Ist der Inhalt so wichtig?«

»Darin stehen Formeln für die Beschwörung eines Dämons. In Joakims privater Bibliothek sollen sich noch weitere Formeln befinden. Er stellt eine Bedrohung dar.« Ich stockte, als mir bewusst wurde, dass Cormac womöglich noch gar nichts von dem Dämon wusste. »Nuvarr … der Gardist … er …« Ich suchte nach den passenden Worten.

»Ich sah das schwarze Blut«, erwiderte Cormac ruhig. Er blickte mir fest in die Augen. »Du musst vorsichtig sein, Rhea. Mit deinen Ermittlungen lenkst du die Aufmerksamkeit direkt auf dich.«

Ich nickte müde, fast schon verzweifelt.

»Vertraust du mir?«

Seine einfache Frage brachte mich für einen kurzen Moment aus dem Konzept. Mein Mund öffnete sich, aber das Ja kam mir zögerlicher als beabsichtigt über die Lippen. Ich sah das enttäuschte Funkeln in Cormacs Augen. Insgeheim wusste ich, wie abwegig mein Verdacht ihm gegenüber war. Dachte ich allen Ernstes, dass er sich in einen Dämon zurückverwandelt hätte? Lächerlich. Cormac war geheilt, so viel war sicher. Aber war ich mir darüber wirklich so sicher, wie ich es sein sollte? Ich verdrängte die nagende Ungewissheit in meinem Inneren.

»Ja«, gab ich zur Antwort. »Ich vertraue dir.«

Er wusste, dass ich zweifelte, sein Blick sprach Bände. »Ich fand das neben dem Baum«, sagte er schließlich und räusperte sich. Er überreichte mir einen ledernen Umschlag. Er war leer. Fragend suchte ich Cormacs Blick.

»Die Mappe war bereits leer, als ich sie fand. Jemand anders war vor mir hier.«

»Vielleicht Reynard? Dies hier war der vereinbarte Ort, an dem Nuvarr die gestohlenen Dokumente versteckt hat«, murmelte ich, und mein Gesicht hellte sich plötzlich auf. »Der Dämon, wer auch immer es ist, erwischte Nuvarr nach dessen getaner Arbeit. Er tötete ihn, und das Töten machte ihm so großen Spaß, dass er danach in den Stall ging.«

»Dort tötete er die Pferde, bis er genug hatte«, ergänzte Cormac.

»Die Gardisten schlugen Alarm. Der Dämon floh. In der Zwischenzeit kam Reynard zum angegebenen Treffpunkt am Stall und wollte von Nuvarr die Bestätigung, dass die Dokumente sicher versteckt wären. Dabei stieß er aber auf Ezekiel und mich.«

»Er erfuhr somit von dem zerfetzten Leichnam.«

»Und zählte eins und eins zusammen. Er war gewarnt und beschloss, zum Versteck zu gehen und die Dokumente an sich zu nehmen.«

»Die Aufmerksamkeit aller war fürs Erste voll und ganz auf den Stall gerichtet.«

Ich war ganz aufgeregt und nickte stürmisch. »Er ging zum Versteck im Park und grub die Dokumente aus. Die lederne Mappe ließ er jedoch zurück. Reynard sah Nuvarr am Baum hängen, aber er schlug keinen Alarm, weil man ihm sonst lästige Fragen gestellt hätte. Aus diesem Grund erzählte er Vargaz, dass du für den Mord verantwortlich bist. Er sah dich beim Stall. Und da auch er keinen triftigen Grund hatte, sich dort aufzuhalten, beschuldigte er dich.«

»Er wird den Palast verlassen wollen.«

Ich nickte. »Ja. Und wahrscheinlich schon sehr bald.«

»Kannst du Reynard überführen?« Cormac hob mein Kinn leicht an und zwang mich dazu, ihm direkt in die dunklen Augen zu blicken.

»Ich werde alles dafür tun. Seine Verhaftung wird Vargaz einsehen lassen, dass er dir den Mord an Korringrur nicht einfach in die Schuhe schieben kann. Was das Blutbad im Stall betrifft, ist er allerdings noch immer von deiner Schuld überzeugt. Er weiß nichts von dem schwarzen Blut und dem Dämon. Du solltest besser untertauchen, bis der Dämon gefunden ist.«

»Das macht die Sache nicht leichter. Ich wünschte, ich könnte an deiner Seite kämpfen.«

Ich nahm seine Hand und drückte sie. »Ich auch. Ich werde mit Ezekiel sprechen, vielleicht kann er etwas gegen deine Festnahme unternehmen.«

»Warum sollte er das tun? Er könnte der Dämon sein.«

»Das glaube ich nicht.«

Cormac schüttelte energisch den Kopf. »Rhea, denk an den Fall auf dem Schiff. Dämonen sind Meister. Sie fallen nicht auf. Erst, wenn man ihnen die Maske vom Gesicht zieht.«

»Ich brauche nun mal einen mächtigen Verbündeten. Sieh dich doch nur um!« Ich beschrieb mit der Hand einen weiten Bogen. »Der Palast ist riesig, hier leben und arbeiten Hunderte von Menschen. Allein kann ich nicht das Geringste ausrichten.«

Cormac war anzusehen, dass er mit meiner Entscheidung nicht glücklich war. Seufzend zog er mich in seine Arme, und ich ließ es zu, gab mich der Umarmung hin, obwohl eine leise Stimme in mir mich vor ihm warnte. Ich bettete die Stirn in Cormacs Halsbeuge und sog tief seinen Geruch ein.

»Versprich mir, dass du vorsichtig sein wirst«, murmelte er, und seine Stimme war dunkel vor Sehnsucht.

»Das werde ich«, antwortete ich inbrünstig.

»Dann geh, Ritterin Rheanne aus Heptagon, und erfülle deine gottverdammte Pflicht.«

Dieses Mal lächelte ich nicht. Dieses Mal küsste ich ihn, fordernd und verlangend, ohne zu wissen, ob ich ihn je wiedersehen würde.

Schweigend verfolgte ich Cormac mit dem Blick, während er lautlos zwischen den Bäumen verschwand. Als ich ihn nicht mehr sah, lief ich eilig zurück zum Palast und suchte denjenigen, den ich schleunigst überführen musste, bevor er noch mehr Unheil anrichtete: Reynard.

Kapitel 21

Meine innere Unruhe blieb selbst Caitlin nicht verborgen. Das Mädchen stand neben der breiten Fensterfront und beobachtete mich, wie ich rastlos durch den Raum tigerte. Ihr Mund öffnete und schloss sich, als würde sie nach den passenden Worten suchen, sie aber nicht finden.

»Elda?«, brachte sie schließlich hervor.

»Was?«

Meine schroffe Antwort irritierte sie für einen Augenblick. »Ich … Ihr … Also … kann ich etwas für Euch tun?«

Ein Lächeln glitt über meine Lippen, aber ich schüttelte den Kopf. »So gern ich dein Angebot auch annehmen möchte … aber ich denke, meinen sehnlichsten Wunsch kannst du mir nicht erfüllen.«

Ungeduldig starrte ich auf die Tür und wartete darauf, dass endlich jemand anklopfte. Nach dem Gespräch mit Cormac war ich zum Palast geeilt und hatte Reynard gesucht. Er war in einer Konferenz, wie ein Gardist mir erzählte, und für eine Stunde beschäftigt. Als ich ins Gästehaus zurückkehrte, wartete dort überraschenderweise Joakim Styrmir auf mich und setzte mich widerwillig über einen baldigen Besuchstermin bei Sedalé in Kenntnis. Eine Eskorte sollte mich abholen und in den Zellentrakt bringen, doch der Trupp schien keine Eile zu haben.

Gnadenlos verstrich die Zeit. Schon bald würde Reynard seine Unterredung beendet haben. Das Gespräch mit Sedalé war wichtig, aber genauso wichtig war es, den Sekretär permanent im Auge zu behalten. In Gedanken versunken, beobachtete ich Caitlin, wie sie die Kissen auf dem Sofa ausschüttelte und ordnete.

»Kanntest du eigentlich die beiden Frauen?«, fragte ich sie.

Caitlin hielt in ihrer Arbeit inne und wandte sich mir erstaunt zu. »Welche Frauen?«

»Diejenigen, die sich umgebracht haben. Liddia erzählte mir davon.« Ich wusste selbst nicht, wie ich auf dieses Thema kam. Wahrscheinlich, um die Stille und das Warten mit etwas Sinnvollem zu überbrücken. Und tatsächlich wusste ich über die beiden verstorbenen Bediensteten fast gar nichts.

»Ich …« Caitlin war spürbar überfordert. Ihre Augen huschten ängstlich hin und her, ihre Bewegungen wurden fahrig. »Darüber wird nicht gesprochen. Wir wollen diese furchtbare Tragödie so schnell wie möglich vergessen.«

»Das kann ich verstehen. Ein Selbstmord hinterlässt immer einen bitteren Nachgeschmack. Er wirft mehr Fragen als ein Mord auf. Man kann ihn fast noch weniger begreifen.«

»Tot ist tot. Ob nun aus eigener Entscheidung heraus oder nicht.«

»Aber kanntest du denn nun die Frauen?«

»Sie arbeiteten beide im Palast.« Caitlin sah stur auf den Boden. »Ich kannte die jüngere der beiden. Sie hieß Aleana.«

»Habt ihr zusammen gearbeitet?«

Sie blickte mich an, lächelte wehmütig und schlug dann die Augen nieder. »Nein«, antwortete sie kopfschüttelnd. »Ich war zu der Zeit Reynards Dienstmädchen, und Aleana war für die Wäsche der Kaiserin zuständig.«

»Woher kanntet ihr euch dann?«

»Elda, die Welt der Angestellten ist klein und überschaubar. Hier kennt jeder jeden.«

»Warum willst du dann die Tragödie vergessen? Hat dir Aleana nichts bedeutet?«, wollte ich irritiert und gleichzeitig neugierig wissen.

»Natürlich bedeutete sie mir etwas. Und wenn Ihr mich fragt: Aleana hat sich nicht umgebracht. Sie wurde ermordet!« Caitlin sah mich aufgewühlt an, und in ihren wässrigen Augen loderte ein leidenschaftliches Feuer. »Die hochrangigen Leute aus dem Palast haben sie auf dem Gewissen! Sie trieben sie zu Dingen, an die sie noch nicht einmal im Traum gedacht hätte. Dieser Ort ist böse. Der Tod lauert hinter jeder Ecke.«

Ich wusste nicht, was ich sagen sollte. Der Verlust von Menschen war schmerzhaft, besonders von solchen, denen man einst nahe gewesen war. Ich wollte so viel mehr wissen und so viel mehr Fragen stellen, aber meine Zunge war schwer wie Blei.

Das Feuer in Caitlins Augen glühte nur noch schwach. »Menschen sind zu schwach, sich ihren Peinigern in den Weg zu stellen«, fuhr sie trocken fort. »Sie lecken ihrem Peiniger lieber die Hand, als sie ihm abzuhacken.« Sie zuckte mit den Schultern, als wäre ihr alles egal, und schlug auf das nächste Kissen ein. Staub wirbelte auf und tanzte im Sonnenlicht.

»Ich möchte für sie beten«, sagte ich, einer plötzlichen Eingebung folgend, obwohl ich mit den Göttern und der Religion auf Kriegsfuß stand.

Caitlin lachte leise, sie senkte den Blick und fuhr sich mit der Zunge über die spröden Lippen. »Elda, die Götter können ihr auch nicht mehr helfen.«

In diesem Moment klopfte es an der Zimmertür, und das Geräusch zerstörte die Vertrautheit unseres Gesprächs. Caitlin eilte in das Schlafzimmer, und im Vorbeihasten meinte ich, Tränen in ihren Augen schimmern zu sehen. Sollte ich ihr folgen? Für einen Moment rang ich mit mir und öffnete schließlich die Tür. Ich würde mich mit Caitlin auseinandersetzen, wenn der Dämon gefunden und eliminiert wäre. Sie brauchte Hilfe, ein aufmerksames Ohr, das ihr zuhörte.

»Elda Ritterin?«

Vor mir stand ein Gardist, der deutlich jünger war als ich. Er musste frisch aus der Akademie kommen. Den dünnen Flaum über der schwulstigen Oberlippe trug er mit sichtbarem Stolz.

»Die und keine andere.« Ich griff nach der Tunika und war fertig zum Aufbruch. Erwartungsvoll trat ich näher.

»Folgt mir. Ich werde Euch zu der Gefangenen Sedalé hru Marwan bringen.« Er strich sich gewichtig über den Bart.

Ich nickte, und mit jedem Schritt, den ich tat, rückte das

Gespräch mit Caitlin in den Hintergrund. Ich würde Sedalé sehen … ich würde vielleicht eine Wahrheit zu hören bekommen, die mir überhaupt nicht gefiel. Mit gemischten Gefühlen folgte ich dem Gardisten.

»Im Zellenbereich ist das Führen von Waffen strengstens verboten«, klärte mich der Jüngling auf. »Die Gefangene darf nicht angefasst werden. Der Gefangenen darf kein Gegenstand gereicht werden. Zwischen Euch und der Gefangenen muss ein Sicherheitsabstand von mindestens zwei Schritt eingehalten werden. Im Beisein der Gefangenen muss sich in einer Sprache unterhalten werden, die der diensthabende Offizier versteht. Haltet Ihr Euch nicht an diese Regeln, hat das eine sofortige Untersuchung zur Folge. Mit anderen Worten: Ihr kämt bis auf Weiteres in Untersuchungshaft.«

Wir stiegen eine Treppe abwärts und kamen vor einer schweren Eisentür zum Stehen, die von zwei Axtkämpfern strengstens bewacht wurde.

»Wenn Ihr hier bitte unterschreiben würdet.« Der junge Gardist reichte mir ein Klemmbrett, auf dem ein Blatt Papier befestigt war. Er tippte mit dem Zeigefinger auf die vorgesehene freie Stelle und gab mir anschließend einen Stift.

»Die Elda Ritterin Rheanne von Heptagon in Astran!«, rief er und schlug die Hacken zusammen.

Ein Axtkämpfer hieb donnernd mit der Faust gegen die Eisentür, der andere nahm mir das Klemmbrett ab, streckte mir wortlos einen Weidenkorb entgegen und nickte zu dem Langdolch an meiner Seite. Mit mulmigem Gefühl legte ich den Waffengürtel in den Korb und ging dann durch die Tür.

Donnernd fiel sie hinter mir ins Schloss. Ich fühlte mich wie eine Gefangene. Unsicher trat ich zu der offenen Tür der Wachstube und beobachtete den buckligen alten Gefängniswärter dabei, wie er das Dokument vom Klemmbrett nahm und laut vorlas.

»Gefangene Sedalé hru Marwan. Herkunftsland: Oskanon. Heimatstadt: Nalar. Beruf: Alchemistin im Hohen Rat. Alter: 29. Zellenblock 3, Zelle 37.« Der Wärter sah mich über den Rand seiner Brille hinweg skeptisch an. »Angeklagt wegen Verleumdung und Hochverrat an der ehrenwerten Kaiserin von Genzabar.«

»Ich weiß«, erwiderte ich ungeduldig.

»Hm, hm«, machte er und brüllte sodann: »Zlawan!« Ein Gardist reckte den Kopf um die Ecke. »Bring die hübsche Alchemistin in das Verhörzimmer. Die Elda Ritterin …«, er hielt sich das Dokument dicht an die Augen, »Rheanne von Heptagon in Astran wünscht sie zu sehen. Grünes Licht von ganz oben.« Als Zlawan den Gang hinunter verschwand, wandte sich der Wärter mir erneut zu. »Ihr könnt solange hier warten.« Er deutete auf mehrere wacklige Holzstühle.

Nach kurzer Zeit wurde ich endlich zum Verhörzimmer eskortiert. All die Fragen, die ich mir in Gedanken sorgfältig zurechtgelegt hatte, lösten sich plötzlich in nichts auf, als ich den Raum betrat.

Das Verhörzimmer war ein rund drei mal drei Meter großer Raum. In der nackten Steinwand und in dem Boden waren Eisenringe verankert, an denen Sedalé angekettet war. Um die Hüfte trug sie einen ledernen Gurt, an dem ihre

Hände festgebunden waren. Mit offenem Mund starrte ich sie an. Götter, sie war doch keine Schwerverbrecherin! Obwohl nur in einen einfachen Leinenanzug gekleidet, strahlte sie noch immer einen unbändigen Stolz und raubtierartige Eleganz aus. Die Augen glühten, das Kinn streckte sie mir herausfordernd entgegen.

Zlawan nickte mir finster zu und bezog neben der Tür Stellung. »Ihr habt drei Minuten«, sagte er.

»Mit dir hätte ich im Leben nicht gerechnet«, eröffnete Sedalé ohne Umschweife das Gespräch und durchbohrte mich mit ihren indigoblauen Augen. »Was willst du?«

»Ich wäre nicht hier, wenn es nicht wichtig wäre«, stellte ich klar.

»Ich weiß. Also: Was willst du?«

»Ich brauche deine Hilfe.«

»Meine Hilfe?« Sedalé lachte spöttisch, und die Eisenketten klimperten. Sie streckte mir die Hände entgegen. »Wie du siehst, sind mir wortwörtlich die Hände gebunden.«

»Ich weiß. Aber darum geht es nicht. Ich brauche Informationen von dir.« Ich sah argwöhnisch zu Zlawan, der gelangweilt auf die Sanduhr blickte. »Es hat sich etwas ereignet.« Himmel, wie sollte ich ihr im Beisein eines Gardisten begreiflich machen, dass der Palast von einem Dämon heimgesucht wurde? »Ich … ich suche jemanden. Einen Menschen wie Román.«

Sedalés Augen schnellten nach oben und nahmen mich aufmerksam ins Visier. Ich hielt ihrem Blick stand und beobachtete ihre kontrollierte Mimik.

»Hast du ihn gefunden?«

»Nein. Noch nicht.«

»Gibt es einen Anhaltspunkt, wo er sich aufhalten könnte?«

Ich schüttelte den Kopf. »Nein, jedenfalls keinen konkreten. Dein damaliger Lebensretter erzählte mir von gefährlichen Aufzeichnungen. Wusstest du davon?«

»Ich fand sie kurz nach dem Fest in seiner Bibliothek. Man ließ mich sehr lange auf ihn warten, und so vertrieb ich mir die Zeit damit, ein wenig in den Bücherregalen zu stöbern. Dabei stieß ich auf eine kleine flache Holzkiste, verborgen hinter mehreren Büchern. Das Schloss war aufgebrochen. Ich öffnete sie und sah, wie heikel ihr Inhalt war.« Sedalés Lippen bebten. »Ich stellte ihn sofort zur Rede, aber der Narr verlor sich in seinem verdammten Starrsinn! Ich wollte sie alle vor dem Bösen warnen und wurde für meine Warnung verhaftet.«

Ich sah sie betroffen an. Sedalé saß zu Unrecht im Kerker? »Es tut mir leid«, sagte ich leise.

»Spar dir dein Mitleid.« Die Alchemistin nickte zur Sanduhr. »Deine Zeit ist gleich um. Was willst du noch von mir?«

»Eine Frage muss ich dir noch stellen. Ich … ich wüsste gerne, ob Leute wie Román wirklich geheilt werden können. Oder ob die Gefahr besteht, dass sie in alte Verhaltensmuster zurückfallen.«

Mein Verdacht war geäußert, und ich bemerkte, wie Sedalé verärgert die Brauen zusammenzog. Das Donnerwetter ließ nicht lange auf sich warten.

»Er vertraut dir. Und du nutzt sein Vertrauen schamlos aus. Deine Zweifel machen mich krank. Du hast ihn nicht verdient!«

»Götter! Ich würde dich nicht fragen, wenn ich nicht einen Grund zur Annahme hätte!«

»Ich wusste bereits von Anfang an, dass du die Falsche für Cormac bist. Dass er einen großen Fehler gemacht hat, als er zu dir ins Bett stieg.« Sie presste wütend die Lippen aufeinander. »Er ist ein Mensch! Wie kannst du es wagen, das noch immer infrage zu stellen?«

Ich sah Cormacs hasserfüllte schwarze Augen vor mir, als er drohte, Vargaz umzubringen. Ich sah das getrocknete Blut an ihm. Ich wollte ihm vertrauen, wollte die letzten Zweifel in mir zum Ersticken bringen.

»Ich liebe ihn«, flüsterte ich schließlich heiser. »Es würde mir das Herz brechen, wenn er wegen seiner Vergangenheit aus meinem Leben verschwände.«

»Was?«, bellte Sedalé mit hoher Stimme. Sie warf sich in die Ketten, die dabei laut klimperten.

»Die Hälfte ist um«, tönte plötzlich Zlawan, und ich fuhr erschrocken zusammen. Ich hatte ihn völlig vergessen. Nervös wrang ich die Hände.

»Du bist seiner nicht würdig!«, fauchte Sedalé bissig. Sie konnte die Wahrheit nicht ertragen, dass Cormac mich liebte. »Du willst wissen, ob er sich zurückverwandeln kann? Ja. Kann er!«

Meine Augen weiteten sich mehr und mehr, als Sedalé unbarmherzig fortfuhr: »Er kommt aus der Hölle, und ich habe keine Kontrolle über ihn. Aber *ich* würde ihn nicht verlassen. Nicht deswegen. Ich würde auch nicht an ihm zweifeln!« Ich hörte Wut und Enttäuschung in Sedalés Worten mitschwingen. Die Eifersucht fraß sie auf, vielleicht sogar mehr, als sie es zugeben wollte. Stumm musterte ich sie, und sie tat mir plötzlich trotz ihrer Überheblichkeit leid.

»Du verstehst es nicht«, murmelte ich geschlagen.

Sedalé zuckte unbeeindruckt mit den Schultern, und ein zufriedener Ausdruck legte sich über ihr ebenmäßiges Gesicht. »Ihr hättet sowieso nie eine Zukunft gehabt«, meinte sie selbstgefällig. »Du bist nur eine Träumerin.« Sie schenkte mir ein gemeines Grinsen, während sie energisch mit den Ketten klirrte. »Das Gespräch ist beendet.«

Ich sah sie ernst an. »Du wirst sterben, Sedalé. Der Kaiser wird keine Gnade walten lassen.«

»Himmel, sorgst du dich jetzt etwa um mich?«

Ich schob die Hände in die Taschen und legte den Kopf schief. »Nein. Dafür können wir uns zu wenig leiden.« Ich senkte den Blick. »Aber den Tod hast selbst du nicht verdient. Sieh zu, dass du deinen Hals aus der Schlinge ziehst. Entschuldige dich. Bitte um Gnade. Erkläre ihnen, warum du so gehandelt hast. Dass es dem Schutz der Menschen diente. Cormac würde es nicht verkraften, wenn du stirbst.«

Sedalés Mund öffnete sich, in ihren Augen lag Erstaunen. Zlawan löste die Kette, und ich trat dicht an die Wand, als Sedalé aus der Zelle geführt wurde. An der Tür warf sie mir einen letzten Blick zu, und ich meinte, Bedauern darin zu sehen. Vermutlich täuschte ich mich. Sie und ich würden nie Freundinnen werden; Cormac würde immer zwischen uns stehen.

Ich hoffte, dass Sedalés Bitte um Vergebung ausreichte, um sie vor dem Tod zu bewahren. Für ihre Begnadigung würde ich nicht zu Vargaz ins Bett steigen. Alles, was ich noch für Sedalé tun konnte, war, Reynard aufzuhalten, bevor er seine Drohung in die Tat umsetzen konnte und sie vor dem richterlichen Prozess umbrachte, da ich mich für Cormacs Unschuld ausgesprochen hatte.

Ich schüttelte resigniert den Kopf, versuchte, Sedalé aus meinen Gedanken zu bekommen und mich wieder den wichtigen Dingen zu widmen.

Kapitel 22

Reynard war den Tag über so unauffällig gewesen, dass ich die Observation beinahe frustriert abgebrochen hätte. Nach der Konferenz arbeitete er für einige Stunden fleißig im Büro, aß eine Kleinigkeit und traf sich anschließend mit dem Kaiser. Das Beschatten von Reynard war kräftezehrend und äußerst langweilig.

Doch kaum war die Sonne untergegangen und die Nacht hereingebrochen, wurde aus dem emsigen Sekretär ein durchtriebener Halunke. Wie ein Dieb verließ er durch versteckte Hintertüren den Palast, um, wie er den Wachen plaudernd mitteilte, einen Abendspaziergang zu machen. Über mehrere kleinere Umwege gelangte er zum Wirtschaftsgelände und von dort zur Wäscherei, die abseits der Wohngebäude der Bediensteten lag. Die beiden Monde waren von Wolken verschleiert und tauchten das Gebäude in ein unheimliches Licht. Dahinter ragten die Schornsteine der Backstube und der Schlachterei wie dürre Finger in den Himmel, um nach den wenigen Sternen zu langen, die ab und an durch die Wolkendecke blitzten.

Eine Gänsehaut kroch über meine Arme. Ich verdrängte

das ungute Gefühl in meinem Bauch und konzentrierte mich auf die runde Gestalt vor mir. Wenige Hundert Meter von uns entfernt tummelte sich das Leben. Vor einem Wohnhaus waren Feuerschalen entzündet, die Bediensteten unterhielten sich laut und ausgelassen, und ihr Lachen durchbrach die Stille der Nacht. Keiner achtete auf Reynard, der die Schatten nutzte, um ungesehen die verlassene Wäscherei zu erreichen. Ich drückte mich dicht an eine Hauswand und spähte vorsichtig um die Ecke. Reynard zog einen Schlüsselbund aus der Tasche des bunten Mantels, blickte nach links und rechts und trat dann geräuschlos ein. Das war mein Startsignal.

Ein letztes Mal überprüfte ich den Dolch und zog mir anschließend die Kapuze über den Kopf. Entschlossen huschte ich die wenigen Meter zur Wäscherei hinüber, presste das Ohr seitlich gegen die Tür und lauschte mit angehaltenem Atem. Kein Laut war zu hören. Ich schlich zu den vergitterten Fenstern und spähte durch die Eisenstäbe in das Innere, doch ich konnte nichts erkennen.

Langsam drückte ich die Klinke nach unten, und wider Erwarten sprang die Tür auf. Eine Windböe trieb vertrocknete Blätter und Sand in das dunkle Innere; das Rascheln kam mir entsetzlich laut vor. Eilig schloss ich die Tür und lehnte mich mit dem Rücken dagegen. Mit weit aufgerissenen Augen blickte ich in das schwarze Nichts, bis ich mich allmählich an die Dunkelheit gewöhnt hatte.

Es war so still. Und trotzdem hatte ich das ungute Gefühl, von fremden Augen beobachtet zu werden. Die Luft im Inneren war feucht und warm. Es roch nach Seifenlauge, Chlor und Desinfektionsmittel. Vor mir erkannte ich die schemenhaften Umrisse riesiger Holzzuber. Weiter hinten stand eine Wäschemangel.

Ich bereute es plötzlich, Reynard allein gefolgt zu sein. Wenn mir wenigstens Cormac den Rücken gedeckt hätte! Ein lang gezogenes Stöhnen erklang tief unter mir, und ich fuhr erschrocken zusammen. Ungeduldig nestelte ich aus meiner Westentasche die Streichhölzer heraus und entzündete die mitgebrachte Laterne. Der warme Lichtschein fiel auf einen Stapel gebleichter Handtücher. Schnell zog ich den Dolch aus der ledernen Schlaufe. Ein Knirschen und Knacken ertönte, dann hörte ich das Tapsen von Stiefeln auf feuchtem Grund.

Die Kanalisationsrohre!, schoss es mir durch den Kopf. Zu meinen Füßen verliefen vergitterte Abflüsse, die am hinteren Ende der Wäscherei aufeinandertrafen. Ein metallenes Gitter, mit zwei Vorhängeschlössern versehen, verdeckte eine Stiege, die steil nach unten führte. Die Schlösser waren aufgebrochen, und das Gitter war beiseitegeschoben. Ohne zu zögern, kletterte ich die Stiege nach unten, ließ die letzten Sprossen aus und landete im knöcheltiefen Wasser. Ich drehte mich um, als ich direkt über mir ein Geräusch vernahm.

Erschrocken riss ich die Laterne hoch, und das warme Licht fiel geradewegs auf Cormacs blutverschmiertes Gesicht.

»Cormac?«, flüsterte ich voller Entsetzen. Mir war, als würde unter mir der Boden einstürzen. Cormacs Augen funkelten dunkel und … dämonisch. Mit bebenden Händen richtete ich die Spitze des Dolchs auf ihn. Ich konnte es nicht glauben. Wollte es nicht glauben. War er … war er also doch der gesuchte Dämon?

Sein Blick verdunkelte sich immer mehr, er sprang geschmeidig wie eine Raubkatze auf die Stiege und kletterte mit hassverzerrter Fratze zu mir herunter.

Jetzt tötet er mich, dachte ich panisch, und mein Herz pochte wie wild. Er will mich umbringen!

Es raschelte; dicht hinter mir spürte ich einen kalten Luftzug. Dann bekam ich einen heftigen Schlag auf den Hinterkopf. Rings um mich verschwamm alles, und ich fiel benommen zu Boden, merkte, wie starke Hände mich packten und tiefer in die Dunkelheit zerrten. Ein eisernes Gitter fiel dröhnend ins Schloss und versperrte Cormac den Weg, als er wutschäumend dagegenprallte. Zähnefletschend krallte er sich an den Gitterstäben fest und schrie seinen Zorn heraus, als just in diesem Moment ein immer lauter werdendes Dröhnen ertönte und die Erde zu beben begann.

Kapitel 23

Ich tue das, was wir schon früher heimlich getan haben. Ich male das Zeichen auf den Boden.

Aber dieses Mal ist es etwas anderes. Es ist kein dummer Streich und erst recht kein lustiges Spiel. Es ist bitterer Ernst. Anstatt der Wachsmalstifte nehme ich mein eigenes Blut, um das Pentagramm zu zeichnen. Der Schnitt tut nicht weh, und die Leere in mir verdrängt jeden Schmerz. Mein Blut wird ein Zeichen setzen, die schlafenden Menschen wachrütteln und sie bei vollem Verstand in ihren schlimmsten Albtraum katapultieren.

Ich will es so. Warum sonst würde man sich mit dem Bösen abgeben? Und im Vergleich zu den Menschen erscheinen mir die Kreaturen der Unterwelt harmlos. Ich glaube, der alte Mann weiß nicht, was für einen gefährlichen Schatz er hütet. Er hätte ihn besser verstecken müssen. Ein paar gezielte Fragen an die richtigen Leute, und schon wusste ich, wo ich zu suchen hatte. Die Beschwörungsformeln der Alchemisten scheinen tatsächlich zu funktionieren.

Blut tropft von meinem Arm. Es ist warm – noch. Bald wird das Leben aus meinem Körper weichen. Nur ein Satz trennt mich von der Freiheit und der Rache.

Mein Opfer ist so ängstlich wie ein Säugling, der von seiner Mutter getrennt wurde. Es verkriecht sich in seine Höhle, aber ich folge ihm. Langsam zwar, aber unaufhaltsam. Bald schon wird er vor mir liegen, zitternd und mit weit aufgerissenen Augen. Und ich … ich werde mich dann seiner quälend langsam annehmen. Ihm das Herz aus der Brust reißen und es in den Mund seiner Brut stopfen.

Denn ich habe jetzt die Macht darüber! Ich bin nicht mehr ängstlich. Ich bin nicht mehr zurückhaltend.

Ich bin stark! In mir tobt eine Macht, die sich niemand vorstellen kann. Meine Finger jucken, mein Verstand lechzt nach frischem Blut.

Sie erscheint mir … mächtig, voller Hass und so wunderschön. Viele würden sagen, ich wäre verrückt. Aber das bin ich nicht! Ich fordere nur das Schicksal heraus, denn es ist die letzte Möglichkeit, die mir bleibt. Mein allerletzter Trumpf.

Die Dämonen sind nicht tot. Einer ist mir erschienen, ein weiblicher.

Ihr Name ist Namrael. Sie ist durstig.

Mit ihrer Hilfe werde ich meinen Vater töten, der mir nie einer war.

Kapitel 24

»Aufwachen.«

Jemand schlug mir hart ins Gesicht. Silberne Blitze zuckten vor meinem inneren Auge. Meine Wange glühte, als hätte man mich mit heißen Kohlen berührt. Ich blinzelte, stöhnte vor Schmerz und wollte nach meinem Gesicht tasten, stellte aber mit wachsendem Entsetzen fest, dass ich meine Hände nicht bewegen konnte.

Flatternd öffnete ich die Lider und wusste zuerst nicht, wo ich war. Es war dunkel, feucht und unbequem. Von irgendwo tropfte permanent Wasser auf den Boden, ein nervtötendes Geräusch, und ab und zu scharrten kleine Pfoten über den feuchten Grund.

Langsam dämmerte es mir. Ich hatte Reynard durch einen geheimen Zugang bis in die unterirdischen Tunnel der Kanalisation verfolgt. Ich hatte mich einem blutüberströmten Cormac gegenübergesehen und war niedergeschlagen worden, als die Hörner am Tor aus unerklärlichen Gründen zu dröhnen begannen.

»Tsts, Rheanne, Rheanne«, drang Reynards Stimme an mein Ohr. »Ich habe Euch doch vorgewarnt.« Er stemmte die speckigen Arme in die Hüften und blickte mich von oben herab mitleidig an. »Niemand brüskiert mich in der Öffentlichkeit und kommt dann ohne Strafe davon. Ihr seid eindeutig zu weit gegangen, Elda Ritterin.«

»Ihr seid ja verrückt«, krächzte ich. »Überlegt Euch gut, was Ihr tut. Fügt Ihr mir Schaden zu, wird das schwerwiegende Konsequenzen für Euch haben.«

»Die wie genau aussehen werden?« Reynard zupfte sich lächelnd die Unterlippe, er war sich seiner Sache sehr sicher. »Ihr habt keine handfesten Beweise für meine Schuld.«

»Ezekiel weiß Bescheid.«

»O nein! Wie schrecklich!«

»Was bringt Euch mein Tod?«

»Eigentlich nichts. Aber wer sagt denn, dass ich Euch töten will?« Reynard reckte das Kinn und schloss die Augen. »Hört Ihr das?« Er meinte das dumpfe Dröhnen der Hörner. »Es ist der Aufruf zur Trauer. Ein Mitglied der kaiserlichen Familie ist wohl gestorben.« Der genzabarische Sekretär schürzte die Lippen und erzeugte ein ekelhaftes Schmatzen. »Ein Grund zur Sorge und auch ein Grund, so schnell wie möglich von hier zu verschwinden. Ich habe also wirklich viel zu tun!«

Ich kochte innerlich vor Wut, hatte Angst und war verunsichert. Ein Mitglied der kaiserlichen Familie? Tot? Konnte ich seiner Geschichte glauben? Ich rüttelte an den Fesseln, die um meine Handgelenke geschlungen waren. Reynard bemerkte mein Bemühen und belächelte mich mitleidig.

»Ich bedauere es wirklich, dass es so weit kommen musste.«

»Ach ja? Habt Ihr das auch Korringrur gesagt, bevor Ihr ihm das Messer in die Brust gerammt habt, oder dem Drogenbaron, bevor Ihr ihn bestohlen habt?«

»Oh, die liebe Caitlin hat wohl aus dem Nähkästchen geplaudert.«

»Lasst Caitlin aus dem Spiel. Ihr soll kein Haar gekrümmt werden. Sie hat mit Euren kriminellen Machenschaften nichts zu tun!«

»Himmel, warum nehmt Ihr diese dürre Bohnenstange nur so in Schutz?« Reynard verzog verächtlich den Mund und hatte große Ähnlichkeit mit einem schmollenden Kleinkind. »Mir scheint, als ob Ihr Caitlin nur halb so gut kennt wie ich. Die Kleine hat verborgene Seiten. Dunkle Seiten«, fügte er raunend und mit Nachdruck hinzu. »Sie und ihre Bettgespielin Aleana trafen sich öfter heimlich in der Bibliothek von Joakim Styrmir, diesem verschrobenen Alten, und blätterten in seinen dämonischen Aufzeichnungen. Einmal erwischte ich sie dabei, wie sie ein teuflisches Symbol auf den Boden in einer Lagerhalle malten. Sie waren beide nackt. War das unheimlich! Mir standen alle Haare zu Berge.«

»Das ist absurd. Ihr lügt wie gedruckt.«

»Das habe ich nicht nötig.« Über Reynards Mondgesicht huschte ein selbstgefälliges Grinsen. »Sie hat Euch bestimmt erzählt, ich würde sie töten, wenn Ihr sie als Eure Quelle vor Ezekiel enttarnt.«

Mein Schweigen war ihm Antwort genug.

»Oh, Himmel, wie naiv! Wirklich, Ihr seid ihr mächtig auf den Leim gegangen. Caitlins gespielte Unschuld ist bühnenreif, findet Ihr nicht? Wahrscheinlich verschwieg sie Euch auch, dass die andere Frau, die sich das Leben nahm, ihre leibliche Mutter war? Ach, tatsächlich! Sie hat es Euch nicht gesagt!« Er schüttelte missbilligend den Kopf.

»Warum sollte Caitlin Interesse an Dämonen haben?«, entgegnete ich, nicht bereit dazu, einem notorischen Lügner Glauben zu schenken. Trotzdem speicherte ich alle neuen Erkenntnisse in meinem Gedächtnis ab, um sie später genauestens zu prüfen – falls ich noch die Gelegenheit dazu bekäme.

»Fragt mich etwas Leichteres.«

Reynard trat zu der bröckelnden Backsteinwand und zog einen Stein heraus. Mörtel rieselte wie feinpulvriger Schnee auf den feuchten Boden. Er langte mit der Hand in das kleine Loch, lächelte zufrieden und zog eine Mappe heraus. Die Dokumente, sie waren hier!

Er verstaute die Mappe in der Brusttasche seines Brokatmantels, kam zu mir und tätschelte mir den Kopf. Wütend warf ich mich in die Fesseln, rüttelte und zog an ihnen, doch es half nichts. »Ich hoffe, es kommt jemand und rettet Euch. Dieser durchgedrehte Irre von vorhin vielleicht. Götter, er sah wirklich zum Fürchten aus!« Reynard hüstelte und rieb sich mit den Händen über die Arme. »Andernfalls werdet Ihr elendig verrecken. In einer«, er ließ den Blick schweifen, »zugegeben sehr eigenwilligen Lokalität.« Er neigte den Kopf und brach jäh ab, lauschte mit gerunzelter Stirn, ohne dabei die Augen von mir zu lassen. Die Hörner waren verstummt. Die Stille war schier unerträglich. »Ich muss mich beeilen. Ich habe schon viel zu viel Zeit vergeudet.«

Jetzt riss er sich von mir los und eilte ohne ein weiteres Wort davon, doch nach wenigen Metern blieb er plötzlich stehen. Ich kniff die Augen zusammen, als ich sah, wie er sich an den Gürtel griff und ein Messer herauszog. Augenblicklich spannte ich die Muskeln an. Wollte er mich nun doch töten?

»Ihr sollt wissen, dass ich nicht nur ein Unmensch bin«, meinte er lächelnd. »Heute ist Euer Glückstag, Rheanne. Hier. Für Euch! Auf Nimmerwiedersehen, Elda Ritterin.« Reynard warf lachend das Messer in meine Richtung. Es schlitterte über den unebenen Boden, rotierte dabei um die eigene Achse und blieb eineinhalb Meter vor mir liegen. Mein Schlüssel zur Freiheit!

Ich reckte und streckte mich, aber es fehlten etwa zwanzig Zentimeter, um das Messer mit dem Fuß zu mir zu schieben. Es war zum Verzweifeln! Ich musste irgendwie näher herankommen. Wütend kniff ich die Augen zusammen. Reynard hatte mich an ein eisernes Rohr gebunden, und die Fesseln saßen zu eng, um aus ihnen zu schlüpfen. Niedergeschlagen schloss ich die Augen. Reynard schien recht zu haben: Ich konnte kämpfen, mich anstrengen und bis an meine Grenzen gehen, doch letztendlich würde ich hier unten nur mein Grab finden.

»Brauchst du das?«

Mein Herzschlag setzte für den Bruchteil einer Sekunde aus. Ich öffnete die Augen und blickte direkt in Cormacs Gesicht.

»Cormac!« Gemischte Gefühle stiegen in mir auf. Ich war

froh, ein bekanntes Gesicht zu sehen, glücklich darüber, dass er mich retten würde. Würde er es denn wirklich tun?, fragte eine leise innere Stimme spöttisch.

Er kam auf mich zu, und sein wilder männlicher Duft stieg mir in die Nase. Cormac kniete sich neben mich und durchtrennte ohne Umschweife die Fesseln an meinen Handgelenken.

»Danke«, murmelte ich. Ich rieb mir die geschundenen Gelenke und drehte sie prüfend.

»Ich lasse dich nicht allein, Rhea«, sagte Cormac bestimmt und strich mir eine Haarsträhne hinter das Ohr. Ich schmiegte meine Wange in seine Hand.

»Das Blut …«, flüsterte ich, und die Erinnerung an sein verschmiertes Gesicht ließ mich schaudern.

»Es war mein Blut.«

Mir stockte der Atem, und ich hob fragend den Blick.

»Ein Gardist überraschte mich. Ich hatte keine Chance, er brach mir die Nase. Ich rächte mich.«

»Hast du ihn etwa umgebracht?«

»Götter, nein! Was denkst du von mir.« Er verzog angewidert das Gesicht. »Er liegt bewusstlos unter einem Busch.«

Im schwachen Licht der Laterne, die Reynard stehen gelassen hatte, sah ich das getrocknete Blut an Cormacs Nase. Es schimmerte dunkelrot. Mit einem Mal fiel eine riesige Last von meinen Schultern, und ich stürzte in seine Arme.

»Es tut mir leid!«, stieß ich hervor. »Ich dachte … ich glaubte …«

»Rhea, ich mache dir keinen Vorwurf. Wirklich«, brummte er.

Ich räusperte mich verlegen. »Reynard ist geflohen. Er hat die Dokumente.«

»Bist du in der Lage, ihn zu verfolgen?«

»Ja! Die Aufzeichnungen müssen vernichtet werden, das hat höchste Priorität. Du hast bestimmt auch die Hörner gehört?«

Cormac nickte als Antwort.

»Ein Mitglied der kaiserlichen Familie soll gestorben sein, das sagte mir jedenfalls Reynard. Weißt du etwas darüber?«

»Nein. Ich war schon im Inneren der Wäscherei, als die Hörner geblasen wurden.«

»Dann muss das warten«, seufzte ich und stand auf. Ich überprüfte meine Habseligkeiten und stellte fest, dass mir Reynard den Langdolch abgenommen hatte. Das Messer, das er zurückgelassen hatte, eignete sich für ein Attentat, aber im offenen Kampf gegen mehrere Gegner war es so gut wie nutzlos. Hoffentlich konnten wir ihn einholen, bevor er sich mit dem Unterhändler traf.

Cormac und ich folgten dem Tunnel, der stetig bergab führte. Der Weg war einfach, es gab keine Abzweigungen oder Stiegen nach oben, die Reynard hätte nehmen können. Je nachdem, wie schnell er gelaufen war, würden wir ihn früher oder später einholen. Schweigend eilten wir vorwärts und lauschten nach verdächtigen Geräuschen. Der Länge des Weges nach zu urteilen mussten wir den Palast bereits hinter uns gelassen haben. Dann, endlich, hörten wir Stimmengemurmel, und nach einer Weile sahen wir das schwache Licht von Fackeln. Cormac löschte die Laterne, und wir schlichen näher, bis der Tunnel in eine große unterirdische Halle mündete, von der mehrere Gänge nach allen Seiten abzweigten.

»Ihr seid ja verrückt!«, hörte ich Reynard aufgebracht schimpfen. Wir duckten uns, verbargen uns im Schatten eines Steinbogens und sahen, wie Reynard mit dem Rücken zu uns wild in der Luft gestikulierte. Vor ihm stand ein Mann, der von drei Leibwächtern flankiert wurde. Anscheinend hatten wir den Ort der Übergabe erreicht. »Ihr seid das Letzte, Ihr habt doch nicht die geringste Ahnung, was im Palast gerade für ein Chaos herrscht!«

»Ich will einen Beweis. Die Vereinbarung lautete, dass Ihr die Dokumente zusammen mit Nuvarr übergebt. Und jetzt soll er plötzlich tot sein?«

»Soll ich seinen in zwei Hälften gerissenen Körper etwa ganz allein in dieses Drecksloch zerren?«, zeterte Reynard. Er griff in die Manteltasche, und die drei Leibwächter zogen augenblicklich die Waffen. »Himmel, Dillaen, ruft Eure Bluthunde zurück!«

Sein Gegenüber knurrte widerwillig, hob die Hand, und die Kämpfer hielten augenblicklich inne.

»Hier!« Reynard schleuderte die Mappe mit den Dokumenten vor die Füße des Fremden.

Dieser bückte sich und hob sie auf, öffnete sie und blätterte flüchtig die Aufzeichnungen durch.

»Sie sind vollständig. Und von unermesslichem Wert.

Meine Schulden sind hiermit mehr als beglichen, und ich verlange, dass Ihr Euer Wort haltet und mich aus der Stadt schafft.«

»Natürlich«, nickte der Mann und lächelte durchtrieben. »Eure Schuld ist beglichen, Elder Reynard.« Er trat vor und legte dem Sekretär die Hand auf die Schulter. »Aber Vergebung sucht Ihr erfolglos.« Mit diesen Worten rammte er dem perplexen Reynard einen Dolch in die Brust. Gurgelnd ruderte der Sekretär mit den Armen. Ich presste mir erschrocken die Hand vor den Mund und beobachtete, wie Reynard leblos zu Boden stürzte. Der Federhut fiel mitten in eine Pfütze, die Federn sogen sich voll mit dem trüben Abwasser und sackten in sich zusammen. Der Fremde zog das Messer aus Reynards Brust und säuberte es notdürftig an dem Brokatmantel.

»Narr«, meinte er und spuckte verächtlich auf die Leiche. Er steckte das Messer zurück in den Gürtel und winkte seine Begleiter heran. »Gehen wir!«

»Noch nicht«, hielt Cormac mich flüsternd zurück, als ich die Verfolgung aufnehmen wollte, und legte eine Hand auf meinen Arm. »Wir warten, bis sie den Gang erreicht haben.«

Ich nickte. Eine gefühlte Ewigkeit verstrich, bis die vier Fremden im Gang verschwunden waren. Dann brachen wir auf und näherten uns den Verbrechern auf leisen Sohlen. Cormac zeigte auf die beiden Schläger, die das Schlusslicht bildeten, und gab mir mit knappen Gesten zu verstehen, dass er den linken und ich den rechten töten sollte.

Ich zückte das Messer und nickte. Mein Puls raste und

pumpte pures Adrenalin durch meinen Körper. Ich war bereit. Ein letztes Mal holte ich leise zischend Luft, dann sprang ich nach vorn, presste die linke Hand auf den Mund des Mannes, zog ihn zu mir nach hinten und schnitt ihm schwungvoll die Kehle durch. Er war zu perplex, als dass er hätte schreien können. Sein warmes Blut floss über meine Hand. Ein überraschtes Gurgeln kam über seine Lippen, als er zusammenbrach und die Aufmerksamkeit des Unterhändlers nach hinten lenkte.

»Was zur …«, setzte er verblüfft an, und das Licht der Laterne schwenkte in unsere Richtung.

Auf diesen Moment hatte ich gewartet. Ich packte das Schwert des toten Kämpfers, duckte mich und rammte dem Unterhändler meine Schulter in den Bauch. Sämtliche Luft wurde ihm aus der Lunge gepresst; er stolperte rückwärts und prallte mit dem Rücken gegen die Backsteinwand. Mörtel und abgebrochene Steinchen rieselten aus der Mauer und bedeckten seine lederne Rüstung mit weißem Staub.

»Rhea, Achtung!«

Ich spürte einen kalten Luftzug, da sirrte Cormacs Klinge dicht an meinem Ohr vorbei und drang mühelos in die Brust des Unterhändlers. Aus den Augenwinkeln nahm ich wahr, wie der dritte Kämpfer mit gezogener Waffe auf mich zustürmte.

Ich hob das Schwert, parierte den Schlag, doch die Wucht des Hiebes schlug mir die Waffe aus der Hand. Die Spitze des Schwerts drang in meinen Oberarm. Ich duckte mich und machte eine Schulterrolle, gerade noch rechtzeitig, um dem tödlichen Streich auszuweichen. Das Blut strömte aus meiner Wunde, aber das Adrenalin dämpfte den Schmerz.

Ich packte den Griff des Messers, das im Rücken des ersten Mannes steckte, und zog daran. Die Klinge hatte sich in den Kettengliedern verkeilt und ließ sich nicht bewegen. Verzweifelt rüttelte ich daran, als der letzte Kämpfer aufschrie, taumelte und sich vor Schmerz mit beiden Händen an den Hals fasste. Eine wahre Blutfontäne ergoss sich auf den feuchten Grund. Keuchend ließ ich den Griff los und rollte mich auf den Rücken. Neben mir fiel der letzte Mann zu Boden, und ich erkannte hinter ihm Cormacs Umriss.

»Das war knapp«, stieß ich hervor.

»Geht es dir gut?«, fragte Cormac und wischte sich Blut und Schweiß von der Stirn.

Ich nickte, erschöpft und atemlos, und kam auf die Beine. Er schloss mich in seine Arme, und ich genoss die Umarmung, spürte die Erleichterung wie eine Woge durch meinen Körper strömen. Wir hatten es geschafft. Die Dokumente waren in Sicherheit.

Kapitel 25

Zutiefst erschöpft, folgten wir dem Tunnel zurück und erreichten die steile Stiege nach oben. Wir verließen die Wäscherei im Schutz der Dunkelheit, nachdem wir uns vom Blut gesäubert und anschließend den Zugang notdürftig abgedeckt hatten. Der Palast war hell erleuchtet, und der Wind wehte aufgeregte Schreie und Befehle zu uns herüber. Irgendetwas Schreckliches musste vorgefallen sein, doch ich war zu müde, als dass ich dem Treiben meine Beachtung schenkte. Cormac und ich schlichen in eine Lagerhalle und ließen uns erschöpft auf einige leere Jutesäcke fallen. Ich legte den Kopf an Cormacs Brust und lauschte seinem rhythmischen Herzschlag.

»Rhea.«

Ich öffnete die Augen und suchte Cormacs Blick, der dunkel vor Sorge war.

»Ich will, dass die Zweifel aufhören«, sagte er leise, aber bestimmt. »Ich habe mit meiner Vergangenheit abgeschlossen.«

»Ich weiß.«

»Nein«, erwiderte er und richtete sich abrupt auf. »Wann immer du schwarzes Blut an einem Tatort findest, wirst du an mir zweifeln. Das muss ein Ende haben!«

Ich wusste nicht, was ich erwidern sollte, also nahm ich sein Gesicht in die Hände und zog ihn dicht zu mir heran. »Ich liebe dich, Cormac. Gib mir Zeit … ich werde die Dinge in Heptagon klären, sobald mein Auftrag beendet ist.«

»Und dann?«, fragte er hoffnungsvoll.

»Dann werde ich mit dir gehen. Du hast recht mit dem, was du gesagt hast. Ich bin nicht frei. Dieser Ring kettet mich an Merideth. Wenn ich zurück in Heptagon bin, werde ich meinen Titel und meinen Eid ablegen und aus Merideths Diensten treten.«

Er sah mich überrascht an. »Das verlange ich nicht von dir, Rhea. Du sollst nicht für mich deinen Traum aufgeben.«

»Das werde ich auch nicht«, erwiderte ich. Es war mir ernst. Nichts hielt mich mehr bei Merideth. Mein Rang als Ritterin war nichts wert im Vergleich zu einem glücklichen Leben mit Cormac.

Sein Blick irrte ruhelos durch den Raum, bis er an mir hängen blieb. Verlangen loderte in seinen schwarzen Augen, als er mich betrachtete. »Götter, Rheanne«, flüsterte er heiser.

Seine Worte bereiteten mir eine Gänsehaut. Er streckte die Hand nach mir aus und berührte mich sanft wie eine Feder an der Wange. Zärtlich ließ er die Finger über meine Haut gleiten und jagte mir Schauer um Schauer den Rücken hinab. Als er die Konturen meiner Lippen mit dem Finger nachzeichnete, öffnete ich unweigerlich den Mund und keuchte leise. Ich wollte ihn. Alles in mir schrie und verzehrte sich nach ihm.

»Ich wünschte, wir hätten uns zu einem besseren Zeitpunkt kennengelernt«, meinte er leise und wollte sich mir entziehen.

Ich schüttelte mit angehaltenem Atem den Kopf, packte sein Handgelenk. Mein Verstand drohte auszusetzen, ich genoss den Moment. Es gab nur ihn und mich. Keinen Dämon, keine Sedalé, keine Intrigen. Nur Cormac und mich.

»Nein«, widersprach ich, ohne unseren intensiven Blickkontakt zu unterbrechen. »Der Zeitpunkt ist perfekt.«

»Rhea … ich … wir«, er suchte nach den passenden Worten, doch er fand keine. Amüsiert über seine eigene Wortlosigkeit, lächelte er. »Götter, ich will dich. Wenn ich morgens aufwache, will ich dich neben mir haben. Wenn ich abends einschlafe, sollst du in meinen Armen liegen.« Er beugte sich über mich, und ich sank auf die Säcke. Seine Hände platzierte er rechts und links von meinem Kopf. Er duftete so gut nach Wald und Erde, nach Freiheit und nach unstillbarem Verlangen. Ich wölbte mich ihm entgegen, wollte das letzte bisschen Abstand zwischen uns mit unseren Körpern schließen. Das Blut rauschte durch meine Adern, alle Schmerzen waren wie weggeblasen. Ich wollte seine Haut auf der meinen spüren, seine Lippen schmecken und in dem Kuss auf ewig versinken.

Das Glühen in Cormacs schwarzen Augen zeigte mir, dass er ebenso fühlte. Ich lächelte ihn schief an, sog seinen herben Duft ein und legte die Hände um seinen Nacken. Endlich. Eine Weile verharrten wir in dieser Position. Wir sahen einander an und versanken im Blick des anderen.

Sanft streichelte ich seine stoppelige Wange, und er schloss die Augen und stieß ein wohliges Knurren aus. Ich wollte ihn schmecken, hier und jetzt. Erwartungsvoll atmete Cormac ein, während er mich beinahe fragend ansah. Ein breites Grinsen umspielte nun meine Mundwinkel, als ich seinen Kopf zu mir herunterzog und meine Lippen den seinen immer näher kamen.

Als sie sich trafen, explodierten in uns die Gefühle. Ich keuchte vor Überraschung auf, so groß war die Wucht unseres gegenseitigen Verlangens. Ich vergrub eine Hand in seinem muskulösen Nacken, zog ihn noch näher zu mir heran, bis kein Blatt Papier mehr zwischen uns gepasst hätte. Meine andere Hand lag auf seinem Hinterkopf und hinderte ihn daran, seine Lippen frühzeitig von meinen zu nehmen.

Der Kuss wurde intensiver, leidenschaftlicher. Ich öffnete die Lippen und gewährte seiner Zunge den Eintritt. Auch mir entfuhr ein lustvolles Keuchen, als er behutsam an meiner Unterlippe saugte und schließlich unsere Zungen einander fanden.

»Du überraschst mich immer wieder«, raunte er mir heiser ins Ohr, und ein Kribbeln durchlief meinen gesamten Körper, als sein warmer Atem mich streifte.

Als Antwort darauf presste ich meinen Unterleib gegen den seinen, spürte seine warme, pulsierende Erregung und lächelte wohlig unter dem Kuss. Meine Hände bahnten sich ihren Weg seinen Rücken hinab. Wie automatisch glitt er aus der grauen Weste und ließ sie achtlos zu Boden fallen. Während ich ihn leidenschaftlich küsste, knöpfte ich langsam sein Hemd auf, bis auch dieses Stück Stoff gen Boden trudelte.

Ich krallte die Finger in seine Rückenmuskeln und entlockte ihm ein gieriges Schnauben. Ich dachte gar nicht daran aufzuhören, sondern ließ die Hände immer weiter nach unten gleiten, bis sie den Bund seiner Hose erreichten.

»Hör nicht auf«, befahl er mir mit wildem Blick.

»Wer wird denn gleich die Kontrolle verlieren«, sagte ich neckend, ließ urplötzlich beide Hände in seine Hose gleiten und packte seinen Hintern.

»Du hast es nicht anders gewollt«, erwiderte er, und ehe ich michs versah, umklammerte er meine Handgelenke und platzierte sie über meinem Kopf. Er hielt inne und betrachtete mich voller Liebe und Lust.

Verschmitzt grinsend hielt er mich nur noch mit einer Hand im eisernen Griff, während die andere aufreizend langsam über mein Schlüsselbein hinweg nach unten glitt. Mein Körper zitterte vor Erregung. Ich presste die Lippen zusammen und schloss die Augen. Abermals wölbte ich mich ihm entgegen, um ihm zu zeigen, dass ich kurz vor dem Explodieren war und mich ihm endlich hingeben wollte, doch Cormac kostete den Moment der Kontrolle zufrieden aus.

Langsam schob er mein Oberteil nach oben und entblößte Stück für Stück meine Haut. Dann plötzlich, als würde er es nicht mehr aushalten, zerrte er an der Knopfleiste, und der Stoff riss in zwei Teile.

»Ich kaufe dir ein neues Oberteil«, sagte er heiser, beinahe entschuldigend.

Ich lag mit entblößtem Oberkörper unter ihm. Der Blick

in seinen Augen verklärte sich, und aufrichtige Bewunderung sprach aus ihnen.

»Du bist wunderschön«, hauchte Cormac. Er zeichnete mein leicht hervorstehendes Schlüsselbein nach, ehe er den Kopf senkte und meinen Bauch mit sanften Küssen bedeckte. Ich seufzte und genoss seine weichen Lippen auf meiner Haut. Jedes Mal, wenn sie mich berührten, schien ich vor unterdrückter Lust zu explodieren.

»Cormac«, wisperte ich gegen seine Lippen, als er meinem Gesicht nahekam. »Ich will dich spüren. Schlafe mit mir.«

Als hätte er nur darauf gewartet, zog er mir glücklich lächelnd die Hose vom Leib. Liebevoll strich er mir über das Haar, und ich konnte nicht verhindern, dass eine einzelne Träne des Glücks meine Wange hinablief. Zärtlich wischte er sie mit dem Daumen fort.

»Ich liebe dich«, flüsterte er schließlich und sah mich beinahe erwartungsvoll an. »Nichts soll mehr zwischen uns stehen. Weder Dämonen noch Kaiser werden mir die Liebe nehmen können, die ich für dich empfinde. Ich werde dir überallhin folgen. Ich werde für dich da sein, wenn du dich alleine wähnst. Ich werde nicht mehr von deiner Seite weichen, Ritterin Rheanne aus Heptagon, bis du es mir eines Tages befiehlst.«

»Ich zweifle nicht an unserer Zukunft«, erwiderte ich leise. »Ich kann nicht länger ohne dich sein, Cormac. Du gibst mir Kräfte, die ich nie für möglich gehalten hätte. In Astran erwartet mich nichts. Du bist mein Zuhause.« Die Worte sprudelten über meine Lippen.

Wir sahen einander an, überwältigt von unseren tiefen Gefühlen, gegen die wir uns beim besten Willen nicht wehren konnten. Vielleicht war es falsch, vielleicht war es naiv, aber verdammt – ich liebte ihn, und er liebte mich. Wir versanken in dem Kuss, gaben uns darin den Halt, den wir so dringend nötig hatten, und ließen alle Bedenken los. Es gab kein Halten mehr.

Dann drang er in mich ein, und als sich unsere Körper miteinander vereinten, spürte ich, dass ich wirklich zu Hause angekommen war.

Kapitel 26

»Geh nicht«, sagte Cormac vorwurfsvoll. Er lag auf der Seite und beobachtete mich mit glühenden Augen, wie ich in meine Kleider schlüpfte. »Und wenn du schon hierbleibst, könntest du gleich deine Kleider wieder ausziehen. Du siehst in der Rüstung zwar wunderschön aus, aber ohne sie gefällst du mir eindeutig besser.«

Ich grinste und wurde rot. Leise lachend schüttelte ich den Kopf. »Du weißt, dass ich nichts lieber täte.«

»Aber?«

»Ich muss die Dokumente Ezekiel geben. Und ihn fragen, was vorgefallen ist. Wenn er denn noch lebt«, fügte ich düster hinzu, als ich mich an die Hörner erinnerte. »Der Palast gleicht einem aufgescheuchten Bienenschwarm. Ich muss unbedingt in Erfahrung bringen, was vorgefallen ist.«

»Und ich muss mich hier derweil verstecken«, seufzte Cormac und ließ sich stöhnend auf den Rücken fallen.

»Wenn du es nicht riskieren willst, neben Sedalé in einer Zelle zu landen, rate ich dir dringend dazu.«

Cormac brummte sein Missfallen über meine Worte in den Bart. »Ich weiß.«

Ich lächelte und zurrte den Waffengürtel ruckartig fest. Ich genoss jeden noch so winzigen Augenblick in Cormacs Nähe, aber mein Hauptaugenmerk hatte nun dem Dämon zu gelten, bis er tot im Staub lag.

Ich beugte mich zu Cormac hinunter und küsste seine stoppelige Wange. »Ich komme bald wieder.«

»Du musst vorsichtig sein, Rhea. Versprich es mir.«

»Das werde ich. Hab keine Angst.«

Ich trat ins Freie, schloss die Tür und lehnte mich mit dem Rücken dagegen. Tief atmete ich die klare Nachtluft ein, ehe ich mit gestrafften Schultern zum Palast aufbrach.

Die Stimmung innerhalb der schwarzen Mauern war angespannt und geladen. Ein ungutes Gefühl überkam mich, als ich an beinahe jeder Ecke einen Gardisten sah. Die nackte Angst stand jedem Einzelnen ins Gesicht geschrieben, vom einfachen Angestellten bis hin zum befehlshabenden Offizier. Was zur Hölle war nur vorgefallen? Ich brauchte dringend Antworten.

»Wo finde ich General Ezekiel?«, fragte ich einen Gardisten, indem ich ihn am Arm packte und so die Aufmerksamkeit auf mich lenkte. Gewöhnlich hätte meine Geste eine scharfe Reaktion seinerseits zur Folge gehabt, doch der Gardist wandte den Kopf langsam in meine Richtung und sah mich stumpf an. Mir wurde plötzlich flau im Magen, und im Stillen bereitete ich mich darauf vor, dass der Gardist mich über Ezekiels Tod informierte.

»Er befindet sich in den kaiserlichen Gemächern. Im

Westflügel«, fügte er hinzu, als er meinen fragenden Blick bemerkte.

Ich nickte, erleichtert über die Nachricht, dass der General am Leben war, und eilte weiter. Es war ein kurzer Weg, doch er kam mir ewig lang vor.

»Endlich«, murmelte ich, als vor mir die vergoldete Flügeltür auftauchte, vor der sich eine kleine Heerschar versammelt hatte. Als ich mich den Gardisten näherte, senkten sie wie auf ein lautloses Kommando die Piken.

»Halt!«, ertönte es dumpf hinter einer der Gesichtsmasken. »Sofort stehen bleiben!«

Ich kam dem Befehl nach und hob beschwichtigend die Hand.

»Ich bin Ritterin Rheanne, astranische Gesandte der Ersten Präsenz Merideth von Heptagon. Ich wünsche, den General Ezekiel unter vier Augen zu sprechen. Es ist wichtig.« Damit schien ich den befehlshabenden Offizier der etwa zwanzig versammelten Gardisten sichtlich zu überfordern.

»Ich habe den strikten Befehl, den General nicht bei der Untersuchung zu stören«, antwortete er schließlich mit fester Stimme.

Ich stutzte und suchte nach den richtigen Worten, die die Dringlichkeit meiner Bitte verdeutlichten.

»Der General wird nicht erfreut sein, wenn ihm zu Ohren kommt, dass Ihr mir ein Gespräch untersagt. Richtet ihm aus, dass ich die Dokumente sichergestellt habe. Ich werde sie ihm jedoch nur persönlich überreichen.«

»Ich …« Der Offizier hob die Pike ein Stück an und wandte

sich dann zu einem Gardisten. »Geh und richte dem General aus, dass die astranische Ritterin ihn zu sehen wünscht.« Er sah wieder zu mir. »Wenn er Euch sprechen will, dürft Ihr passieren. Tretet jetzt zurück.«

Ich tat, was er von mir verlangte. Ungeduldig nestelte ich an dem Saum meiner Weste. »Was ist denn passiert? Ein Mitglied der kaiserlichen Familie soll gestorben sein. Wisst Ihr etwas darüber?«

»Ich bin nicht befugt, mit Euch darüber zu reden«, wies der Mann mich bestimmt ab.

»Aber …«, setzte ich erneut an, doch der Gardist unterbrach mich.

»Ich werde keine weiteren Fragen mehr beantworten.«

Seinem Tonfall nach zu urteilen meinte er seine Worte ernst. Mir blieb nichts anderes übrig, als auf Ezekiel zu warten.

Mir kam es vor, als wären Stunden vergangen, als sich endlich die Tür öffnete. Voller Erleichterung erkannte ich Ezekiels muskulöse Gestalt, die sich an den Gardisten vorbeidrängte.

»Elda Rheanne.«

Götter, er sah grässlich aus! Seine Augen waren rot und geschwollen, das Gesicht eingefallen und die Schultern nach vorn gekrümmt, als drückte eine ungeheuer schwere Last ihn zu Boden. Er hob müde die Hand und winkte mich zu sich heran.

»Himmel, General Ezekiel, was ist geschehen? Mit Verlaub, aber Ihr seht furchtbar aus!«

Er blickte mich an und lachte dann freudlos auf. »Ihr seid wohlauf. Ich hätte es nie für möglich gehalten, das zu sagen, aber ich freue mich, Euch zu sehen.« Er fuhr sich über sein stoppeliges Kinn. »Ich brauche Eure Hilfe.«

»Meine Hilfe wobei?« Ich war verwirrt, und sein Anblick verunsicherte mich umso mehr.

»Der Kaiser und der Thronerbe sind tot.«

»Wie bitte?« Die Zeit schien stillzustehen. Ich konnte jetzt wirklich keinen schlechten Scherz vertragen. Benommen schüttelte ich den Kopf und suchte Ezekiels Blick. In seinen Augen lag eine tiefe Trauer.

»Sie wurden ermordet. Kommt mit.«

Ich folgte ihm wie eine Schlafwandlerin. Mein Herz hämmerte in meiner Brust, und mit einem Mal überkam mich eine entsetzliche Angst.

Der süßliche Verwesungsgeruch, der uns entgegenschlug, raubte mir für einen Moment den Atem. Ich wankte und stützte mich am Türrahmen ab. Die Präsenz des Dämons war zu spüren, zu riechen, ja, selbst zu schmecken. Mühsam zwang ich mich dazu vorwärtszugehen.

»Ich habe das Gefühl, nun endgültig den Verstand verloren zu haben«, murmelte Ezekiel und gewährte mir Zutritt zu dem Arbeitszimmer des Kaisers.

Mein Blick fiel sofort auf die beiden Leichen. Sie waren an die Wand genagelt, die Brustkörbe waren aufgerissen. Die einst so stolzen Gesichtszüge des Kaisers waren nicht mehr als solche zu erkennen. Sein Gesicht war eingedellt und schrecklich entstellt, der Mund stand zu einem letzten Schrei sperrangelweit offen. Gedärme quollen aus der aufgerissenen Bauchhöhle und sonderten einen abscheulichen Gestank ab, während das Blut wie dickflüssiger Teer auf die Dielen tropfte. Schwarzes Blut. Es war überall: an den Wänden, auf dem Boden, auf dem Mobiliar. Ich schluckte und zwang mich, zu Runet, dem jungen Prinzen, zu sehen. Den Anblick seines Gesichtes, das mich sehr an Vargaz erinnerte, würde ich nie vergessen. Seine toten braunen Augen bohrten sich anklagend in meine. Er war noch so klein … so jung. Ich schätzte ihn auf gerade mal acht Jahre. Es brach mir das Herz, ein unschuldiges Kind an die Wand genagelt zu sehen, und ich wunderte mich, dass noch niemand Anstalten gemacht hatte, die beiden Leichname herunterzuholen.

»Das ist Wahnsinn«, gab ich mit staubtrockener Kehle von mir. Ich blinzelte, unterdrückte den Wunsch, laut zu schreien. Die geborgenen Dokumente und der Tod von Reynard waren plötzlich in weite Ferne gerückt.

»Folgt mir«, meinte Ezekiel mit rauer Stimme. Der Anblick seines entstellten Bruders war ihm spürbar zu viel.

Der General führte mich in einen Nebenraum. Drei wohlbekannte Männer saßen dort an einem runden Tisch versammelt: Semeon, Joakim Styrmir und Maverigk, einer unterschiedlicher als der andere. Als wir eintraten, erhoben sie sich und sahen uns voller Erwartung an, als brächten wir ihnen die Offenbarung. Ezekiel öffnete gerade den Mund, da erklang aus dem Schlafgemach ein greller Schrei, gefolgt von einem irren, gackernden Lachen.

Ich fuhr erschrocken zusammen.

»Es ist nur Anaztasia«, gab er mir müde auf meine nicht laut gestellte Frage Antwort. »Sie dreht völlig durch.«

»Es ist der Schock«, ertönte Joakim Styrmirs hohe Stimme. »Ihre ohnehin schon labile Psyche hat unter dem Tod der beiden sehr gelitten.«

»Sie ist endgültig verrückt geworden«, brachte es Ezekiel auf den Punkt, und Semeon schüttelte bei den Worten aufgebracht den Kopf. Die Augen des Außenministers waren dunkel vor Sorge um die Kaiserin.

»Wundert es Euch? Sie war schließlich eine der Ersten, die den Kaiser und den Prinzen fand.«

»Was geschieht mit ihr?«, fragte ich.

»Gute Frage«, sagte der Alchemist. »Das Land regieren kann sie nicht, so viel steht fest. Genzabar wäre mit einer Verrückten an der Spitze der Macht dem Untergang geweiht.«

Semeon warf Joakim Styrmir einen vernichtenden Blick zu. »Redet nicht so von ihr! Dazu habt Ihr nicht das Recht.«

»Na, na, hütet Eure Zunge, mein Guter. Was ich sage, ist die Wahrheit, und das wisst Ihr. Eure unerwiderten Gefühle sollten Euch nicht vom Wesentlichen ablenken. Tatsache ist: Eine Geisteskranke kann unmöglich den kaiserlichen Thron besteigen.«

»Ihr wagt es! Ihr seid noch nicht einmal ein Bürger Genzabars!«

»Das ist korrekt. Freundschaft scheint hierzulande wohl nichts zu bedeuten.«

»Ihr wart ihr kein Freund! Ihr habt sie in ihrer Verzweiflung doch nur bestätigt und dafür auch noch Unsummen kassiert!«

»Es reicht! Das Volk würde es nicht verkraften, wenn nach dem Tod des Kaisers und des Prinzen auch noch die Kaiserin verschwindet. Sie muss der Form halber vereidigt bleiben«, sagte Ezekiel und bemühte sich um eine diplomatische Lösung.

»Ihr seid in der Erbfolge der Nächste, der Anrecht auf den Thron von Genzabar hat«, meinte Joakim Styrmir. »Wenn schon das Volk nichts von Anaztasias derzeitigem Geisteszustand erfahren darf, muss wenigstens das Parlament darüber in Kenntnis gesetzt werden. Die Minister werden Euch als den rechtmäßigen Kaiser anerkennen, General.«

»Das ist zu riskant. Das Parlament ist zu dicht am Volk dran«, winkte Ezekiel ab. Er schien mit der Wendung, die das Gespräch nahm, überhaupt nicht glücklich zu sein.

»Lasst mich zu ihr. Lasst mich mit ihr reden«, bat Semeon. »Ich kenne sie am besten!«

»Ihren Rücken kennt Ihr am besten, weil Ihr ihr wie ein lüsterner Köter nachgerannt seid.«

Semeon zauderte nicht lange und schlug Joakim Styrmir mitten auf die Nase.

»Au! Habt Ihr keinen Respekt vor dem Alter?«

»Dafür müsste ich Euch erst einmal als Mensch respektieren!«

Ezekiels Hand donnerte auf die blanke Tischplatte und brachte die beiden Streithähne augenblicklich zum Schweigen. »Es reicht! Genug! Götter, Ihr Elder benehmt Euch wie dumme Jungen! Mein Bruder … Euer aller Kaiser ist tot! *Ermordet* in seinem eigenen Reich! Ausgeweidet und aufgehängt wie Schlachtvieh! Verdammt! Begreift Ihr es denn nicht? Wir haben weitaus ernstere Themen zu besprechen!«

»Der Thron Genzabars *ist* ein ernstes Thema«, beharrte Semeon steif. »So kann es nicht weitergehen. Das Volk will und muss die Kaiserin sehen, ansonsten werden die regimefeindlichen Rebellen alles daransetzen, uns den Palast streitig zu machen. Und in unserer derzeitigen Verfassung hätten sie damit leichtes Spiel.« Semeon schritt nervös auf und ab. »Der Mörder muss gefunden werden. Ich glaube nicht daran, dass es derselbe Täter war, der auch den Zwerg getötet hat. Niemand kann so einfach einen Kaiser ermorden! Irgendetwas geht hier vor sich. Etwas, das meine Vorstellungskraft zu sprengen droht.« Hilflos ließ er sich wieder auf seinen Stuhl fallen.

Ezekiel schloss erschöpft die Augen. Als er sie wieder öffnete, loderte Entschlossenheit in seinem Blick. »Setzt das Parlament in Kenntnis, dass Anaztasia sich heute auf dem Wehrgang dem Volk zeigen wird. Diesen Auftritt werden sie und wir meistern. Sie soll verschleiert und mit Arzneien beruhigt werden. Es handelt sich um wenige Minuten Theater. Dann rufen wir zur Trauerwoche auf. In dieser Zeit müssen wir die Macht Genzabars wiederherstellen und mit neu gewonnener Stärke eine stabile Regierung formieren.« Ezekiel sprach mit feurigem Blick und geballten Fäusten. Alle hingen an seinen Lippen, und in mir wallte Bewunderung auf.

Genzabar täte wirklich gut daran, ihn als Kaiser zu vereidigen.

»Semeon, geht und beruhigt die Minister. Rheanne und Joakim, Ihr bleibt.«

Nachdem der Außenminister eilig die kaiserlichen Privatgemächer verlassen hatte, wandte Ezekiel sich uns zu. Doch bevor er etwas sagen konnte, fiel ich ihm ins Wort.

»General, ich … Es geht um Reynard. Es ist etwas passiert. Könnten wir kurz unter vier Augen sprechen? Es ist wirklich wichtig.«

»Nicht jetzt«, erwiderte Ezekiel.

»Reynard … Er ist …«

»Ich sagte, nicht jetzt! Ich brauche zuerst Klarheit«, begann der General ohne Umschweife und nahm uns mit seinem Blick gefangen. »Als ich die Überreste von Nuvarr sah, dachte ich mir nichts dabei. Aber langsam steigen Zweifel in mir auf, und ich erachte schwarzes Blut nicht länger als *normal.* Euer Blick, Elda, sprach Bände, als Ihr meinen Bruder gesehen habt. Sagt mir die Wahrheit! Was brachte ihn um?«

Ich schluckte, nickte langsam und sah ihm direkt in die Augen. »Ein Dämon.«

Neben mir zog Joakim Styrmir hörbar die Luft ein.

»Ein Dämon«, wiederholte Ezekiel ruhig. Er legte den Kopf schief. »Das ist doch Unsinn.«

»Nein. Es ist die Wahrheit.«

»Dämonen existieren nicht. Sie sind eine Legende.«

Es klang wie eine Frage, als wünschte er sich insgeheim, dass ich ihm widersprach und ihm sagte, es sei nur ein ganz gemeiner Mörder gewesen, der Vargaz und seinen Sohn ausweidete. Ezekiels Verhalten erinnerte mich entfernt an Kapitän Menderz.

»Dämonen sind real. Sie sind das Werk der Alchemisten gewesen, die der Wissenschaft zuliebe mit Menschen experimentierten. Ohne Skrupel raubten sie ihnen ihre Seele, bis diese zu wilden und gierigen Wesen wurden. Man verbannte sie in die Unterwelt, in der sie fortan bis in alle Ewigkeiten eingesperrt sein sollten. Doch der Eingang zur Unterwelt steht seit Kurzem offen … Allerdings kann ein Dämon auch auf anderem Weg erscheinen. Mittels einer Beschwörung, für die man die Aufzeichnungen der Alchemisten braucht. Vermutlich beschwor jemand eines der Höllenwesen, und zwar mit den Unterlagen aus Joakim Styrmirs Bibliothek.«

»Ist das wahr?«

»Durchaus möglich, aber eher unwahrscheinlich«, verteidigte sich der alte Alchemist ausweichend.

Ezekiels Hand schnellte vor und packte Joakim Styrmir am Kragen. »Ich habe gefragt, ob es wahr ist!«

»Ja-a«, stotterte der Alte gedehnt.

»Eure Anwesenheit war schon immer mehr Fluch als Segen! Ich habe Vargaz vor Euch gewarnt, aber er wollte mir nicht zuhören. Und das haben wir jetzt davon.« Ezekiel schüttelte Joakim wütend und ließ dann verzweifelt von ihm ab. »Wie … wie kann man einen Dämon töten?«

»Indem man ihm erst ins Herz sticht und dann den Kopf abschlägt.«

»Götter!«

»Die haben damit nichts zu tun. Die Erschaffung der Dämonen war das Werk von Menschen«, sagte ich trocken.

»Es diente dem Fortschritt«, klagte Joakim Styrmir.

Ezekiel wandte sich ihm aufgebracht zu und gab ihm eine schallende Ohrfeige. »Genug! Noch ein Wort, und ich stopfe Euch Euer erbärmliches Maul. Rheanne«, meinte er, »sagt mir, was ich tun kann.«

»Wir müssen dem Dämon auf die Schliche kommen. Alle Anwesenden müssen systematisch überprüft werden, und zwar auf schwarzes Blut. Der Körper, in dem der Dämon steckt, ist bereits tot. In seinen Adern fließt kein rotes Blut mehr. Das ist die einzige Möglichkeit, den Dämon in dem riesigen Palast zu finden. Gleichzeitig sollte alles, was im Zusammenhang einer Dämonenbeschwörung steht, vernichtet werden.«

Der Alchemist öffnete protestierend den Mund, schloss ihn aber sogleich wieder, aus Angst vor Ezekiels Reaktion. Der General nickte. »Dann ist das ab jetzt Eure Aufgabe. Ich werde derweil die Offiziere über die neue Bedrohung unterrichten und alles Notwendige für die Blutuntersuchungen in die Wege leiten. Geht mit Joakim Styrmir zum Thronsaal von Anaztasia. Dort wird der Test stattfinden. Danach widmen wir uns der Zerstörung. Wir müssen auf alles gefasst sein.«

»Darf ich eine Bitte äußern?«, warf ich ein.

»Nur zu.«

Ich suchte nach den passenden Worten. »Die Alchemistin, die im Zellentrakt gefangen gehalten wird …«

»Was ist mit ihr?«

»Sie erwies sich als wertvolle Verbündete im Kampf gegen einen Dämon. Sie hat Erfahrung im Töten von Dämonen.«

»Sie verbreitete Lügen und stiftete Unruhe. Ich werde nicht im Traum daran denken, eine Verbrecherin freizulassen. Der Kaiser ist tot, ein Dämon wandelt unter uns, und ich werde sicher nicht zulassen, dass sich der Palast gänzlich in ein Tollhaus verwandelt!«

»Ihr braucht jede Hilfe, die Ihr bekommen könnt«, beschwor ich Ezekiel eindringlich. »Sedalé ist eine Meisterin auf ihrem Gebiet. Der Hohe Rat von Nalar vertraute ihr die wichtige Aufgabe an, den Zugang zur Unterwelt zu bewachen.«

»Dieser Aufgabe ist sie anscheinend nicht gewissenhaft nachgekommen. Oder wollt Ihr mir anderes weismachen?«

Ich schürzte die Lippen, suchte nach den passenden Worten. Aus Ezekiels Sicht trug Sedalé an der Tatsache, dass die Welt von Dämonen heimgesucht wurde, eine erhebliche Mitschuld. »Sie besitzt Wissen und Erfahrung, welches Ihr nicht habt. Vertraut mir, General. Sedalé wäre uns eine große Hilfe.«

»Das wird nicht nötig sein. Ich habe ein ganzes Heer hinter mir stehen.«

Ich musste mich seiner Entscheidung fügen, auch wenn er die Situation verkannte. Er nahm den Kampf gegen einen Dämon zu sehr auf die leichte Schulter, war so stark auf seine eigene Rache fixiert, dass es ihn blind machte.

Ich sah über die Schulter zu der verschlossenen Tür, die zum Tatort führte, und rief mir schaudernd den Anblick der entstellten Leichen in Erinnerung. Hätte ich an Ezekiels Stelle anders gehandelt?

»Ihr wolltet doch noch etwas mit mir unter vier Augen besprechen«, riss Ezekiel mich plötzlich aus meinen Gedanken. »Elder Joakim, wenn Ihr uns kurz entschuldigen würdet. Wartet draußen im Flur.«

Ich räusperte mich und verfolgte mit meinem Blick, wie der alte Alchemist langsam aus dem Zimmer schlurfte. Nachdem er die Tür hinter sich geschlossen hatte, griff ich unter meine Weste und zog die lederne Mappe mit den Dokumenten hervor.

»Ich habe die gestohlenen Aufzeichnungen sichergestellt«, begann ich. »Es verhielt sich so, wie ich es vermutet habe.«

»Und Reynard?«

»Er wurde von seinem Erpresser und drei Schlägern getötet. Sie … ich brachte sie zur Strecke.«

»Ihr? Alle vier?« Ezekiels Augenbrauen schossen skeptisch in die Höhe. Er verschränkte die Arme vor der breiten Brust. »Warum habe ich das Gefühl, dass Ihr Reynard nicht allein gefolgt seid? Ihr könnt zweifelsohne kämpfen, aber sich gegen drei Schläger zu behaupten ist eine Meisterleistung.«

»Ich hatte Hilfe«, erwiderte ich leise. Ich verkrampfte mich innerlich, denn ich wusste, was mit Cormac geschehen würde, wenn das Militär ihn in die Finger bekäme.

»Ich habe schon einen leisen Verdacht, wer Euch half«, knurrte Ezekiel. »Eigentlich habe ich gedacht, Ihr und ich hätten eine gewisse Vertrauensbasis aufgebaut. Ich habe Euren Gefährten nie verurteilt oder für schuldig befunden.«

Meine Augen weiteten sich vor Überraschung.

»Allerdings«, fuhr er fort, »sollte er untergetaucht bleiben, bis sich die Lage beruhigt hat.« Er stockte und verbesserte sich schnell: »Bis der Dämon zur Strecke gebracht wurde. Wo befindet sich Reynards Leiche?«

»Sie liegt noch immer in der Kanalisation. Er nutzte den unterirdischen Zugang in der Wäscherei, um durch die Tunnel aus dem Palast zu flüchten.«

»Ich werde Eure Aussage prüfen. Ihr werdet vor dem Parlament Rede und Antwort stehen müssen. Immerhin wart Ihr Zeugin, wie der genzabarische Sekretär und Schatzmeister umgebracht wurde. Nach Anaztasias Auftritt wird das Parlament tagen.« Ezekiel winkte einen Offizier heran. »Stellt eine Einheit zusammen. Es gibt eine Leiche zu bergen.« Sein Blick schweifte wieder zu mir. »Ihr werdet die Männer zum Tatort führen. Und denkt nicht daran zu flüchten. Dieses Mal könnt Ihr Euch nicht auf die Hilfe Eures Gefährten verlassen.«

Ich nickte, ich hätte den Palast ohne Cormac sowieso nicht verlassen.

Kapitel 27

Joakim Styrmir und ich passierten die Haupthalle und stiegen die Treppe hinab. Ich wusste, was mich in Anaztasias Saal erwartete, und trotzdem hatte die düstere Stimmung eine beachtliche Wirkung auf mich.

»Schneller!«, trieb ich ihn voller Ungeduld an. Ich wollte die Aufgabe so schnell wie möglich hinter mich bringen.

»Möge Yarna Eure Seele bis in alle Ewigkeit knechten«, ächzte Joakim Styrmir aufgebracht und reckte drohend die geballte Faust.

»Soll sie ruhig«, entgegnete ich unbeeindruckt. »Ich mache mir nichts aus Flüchen.«

»Ihr werdet Eure Meinung schnell ändern, wenn Ihr im Staub liegt und um Gnade winselt.«

Ich blickte über die Schulter. »Ihr seid nun der zweite Alchemist, der mir bisher über den Weg gelaufen ist«, sagte ich. »Und weder Sedalé noch Ihr konntet mir die Frage beantworten, warum Eure Vorfahren die Menschen so gequält haben.«

»Ist das jetzt eine Frage?«

»Ja.«

Joakim Styrmir rümpfte die Nase und wandte beleidigt den Blick ab. »Das ist so, als wenn ich Euch fragte, warum Eure Vorfahren einander umbrachten. Ich trage keinerlei Verantwortung für die vergangenen Taten.«

»Oh doch! Keiner aus Oskanon hat sich der Vergangenheit je gestellt. Ihr bewahrt noch all die Geheimnisse auf. Riskiert es, dass dunkle Mächte geweckt werden. Hättet Ihr Eure Fehler aufgearbeitet, würden wir jetzt nicht mit einem Dämon zu kämpfen haben.«

»Hm«, machte er nur und sah mich finster an. »Ich muss mich vor niemandem rechtfertigen. Und erst recht nicht vor Euch.«

Joakim Styrmir sprach kein einziges Wort mehr. Ich konnte ihm seine Laune nicht verübeln, auch wenn ich nach wie vor der Ansicht war, dass das alchemiebesessene Oskanon selbst schuld an der Misere war. Hätten die Alchemisten damals nicht mit Menschen experimentiert, würden Dämonen nicht existieren.

Kaum hatten wir den schwarz bemalten Korridor erreicht, sträubten sich meine Nackenhaare. Ich stieß mit einer Hand die Tür auf. Es war dunkel. Der Saal wurde nur von fünf Stumpenkerzen erhellt, die in einem akkuraten Muster auf den Steinfliesen standen und einen großen Klumpen in ihrer Mitte beleuchteten.

Ich kniff die Augen zusammen, ließ Joakim Styrmir los und umschloss den Dolchknauf.

»Ist da wer?«, rief ich in die Dunkelheit. Ich bekam keine Antwort, doch mein Ruf brachte Bewegung in den Haufen.

Ein schuppiges Kratzen ertönte, und etwas sehr Schweres rutschte über den Boden.

»Es ist niemand hier«, krächzte der Alchemist, belustigt über meinen Argwohn. »Ezekiel ließ den Saal räumen, nachdem Anaztasia ihren Anfall bekam. Habt Ihr etwa Angst?«, fügte er spöttisch hinzu.

»Nein. Nur vor Eurem Wahnsinn«, erklärte ich leise und machte einen Schritt auf die Kerzen zu.

In diesem Moment bewegte sich der dunkle Berg mit erstaunlicher Geschwindigkeit direkt auf mich zu. Bevor ich mir in Erinnerung rufen konnte, wer oder besser gesagt was sich mit Anaztasia den Saal teilte, bäumte sich der schuppige Leib des Pythons vor mir auf. Ammons gespaltene Zunge zuckte aus dem leicht geöffneten Maul, die gelben Augen glühten unheilvoll, und der Kopf schwang sachte wie ein Pendel hin und her.

»Götter!«, stieß ich hervor.

»Nein«, verbesserte mich Joakim Styrmir, »das ist die Reinkarnation von Yarna! Gepriesen sei die Göttin der Magie.«

Ich starrte ihn verständnislos an, als er auf die Knie fiel und die Stirn auf den Boden presste. Himmel, er betete! Und das, obwohl der Python weiter in unsere Richtung schlängelte und nun das preisgab, was er mit seinem mächtigen Leib umschlungen hielt.

»Oh, nein, Caitlin!«, rief ich entsetzt.

Ohne zu überlegen, zückte ich den Dolch und stürmte auf die Schlange zu. Erst jetzt bemerkte ich, dass Ammon inmitten eines gezeichneten Pentagramms lag. An jedem Zacken des Symbols stand eine Kerze.

Plötzlich nahm ich jedes kleine Detail des Saals mit einer Intensität wahr, die mir den Atem raubte. Ich bemerkte die Säulen, die wie Finger zur Decke langten. Ich sah den schwarzen Läufer, der bis hinauf zu den Füßen des Throns führte. Ich roch den betörenden Duft von Weihrauch. Ich sah Ammon, der mich misstrauisch anfunkelte.

Ekelhafte Zischlaute kamen aus dem breiten Maul, doch in diesem Moment dachte ich nur an Caitlin. Ich sah abwechselnd zu ihr und zu dem Python, der sichtlichen Spaß daran gehabt hatte, dem Mädchen in einer innigen Umarmung sämtliches Leben aus dem Körper zu quetschen.

Das schuppige Tier glitt geschmeidig auf mich zu und befreite Caitlins Körper vollends aus dem tödlichen Würgegriff, sodass er mit einem dumpfen Laut zu Boden fiel. Ich machte einen Satz zur Seite, und Ammon schoss dicht an mir vorbei. Mit einer kurzen Umdrehung sprang ich hoch und rammte ihm den Langdolch in den Schädel.

Knochen splitterten. Blut und Hirnmasse spritzten mir ins Gesicht, doch ich wischte sie achtlos mit dem Handrücken weg. Befriedigt sah ich mit an, wie der Python krampfhaft zu zucken begann und nach wenigen Sekunden erschlaffte.

»Caitlin!«

Ich stürzte zu ihr. Sie sah furchtbar aus. Ihre weit aufgerissenen Augen waren blutunterlaufen. Die linke Seite war merkwürdig eingedellt. Gebrochene Rippen verursachten innere Blutungen, die ihren Unterleib wie einen Ballon aufblähten. Sie bot ein einziges Bild des Grauens. Mühsam schluckte ich, ich durfte mich jetzt nicht von Gefühlen leiten lassen, auch wenn ich wusste, dass sie dem Tod geweiht war.

Behutsam strich ich ihr eine Haarsträhne aus dem Gesicht. »Caitlin, du musst wach bleiben. Hörst du mich? Halte durch. Hilfe ist schon unterwegs.«

Ich drehte mich suchend nach Joakim Styrmir um und sah ihn neben der Schlange knien. Er weinte.

»Steht auf!«, schrie ich ihn an. »Geht und holt sofort einen Arzt!«

»Ihr habt Yarna getötet«, murmelte er.

»Was?« Ich war verwirrt, bis ich mich daran erinnerte, dass er Ammon für die Verkörperung der ausgestoßenen Göttin hielt. »Das ist jetzt nicht Euer verdammter Ernst! Das Mädchen stirbt, wenn Ihr nicht die Beine in die Hand nehmt und Hilfe holt!«

Vorsichtig bettete ich Caitlins Kopf auf die Steinfliesen und hechtete zu Joakim Styrmir.

Ich packte ihn am Kragen und zog ihn auf die Beine.

»Holt Hilfe«, zischte ich drohend. »Beeilung!«

Der Anblick von Caitlin riss ihn aus der Lethargie. Mit offenem Mund starrte er auf das nackte Mädchen, als sähe er einen Geist. Rückwärts stolperte er zur Tür, prallte gegen den Rahmen und stürzte dann in den Flur hinaus. Ich sah ihm nach, ging zurück zu Caitlin und streichelte ihre glühende Wange.

Flatternd öffnete sie die Augen. Sie glänzten vor Fieber, und ich sah den Tod in ihnen leuchten. Dass sie wieder zu

Bewusstsein kam, grenzte an ein Wunder. Plötzlich wurde sie von einem Hustenanfall geschüttelt und erbrach rabenschwarzes Blut.

»Caitlin«, flüsterte ich, und ihre Augen huschten in meine Richtung. »Was ist passiert? Was hast du getan?«

»Aleana …«, murmelte sie schwach und lächelte glücklich, ehe sie wieder das Bewusstsein verlor.

Eine gefühlte Ewigkeit verstrich. Dann hörte ich das Stampfen von Stiefeln, und kurz darauf wurde der Saal von Fackeln hell erleuchtet. Zu meinem Erstaunen stürmte Liddia, der Hausdrachen, in den Saal, gestikulierte wie ein Dirigent wild mit den Händen und bellte knappe Befehle. Caitlin wurde auf eine Trage gehievt und aus dem Saal getragen. Ich eilte der Prozession hinterher, während es auf dem schnellsten Weg in die Krankenstation ging.

»Morphium!«, rief Liddia herrisch und schob mich beiseite.

»Kann ich irgendwie behilflich sein?«

Liddia musterte mich mit zusammengekniffenen Augen. »Aus dem Weg«, befahl sie, zwängte sich an mir vorbei und verpasste Caitlin das Schmerzmittel.

»Ich muss mit ihr sprechen«, drängte ich. »Es ist wichtig!«

»Einen Teufel müsst Ihr tun! Und jetzt seid endlich still, damit ich mich konzentrieren kann.«

Das Morphium in Caitlins Adern entfaltete seine Wirkung. Der Atem des Mädchens beruhigte sich etwas, und ihr Brustkorb hob und senkte sich in einem regelmäßigeren Rhythmus. Bei jedem Atemzug rasselte es in ihrer

Lunge. Hustend wand sie sich in dem Bett und stöhnte vor Schmerz.

Ich nahm ihre Hand und fuhr sachte mit dem Daumen darüber. »Caitlin … bitte. Sag mir, was passiert ist.«

»Aleana«, murmelte sie schwach. Die Augen waren geschlossen, doch sie schien bei Bewusstsein zu sein.

»Was ist mit ihr?«

»Sie wurde gerächt«, presste sie hervor. »Es ist vollbracht. Wir sind … frei.«

»Frei? Wovon?«

»Von … meinem Vater.«

Ich verstand nur die Hälfte. Ich beugte mich vor und studierte Caitlins aschfahles Gesicht. »Wer ist dein Vater?«

»War … Er *war* mein Vater. Ich habe ihn umgebracht.«

Ein Schauder rann mir den Rücken hinab. Ich stockte. »Dein Vater … meinst du Vargaz? Hast du den *Kaiser* ermordet?«

»Nein … das hat sie getan«, flüsterte Caitlin und hustete krampfhaft. Schwarzes Blut floss aus dem Mund, und ich tupfte es eilig weg.

»Sie?«

»Namrael …« Plötzlich öffnete sie die Augen, und ich stellte mit Entsetzen fest, dass die Pupillen mit dem Weiß zu einem ausdruckslosen Brei verschmolzen waren. Der Anblick erinnerte mich an den ersten Vorfall an Bord der Adlerschwinge, als ich dem sterbenden Matrosen Jules in die Augen gesehen hatte. »Sie verließ mich … aber sie ist hungrig … Ich habe … nicht gewusst …«, hauchte sie kraftlos.

»Caitlin, verdammt!« Ich fuhr mir durch das Haar und zwang mich dazu, ruhig zu bleiben und ihre Worte zu verarbeiten. »Wer ist Namrael?«

»Die, die kam, als ich sie rief.« Caitlins Brustkorb zuckte, und ich hörte das Bersten einer weiteren Rippe, als sie sich vor Schmerzen krümmte. »Ich hatte sie nicht unter Kontrolle … Ihr müsst … sie aufhalten!«

Sie stöhnte, und das Blut lief nun ungehindert aus Mund, Nase und Ohren. Erbarmungslos packte sie der Tod mit beiden Händen und schüttelte sie. Die vielen inneren Blutungen beulten ihren Bauch auf unnatürliche Weise aus. Caitlin stöhnte ein letztes Mal und starb vor meinen Augen.

Kapitel 28

Ich wusste nicht, wie lange ich an die Wand gelehnt saß und ins Leere blickte. Meine Augen brannten vom Starren, mein Hals war wie zugeschnürt. Irgendwann schob sich eine Hand in mein Sichtfeld, die ich widerwillig ergriff und die mich auf die Füße zog.

»Erzählt Ihr mir, was geschehen ist?«

Ich war erstaunt über die Sanftheit in Ezekiels Stimme. Langsam nickte ich, während mein Blick auf Maverigk fiel, der seit dem Mord an Vargaz und Runet nicht mehr von dessen Seite wich.

»Es war Caitlin«, sagte ich tonlos. »Sie beschwor den Dämon und tötete mit seiner Hilfe Euren Bruder und Neffen.«

Ezekiel öffnete den Mund, aber er schien keine passenden Worte zu finden. Er fuhr sich über das unrasierte Kinn und nickte schließlich. »Dann ist die Gefahr gebannt?«

»Nein.« Ich holte tief Luft und verdrängte das aufsteigende Bild von Caitlins deformiertem Körper. »Der Dämon, den sie beschwor, verließ ihren Körper und hat sich einen neuen Wirt gesucht. Die Jagd ist damit noch nicht beendet und der Mörder Eurer Familie nicht gefunden.«

»Verdammt!«, rief Ezekiel und schlug mit der Faust gegen den hölzernen Türrahmen. »Meine Männer sind kurz davor, den Verstand zu verlieren. Dieser Wahnsinnige macht ihnen Angst, raubt ihnen den Schlaf und den Mut. Über Caitlins Tod muss Stillschweigen bewahrt werden. Ich habe das Gefühl, einen Geist zu jagen.«

»Es geht mir genauso.«

»Ich brauche mehr Informationen. Die Blutuntersuchung ist umso wichtiger geworden – der Saal wird gerade gesäubert und vorbereitet.«

»Ich habe noch eine letzte Frage«, sagte ich und hielt Ezekiel vom Gehen ab.

»Hm?«

»Caitlin behauptete, sie sei die uneheliche Tochter von Vargaz.«

Ezekiel sah mich ruhig an. »Das ist keine Frage, Rheanne.«

»Stimmt es?«

»Es mag Euch überraschen, aber ich stand meinem Bruder nie sehr nahe. Ich weiß, dass Vargaz etliche Mätressen hatte, aber nicht, mit wem er sein Bett teilte und ob aus seinen Seitensprüngen neues Leben entstanden ist. Ich traue … *traute* es ihm durchaus zu. Mein Bruder war ein Ungeheuer, aber einen Tod wie diesen hat selbst er nicht verdient.« Er verspannte sich, und ich sah, wie seine Nackenmuskeln deutlich hervortraten. »Ich werde dem Dämon mit meinem eigenen Schwert den Kopf abschlagen!«

»Das wird nicht ausreichen. Ein Dämon lässt sich nur auf

einem Weg töten: Man durchbohrt sein Herz und schlägt ihm mit dem nächsten Hieb den Kopf ab.«

Ezekiel musterte mich mit grimmiger Miene. »Der Dämon wird zur Strecke gebracht werden. Was auch immer es kostet.«

Ich hoffte, er war sich darüber im Klaren, was das bedeuten konnte.

Mit gemischten Gefühlen betrat ich zum zweiten Mal das Kanalisationssystem unterhalb des Palastes. Nacheinander kletterten die sieben Gardisten hinter mir die Stiege herunter und landeten in dem trüben, muffig riechenden Abwasser.

Eine Gestalt trat dicht neben mich. Zu meiner Überraschung hatte sich Maverigk uns angeschlossen, wohl auf Geheiß von Ezekiel, da er ihm am meisten vertraute.

»Wo entlang?«, tönte es dumpf hinter seiner Maske.

Ich sah ihn von der Seite an und fragte mich, was für ein Mensch sich hinter der Maske verbarg. »Dort.« Ich zeigte mit dem Finger in die entsprechende Richtung, und wir liefen im Gänsemarsch los. Maverigk vorneweg, danach kam ich, gefolgt von den Gardisten mit der mir wohlbekannten Trage.

Ich blickte nachdenklich auf Maverigks breite Schultern. »Habt Ihr den Mord am Kaiser eigentlich mit eigenen Augen gesehen?«

Erst dachte ich, er hätte mich akustisch nicht verstanden, doch er blieb so plötzlich stehen, dass ich beinahe in ihn hineingelaufen wäre. Ich bremste gerade noch rechtzeitig ab.

»Warum interessiert Euch das?«

»Ihr seid … wart immerhin sein persönlicher Leibwächter.«

»Ich wartete vor der Tür«, knurrte Maverigk. »So, wie ich es immer tat. Der Kaiser legte in seinen privaten Räumlichkeiten großen Wert auf Ruhe und Alleinsein. Ich respektierte das.«

»Dann muss Caitlin durch das Fenster in das Arbeitszimmer geklettert sein«, mutmaßte ich nachdenklich. »Was geschah genau?«

»Ich hörte die Schreie und versuchte, die Tür einzutreten, was mir aber nicht gelang. Sie war verschlossen.« Er kam mir ganz nahe. Ich schluckte und starrte zu ihm hinauf, denn er war mindestens zwei Köpfe größer als ich. »Ich nahm meine Axt und schlug damit ein Loch in die Tür. Ich fand Anaztasia, die vor der Wand auf dem Boden kniete, und rief um Hilfe. Den Rest kennt Ihr. Können wir jetzt endlich weitergehen?«

Ich nickte mit trockener Kehle. Ich war froh, dass er wieder angemessenen Abstand zu mir hielt.

Die Bergung der Leichen ging schneller vonstatten als gedacht. Binnen weniger Minuten lagen der tote Sekretär sowie die vier Männer festgebunden auf den Tragen, und wir traten den Rückweg an, der noch schweigsamer als der Hinweg verlief. Ich war heilfroh, als wir aus der Wäscherei ins Tageslicht traten. Die Gegenwart des kurz angebundenen Maverigks, dessen Gesicht ich nicht einmal kannte, war mir nicht geheuer, und ich war erleichtert, als Ezekiel mir riet, mich auf die bevorstehende Anhörung vorzubereiten. Mit einem knappen Nicken verabschiedete ich mich von dem General und kehrte zurück in den Palast.

Ich bog in einen nur spärlich beleuchteten Gang ein. Der Weg kam mir vage bekannt vor; wandte man sich nach links, führte er geradewegs in die Gemächer von Anaztasia. Schon allein der Gedanke an die dunkle Halle jagte mir einen kalten Schauer den Rücken herunter. Ich hielt inne und schlug kurzerhand die andere Richtung ein.

Ich war tief in Gedanken versunken, als ich plötzlich eine Hand auf meiner Schulter spürte. Mein Herz setzte für einen Schlag aus. Ohne zu zögern, riss ich den Ellenbogen nach hinten und spürte, wie er in etwas Weiches drang. Hinter mir stieß jemand ein schmerzhaftes Stöhnen aus.

Ich duckte mich, umfasste den Arm und hebelte ihn, sodass mein Gegenüber, noch immer wimmernd, dazu gezwungen war, in die Knie zu gehen. Ich drehte mich um meine eigene Achse und zog im selben Moment den Dolch. Das Lampenlicht erhellte die Umrisse einer Gestalt, deren Gesicht im Schatten einer Kapuze lag.

»Gebt Euch zu erkennen. Auf der Stelle!«, verlangte ich und schwang drohend den Dolch.

»Nicht … wartet!«

Raschelnd zog die Gestalt das Stück Stoff vom Kopf, und ich bekam vor Überraschung große Augen, als sich das Licht auf dem Rahmen der Nickelbrille spiegelte.

»Semeon? Ihr? Was bei den Göttern habt Ihr Euch nur dabei gedacht, mich von hinten anzufallen? Ich hätte Euch töten können!«

»Dann war das Glück wohl heute ausnahmsweise auf meiner Seite.« Der Außenminister hustete und hielt sich den Bauch. »Ihr habt einen verdammt spitzen Ellenbogen. Ich glaube, ich kriege keine Luft mehr.«

»Dann könntet Ihr nicht sprechen.«

Semeon saß vor mir und schnappte hörbar nach Luft. Ich verdrehte die Augen und streckte ihm meine Hand entgegen, um ihm aufzuhelfen. Stolpernd kam er auf die Beine und stützte sich mit der Linken an der Wand ab.

»Himmel …«

»Was wollt Ihr? Warum schleicht Ihr Euch heimlich an mich heran? Und warum tragt Ihr diesen lächerlichen Kapuzenmantel? Wollt Ihr nicht erkannt werden?«

»Das sind viele Fragen auf einmal.«

Ich betrachtete den Außenminister halb neugierig, halb argwöhnisch. Semeon richtete die Nickelbrille und ordnete hektisch die langen Haare. Seine innere Unruhe übertrug sich auf mich. Ich schob den Dolch zurück in die lederne Schlaufe und verschränkte stirnrunzelnd die Arme vor der Brust.

»Also? Ich dachte, Ihr müsst eine außerordentliche Sitzung in die Wege leiten.«

»Das ist schon längst geschehen. Das Parlament wird in Kürze tagen.« Er drehte sich abrupt um, als hätte er jemanden hinter sich vermutet. Einen kurzen Moment starrte er nur in den Gang, ehe er sich mir wieder zuwandte. Seine Miene war besorgt und noch ernster, als sie ohnehin schon war.

»Es geht um Ezekiel«, kam er schließlich direkt auf den Punkt.

»Was ist mit ihm?«, fragte ich erstaunt.

»Ich kam nicht umhin, ein Gespräch zwischen ihm und Maverigk zu belau… mit anzuhören.«

»Ihr spioniert dem General nach? Er ist Eure einzige Möglichkeit, Euer Land ohne bleibende Schäden aus dieser Krise zu führen. Misstrauen ist in dieser Situation wirklich nicht angebracht.«

»Und deswegen muss er bis aufs Mark geprüft werden, so wie jeder Beamte auch! Was denkt Ihr denn? Nur, weil er Vargaz' Bruder und damit rechtmäßiger Thronerbe ist, heißt das nicht, dass er keine Vorstrafen oder dunkle Geheimnisse hat. Das muss alles von fähigen Leuten überprüft werden. Dieses Verfahren dauert im Normalfall Monate. Uns aber bleibt nur eine Woche!«

»Ihr setzt Spitzel auf den Prinzen an? Wirklich sehr vertrauensvoll!«, versetzte ich zynisch und lachte auf. »Und was hat Euch so in Rage gebracht, dass Ihr mich im Halbdunkeln überfallt?«

»Ich habe mit eigenen Ohren gehört, wie Ezekiel sagte, er wäre insgeheim froh, dass seinem Ungeheuer von Bruder Einhalt geboten und das Schicksal von Genzabar in fähigere Hände gelegt wurde. Er könnte den Mord am Kaiser und dem Prinzen geplant haben! Er ist schließlich derjenige, der vom Tod des Kaisers am meisten profitiert. Bestimmt hat Maverigk ihn dabei unterstützt.«

Ich kam nicht umhin, Semeon mit offenem Mund anzustarren. Sein Verdacht war haarsträubend unrealistisch. »Ihr habt ein privates Gespräch belauscht«, warf ich ihm vor, da ich ihm nicht sagen wollte, dass ein Dämon für die Morde verantwortlich war. Ich traute Semeon nicht über den Weg. Er wirkte auf mich wie ein Mitläufer, der sich immer den einfachsten Weg aussuchte.

»Es ist nun wirklich kein Geheimnis, dass sich Vargaz und Ezekiel nicht ausstehen konnten«, verteidigte sich Semeon und bedeutete mir, ihm zu folgen. Er führte mich durch mehrere schmale Gänge, bis er die Tür zu einem kleinen Raum aufschloss, der nur spärlich möbliert war.

»Hier warten sonst immer niedere Gesandte auf eine private Unterredung mit einem Minister«, erklärte er, als er meinen fragenden Blick bemerkte. Mit der Rechten zeigte er auf einen plumpen Sessel, und ich setzte mich, ohne ihn dabei aus den Augen zu lassen. Ungeduldig wartete ich darauf, dass Semeon sich endlich erklärte.

»Genzabar hat von Vargaz' Herrschaft profitiert.«

»Nicht alle Untertanen haben von ihm profitiert«, erwiderte ich.

»Ja, er hatte gewisse … Defizite«, lenkte Semeon zögernd ein. »Aber nichtsdestotrotz war er um das Wohl seines Volkes bemüht.«

»Genau so, wie ich gerade bemüht bin, nicht auf der Stelle zu General Ezekiel zu gehen, um ihn vor einem Intriganten zu warnen.«

»Ich verrate weder mein Land noch plane ich etwas, das Genzabar oder seinen Bürgern schaden würde.«

»Aber?«, hakte ich nach, da das Unausgesprochene schwer in der Luft hing.

»Ezekiel wäre ein gerechter Herrscher.«

Aus Semeons Mund klangen diese Worte eher nach etwas Grässlichem als nach einem Kompliment. Mein Gesicht sprach Bände, denn der Außenminister fuhr sogleich einlenkend fort: »Das ist an sich nichts Schlechtes! Nur … er wäre *zu* gerecht. Er würde Reformen durchsetzen, die das Volk nach dem Schicksalsschlag nur schwer verdauen würde.«

Ich blickte ihm voller Abscheu mitten ins Gesicht. »Ihr meint seine Beziehung zu Maverigk. Einem Mann.«

»Unter anderem. Genzabar wurde auf den Pfeilern der Erbmonarchie gegründet. Die kaiserliche Familienwürde reicht Hunderte von Jahren in die Vergangenheit zurück. Mit Ezekiel als Kaiser würde irgendwann alles enden. Er … er wird niemals einen rechtmäßigen blutsverwandten Nachfolger haben. Ich versuche doch nur, das Land vor sich selbst zu beschützen!«

»Nein, Elder Semeon. Ihr versucht nur, Euren armseligen Allerwertesten zu retten. Unter Vargaz litten unsere beiden Länder, und zwar mehr, als Ihr es zugeben wollt. Ezekiel hingegen bedeutet Fortschritt und Gerechtigkeit. Und Ihr wollt ihm und Maverigk daraus einen Strick drehen?«

»Das versteht Ihr nicht! Ihr könnt nicht darüber urteilen, Ihr seid selbst noch ein halbes Kind.«

Nun maß er mich mit Überheblichkeit.

Ich erhob mich aus dem Sessel, richtete mich zu meiner vollen Größe auf und funkelte den Außenminister verächtlich an. Ich hasste Selbstgefälligkeit. Das Schlimmste war, dass ich mich in Semeon getäuscht hatte. Ja, er war mir von

Anfang an suspekt gewesen, aber dass er derart rückschrittlich dachte, hätte ich von ihm nicht erwartet. Er versuchte, Ezekiel bloßzustellen, was ihn die Herrschaft kosten könnte. Ich biss die Zähne zusammen und wollte mich nicht länger in die politischen Angelegenheiten einmischen.

»Was macht Ihr?«, wollte er misstrauisch wissen.

»Ich werde jetzt gehen. Noch eine Minute länger mit Euch in diesem Raum, und ich kann für nichts mehr garantieren.«

»Ihr sprecht mit niemand Geringerem als dem genzabarischen Außenminister«, zischte Semeon erbost, und endlich erkannte ich das wahre Gesicht hinter der scheinheiligen Maske. Er packte mein Handgelenk. Leise knurrend ergriff ich mit der freien Hand seines und übte Druck darauf aus. Ich sah, wie er sich auf die Zähne biss und schließlich den Griff lockerte.

»Keine Sorge. Ich werde Ezekiel nichts von dieser Begegnung erzählen. Es geht mich im Grunde auch nichts an. Ich habe noch eine Sache zu erledigen, dann werde ich die Stadt für immer verlassen.«

»Das ist auch besser so«, presste Semeon hervor und lächelte abfällig. »Der alte Tattergreis sollte es Euch gleichtun.«

Ich wurde sofort hellhörig. »Ihr meint Joakim Styrmir.«

»Ja! Er stört. Seine Abreise ist längst überfällig. Erst bringt er Anaztasia um den Verstand, und dann hilft er Ezekiel dabei, an die Macht zu kommen. Anaztasia ist die rechtmäßige Herrscherin! Sie ist die Kaiserin von Genzabar, nicht Ezekiel!«

Darum ging es ihm also.

»Darüber werde ich nicht urteilen. Das sollte die Kaiserin selbst entscheiden.« Ich rief mir den einarmigen Alchemisten in Erinnerung. Dass Joakim Styrmir wie Sedalé einen nicht auszuhaltenden Stolz besaß und ausgesprochenes Interesse daran hatte, sich in die Angelegenheiten anderer einzumischen, war nichts Neues für mich.

Kapitel 29

Wer immer diesen Brief liest: Er bestätigt meinen Tod.

Ich schreibe ihn, bevor ich meinen Plan in die Tat umsetzen werde. Ist es dadurch ein Abschiedsbrief? Vielleicht – aber eigentlich gibt es niemanden, dem ich Lebewohl sagen möchte, außer einer Elda, die erst vor Kurzem in mein Leben getreten ist.

Wenn ich sie doch nur ein paar Wochen früher kennengelernt hätte … Sie hat mich zum ersten Mal seit langer Zeit das Gute im Menschen sehen lassen. Sie ist nicht fehlerfrei. Genauso wie ich. Aber sie gibt ihre Fehler wenigstens zu. Genauso wie ich.

Die Zeit reichte nicht aus. Mein Entschluss hat sich tief in mir verfestigt. Ich bin dazu gezwungen, ihn in die Tat umzusetzen.

Vargaz, mein Vater, muss für seine Schuld bestraft werden. Er vergewaltigte meine Mutter jahrelang. Er ergriff Besitz von ihrem Körper, doch als daraus ein neues Leben entstand, warfen sie es achtlos weg. Sie warfen mich weg!

Ich habe lange Zeit nicht gewusst, von wem ich abstamme. Ob ich eher meinem Vater oder meiner Mutter ähnlich bin.

Ich kannte Myrtha. Wir arbeiteten zusammen. Doch nicht einmal in meinen kühnsten Träumen hätte ich mir vorstellen können, dass diese Frau meine leibliche Mutter ist! Sie wurde im Laufe der Zeit gemein zu mir. Sie wurde handgreiflich, schlug mich, natürlich immer heimlich. Ich erzählte Aleana von ihr, und sie versprach, mich zu beschützen.

Ihr Versprechen kostete sie das Leben. Aleana und ich wurden getrennt, ich sah sie nicht mehr oft, aber ich bemerkte, wie sie sich veränderte. Sie fand keine Ruhe mehr, sie sprach nicht mehr. Sie war wie ausgewechselt, weil sie sich das Bett mit einem Monstrum teilen musste.

Mein Vater schlief mit meiner Geliebten.

Die Scham trieb Aleana an den Rand des Abgrunds, und es gab nichts, woran sie sich festhalten konnte. Sie suchte noch nicht einmal nach dem rettenden Halt. Stattdessen sprang sie, mit einem Strick um ihren Hals, und die Schlinge brach ihr das Genick.

Sie starb meinetwegen. Kurz darauf folgte ihr meine Mutter in die Hölle. Anscheinend plagten sie die Schuldgefühle. Soll sie doch in der Hölle schmoren! Ich werde ihr nie verzeihen, selbst im Tod nicht!

Sie hat die Vergebung nicht verdient. Sie ließ mich im Stich, obwohl sie wusste, was mir im Palast blühte.

Sie schrieb einen Brief und war zu feige, mir die Wahrheit ins Gesicht zu sagen. Damals wünschte ich mir, die Wahrheit meiner Abstammung zu erfahren. Heute verfluche ich mich für meinen dummen Wunsch.

Ich kann nicht mit dem Wissen leben, die Tochter eines Monstrums zu sein. Vargaz' Blut weckt das Böse in mir, denn ich lasse mich mit dem Bösen ein und suche in der Alchemie nach Hilfe.

Ich bin nicht besser als mein Vater.

Ich werde ihn töten, und mein Hass wird ein unschuldiges Kind das Leben kosten.

Auch ich bin ein Monstrum, und aus diesem Grund wird die Welt mich nicht vermissen.

Kapitel 30

Nervös spielte ich mit den Knöpfen an meinem Hemd, suchte etwas, an dem ich mich festhalten konnte. Ich redete mir zwar ein, dass ich für Reynards Tod nicht das Geringste konnte – immerhin wurde er von seinem Erpresser mit einem Dolchstoß getötet. Aber trotzdem blieb in mir das nagende Gefühl von Schuld. Schließlich war ich die letzte Person gewesen, die den Sekretär lebend gesehen hatte und die seinen Tod hätte verhindern können, wenn ich früher eingeschritten wäre.

Schritte näherten sich, und Ezekiel bog um die Ecke, dicht gefolgt von Maverigk. Ich hob den Blick, und unweigerlich dachte ich an das Gespräch mit Semeon zurück.

»Bereit?«, fragte er mich.

Ich nickte und reckte herausfordernd das Kinn. »Ja. Ich habe schließlich nichts zu befürchten.«

Zwei Gardisten öffneten die Flügeltür, und ich folgte Ezekiel in den kreisrunden Saal. Durch die hohen Fensterfronten fiel das Sonnenlicht auf die tribünenartig angeordneten Sitzreihen. Viele Plätze waren nicht besetzt, doch die wichtigsten Minister des Landes waren anwesend. Bei unserem

Erscheinen wurde es im Saal schlagartig still. Fremde Gesichter nahmen mich kritisch ins Visier und musterten mich unverhohlen. Ich kam nicht umhin, mich wie eine Verdächtige zu fühlen.

Ezekiel führte mich zu einem einfachen Holztisch, der in der Mitte des Saals stand. Vor mir, auf einem Podest, erhob sich der leere Thron.

»Elda Ritterin Rheanne von Heptagon in Astran«, schnarrte der Saaldiener. »Anhörung im Mordfall des Schatzmeisters und Sekretärs von Genzabar, Elder Reynard von Esteban. Erhebt Euch für den Prinzen von Genzabar, General Ezekiel!«

Stoff raschelte, und Füße scharrten, als die Minister sich erhoben und Ezekiel ihren Respekt zollten.

»Danke. Verehrte Elder und Elda, Ihr dürft Platz nehmen«, sagte er und räusperte sich vernehmlich. Er bezog seitlich von mir Stellung, und ich war dankbar, ein vertrautes Gesicht in meiner unmittelbaren Nähe zu wissen.

»Das Parlament darf nun tagen«, quäkte der Saaldiener, läutete eine Glocke und zog sich mit gesenktem Kopf zurück.

»Elda Ritterin«, begann ein Minister nur wenige Meter von mir entfernt, sodass ich die Warzen auf seiner Oberlippe deutlich erkennen konnte. »Uns wurde eine schriftliche Ausfertigung Eurer Aussage bezüglich des Raubmordes an Korringrur Schmetterschild, Bürger Gimnaels, und des Mordes an Reynard, Bürger und kaiserlicher Beamter im Dienste Genzabars, ausgehändigt.« Er blätterte in den Unterlagen, ohne sie auch nur eines Blickes zu würdigen. »Wir, das Parlament von Genzabar, sind zu der Einigung gekommen, Eure Unschuld anzuerkennen. Wir, das Parlament, fungieren nun, bis die Kaiserin Anaztasia als alleinige Herrscherin des Landes vereidigt wird, als Hüter von Recht und Ordnung und sprechen Euch diesbezüglich von jeglichem Verdacht und Vorwurf frei.«

Ich hob den Blick und sah zustimmendes Kopfnicken in den Reihen der Minister. Meine Lippen formten ein lautloses Danke in Ezekiels Richtung, was er mit einem einfachen Kopfnicken quittierte.

»Es geht nun um rein formelle Fragen, die Ihr wahrheitsgetreu beantworten sollt, um die Aussage ein letztes Mal auf ihre Richtigkeit zu überprüfen.« Der Mann sah mich über den Rand seiner Brille hinweg forschend an.

»Natürlich.«

»Was war der ausschlaggebende Grund, den Elder Reynard des arrangierten Verbrechens zu verdächtigen?«

»Seine Verbindung zur kriminellen Szene Estebans.«

»Ihr spielt auf den Trickbetrug an?«

»Ja. Reynard betrog einen mächtigen Kriminellen um viel Geld.«

»Das allein wäre kein triftiger Grund für eine Untersuchung und Festnahme, wenn Reynard noch am Leben wäre.«

»Ich wurde beauftragt, den Mord an dem Zwerg aufzuklären. Meine Ermittlung führte dazu, dass ich Reynard zu verdächtigen begann. Ein Zimmermädchen brachte mich letztendlich auf seine Spur. Reynard versuchte mehrmals, mich umzubringen, und zwar mithilfe eines Gardisten. Dieser fiel jedoch unvorhergesehen einem Mord zum Opfer. Reynard, der sich sehr sicher war, für den Mord an Korringrur nicht belangt werden zu können, hatte Spaß daran, mich zum Narren zu halten. Er gab in meinem Beisein quasi den Mord an Korringrur zu. Ich ließ ihn daraufhin nicht mehr aus den Augen, da ich Grund zur Annahme hatte, er würde die gestohlenen Dokumente aus dem Palast schmuggeln. Was er auch versuchte. Ich wollte ihn daraufhin stellen, doch er wurde von seinem Erpresser eigenhändig getötet. Daraufhin kam es zum Kampf, den ich gewann. Anschließend konnte ich die Dokumente bergen und händigte sie General Ezekiel als Beweisstück aus.« Ich legte meine gefalteten Hände auf die Tischplatte und lehnte mich zurück. Derweil präsentierte der Saaldiener den Parlamentsmitgliedern die Mappe mit den Dokumenten. Erstauntes Murmeln ertönte von den Plätzen. »Sie sind das rechtmäßige Eigentum des freien Landes Oskanon!«

Aller Augen richteten sich auf Joakim Styrmir, der plötzlich aufsprang. Was zum Geier machte er denn hier? Er war doch gar kein Mitglied des Parlaments.

»Diese Elda muss sich vor dem Hohen Rat in Nalar für ihre blasphemischen Taten rechtfertigen! Die Schuld, die sie zu verantworten hat, ist gewaltig. Riesig! Sie tötete vor meinen Augen die ewige Göttin der Magie. Sie tötete Yarna!«

»Der Alte?«, rief Ezekiel verdutzt. Er winkte Maverigk zu sich und legte die Hand auf dessen Schulter. »Hol ihn um Himmels willen von der Tribüne herunter! Er macht uns ja zum Gespött der Stadt.«

Maverigk stürmte die Treppe hoch und packte den schäumenden Joakim Styrmir am Kragen. Doch der alte Mann dachte nicht daran, klein beizugeben. Zornig reckte er die Faust in die Höhe, zeterte aufgebracht und schlug wild um sich.

»Ich werde die ehrenwerte Matriarchin Avellana über den Verrat in Kenntnis setzen. Schon bald wird die Nachricht in Nalar eintreffen!«

»Schafft ihn hier raus«, bellte Ezekiel schroff. »Das ist vollkommen lächerlich.«

»Gerechtigkeit!«, meckerte Joakim Styrmir und hustete erschöpft. »Gebt mir die Dokumente, bevor auch sie vom Feuer gefressen werden!«

»Seht Ihr? Jetzt wisst Ihr, warum Anaztasia so krank ist. Dieser Teufel hat ihren Verstand vergiftet!« Semeon sprang aufgebracht auf und zeigte auf Joakim Styrmir, der sich in Maverigks Griff wie ein Aal wand.

»Lüge. Alles eine Lüge«, spie der Alchemist. »Oskanons Lehren sind wahr und fortschrittlich.«

»Herrgott!«, brüllte Ezekiel, und seine Faust donnerte krachend auf den Tisch. Ich zuckte zusammen. Die anschließende Stille war ohrenbetäubend.

»Ruhe! Allesamt. Besitzt Ihr denn alle keinerlei Anstand? Ihr solltet Euch für solch ein kindisches Verhalten schämen! Ich hebe die Sitzung bis auf Weiteres auf. Die Elda Ritterin Rheanne wird von aller Schuld freigesprochen, eine weitere Untersuchung ist nicht mehr nötig. Und das hier«, er langte nach der Mappe mit den Dokumenten und übergab sie einem Gardisten, »wird verbrannt. Und zwar sofort!«

»Das könnt Ihr nicht tun!«

»Oh, doch, und ob ich das kann. Maverigk, bringe den Elder unverzüglich in den Zellentrakt.«

Mit regem Interesse beobachtete ich, wie Joakim Styrmir auf den Schultern von Maverigk aus dem Saal getragen wurde. Das aufgebrachte Zetern hallte in meinen Ohren wider, und erst nach einer Weile verebbten seine Schreie. Ich legte die Hände auf die Rückenlehne des Stuhls und wusste nicht recht, was ich nun machen sollte.

»Folgt mir«, sagte Ezekiel und nickte zu der geöffneten Tür. »Ihr habt Eure Sache übrigens gut gemacht.«

Ich nahm das Kompliment mit kurzem Kopfnicken an und wartete auf Ezekiel, der hinter uns die Tür schloss.

»Was wird mit Joakim Styrmir passieren? Ist er jetzt ein Gefangener?«

»Das wird sich noch herausstellen, aber höchstwahrscheinlich wird er auf dem schnellsten Weg nach Oskanon abgeschoben, sobald er sich wieder beruhigt hat.« Er zuckte mit den Achseln und lächelte voller Ironie. »Meiner Schwägerin muss ich seine Gesellschaft entziehen. Er hat ihr viel zu lange Unsinn eingeflüstert. Vielleicht freut sich die Alchemistin im Zellentrakt über etwas Gesellschaft.«

Ich verzog das Gesicht, als ich an Sedalé dachte, und fragte mich, was wohl mit ihr geschehen würde. Reynard und Vargaz waren tot, Anaztasia nur noch ein Schatten ihrer selbst. Würde Sedalé sterben, oder würde Ezekiel Gnade walten lassen? Die Frage lag mir auf der Zunge, doch ich traute mich nicht, sie laut auszusprechen. Noch nicht. Vielleicht, wenn der Dämon tot war und Ezekiel deswegen nicht länger unter Druck stand.

Kurz darauf betraten wir die kaiserlichen Gemächer, um Anaztasia für ihren Auftritt abzuholen. Sieben Dienstmädchen, zwei Ärzte und drei Schneider hatten unter Liddias Aufsicht ganze Arbeit geleistet und das Mögliche möglich gemacht: eine schwarz verschleierte Kaiserin wankte benommen aus dem Raum, gestützt von drei Gardisten.

»Dieses Land ist ein einziges Trümmerfeld«, murmelte Ezekiel mit stumpfem Blick auf die Kaiserin. All sein Enthusiasmus war plötzlich verschwunden.

Ich legte ihm die Hand auf den Unterarm, lenkte die Aufmerksamkeit auf mich und zog angesichts seiner gerunzelten Stirn schnell die Hand weg. »Ihr seid jetzt ein Bauherr, Ezekiel. Manchen ist es gegeben, aus Trümmern etwas Großes zu errichten; andere scheitern bei dem Versuch kläglich. Ich glaube, Ihr könnt viel erreichen, wenn Ihr denn nur wollt.«

»Weise Worte aus dem Munde eines Mädchens«, meinte er erheitert.

»Einer *Frau*«, erwiderte ich steif und ärgerte mich über sein amüsiertes Kopfschütteln.

Die sonderbare Prozession verschwand den Flur hinauf, und ich hielt es für angebracht, mich ins Gästehaus zurückzuziehen. Ich wollte gerade gehen, da hielt Ezekiel mich auf.

»Begleitet mich.« Die Aufforderung klang fast schon bittend.

Ich machte einen Schritt zurück und hob abwehrend die

Hände. »Ich gehöre nicht zum engsten Zirkel und erst recht nicht zu Eurer Familie, Elder Ezekiel. Ich werde stattdessen nach weiteren Hinweisen auf den Mörder des Kaisers suchen.«

»Ich habe neue Hinweise.«

»Ach ja?« Ich reckte das Kinn. »Sind sie von Nutzen?«

»Das wird sich zeigen. Begleitet mich, und ich werde sie Euch geben.« Ezekiel lächelte schmallippig und erinnerte mich in diesem Moment an seinen toten Bruder. Plötzlich wusste ich, warum ich ihm anfangs nie ganz vertraut hatte. Widerwillig folgte ich ihm durch den Palast.

»Ihr habt gesagt, dass man aus Trümmern Neues erschaffen kann«, hob Ezekiel nach einer Weile nachdenklich an. »Ich denke, es ist an der Zeit, das Kriegsbeil zwischen unseren Ländern zu begraben. Die Affäre meines Bruders ist hiermit vergessen. Wir werden ganz neu anfangen.«

»Ihr werdet eine Menge Reformen durchsetzen müssen«, erwiderte ich, überrascht darüber, dass es ihm wirklich ernst war. »Es wird bestimmt kritische Stimmen geben, aber ich bin sicher, Ihr könnt es schaffen.«

»Wollt Ihr mir schon wieder sagen, was ich tun soll? Ihr seid wie immer viel zu vorlaut, zumal dem künftigen Kaiser gegenüber.« Er musterte mich streng.

»Dann ist es also beschlossene Sache, dass Ihr Ende der Woche zum Kaiser gekrönt werdet?«

Ezekiel nickte. »Seht Euch Anaztasia doch nur an. Sie ist ein lebendes Wrack. Sie kann sich noch nicht einmal allein die Schuhe binden. Ich werde die besten Ärzte für sie herbeiholen, damit ihr geholfen wird, aber Wahnsinn ist ein kompliziertes Krankheitsbild.«

Wir traten durch den Haupteingang hinaus ins Freie, wo eine Kutsche auf uns wartete. Ich kletterte ins Innere und nahm gegenüber von Anaztasia Platz, die wie eine regungslose Puppe mit schlaffen Armen auf ihrem Sitz saß und ins Leere starrte. Ezekiel hatte recht. Sie war nur noch ein Wrack.

Ezekiel setzte sich neben seine Schwägerin, ergriff ihre Hand und maß ihren Puls. Dann klopfte er energisch gegen die Vorderwand, und die Kutsche setzte sich ruckartig in Bewegung.

»Ihr habt gerade eben neue Hinweise erwähnt. Wisst Ihr, wie wir den Dämon finden können?«, bohrte ich vorsichtig nach.

»Seht selbst. Hier.« Er reichte mir ein abgegriffenes Büchlein mit vergoldetem Schriftzug. »Das ist Caitlins Tagebuch. Ich dachte ... Ihr würdet es gerne lesen. Das Mädchen schien Euch etwas zu bedeuten.«

Dankbar nahm ich das Buch entgegen und strich behutsam über den Einband. Mich überkam das Gefühl, nicht genug für Caitlin getan zu haben.

»Grämt Euch nicht«, meinte Ezekiel leise. »Euch trifft keine Schuld. Mein Bruder trug die Verantwortung für das Land und das Volk und trat es mit Füßen. Ich trage nun dieselbe Verantwortung, Elda, und sie ist eine verdammt schwere Bürde. Ich werde sie auf mich nehmen und hoffen, eines Tages die Taten meines Bruders wiedergutmachen zu können.«

Ich nickte. Tief einatmend straffte ich die Schultern und deutete auf das Tagebuch. »Was steht drin?«

»Sie schrieb über ihr Vorhaben, ihre Ängste und Träume. Sie liebte ein Dienstmädchen namens Aleana, sie wollten wohl Esteban verlassen, ein gänzlich neues Leben beginnen, und sparten dafür Geld. Ganz hinten fand ich noch einen Brief. Es ist ein Abschiedsbrief, jedoch schrieb ihn nicht Caitlin.«

»Dann war er von Aleana?«

»Nein«, erwiderte Ezekiel kopfschüttelnd, »er wurde von der anderen Frau geschrieben, die sich erhängte. Caitlins Mutter.« Sein Blick wurde düster, und er lehnte den Kopf gegen die kühle Fensterscheibe, während der Palastgarten an uns vorbeizog. »Der Brief war abgegriffen, das Papier wellig und die Tinte darauf fleckig. Das arme Mädchen hat durch den Brief erst erfahren, von wem es abstammt. Ihre Mutter, seit Jahrzehnten eine Mätresse von Vargaz, gab Caitlin als Neugeborenes in die Obhut eines Tempels in der Stadt. Sie wollte das Kind nicht großziehen. Es war Zufall, dass Caitlin, nachdem sie alt genug war, im Palast als Dienstmädchen zu arbeiten begann. Als ihre Mutter erfuhr, dass ihre unerwünschte Tochter in ihr Leben zurückgekehrt war, fraßen die Schuldgefühle sie auf. Sie wählte den Freitod.«

»Was für eine Tragödie«, murmelte ich betroffen.

»Das andere Mädchen, Aleana, soll ebenfalls von Vargaz missbraucht worden sein.« Ezekiel lehnte den Kopf gegen die Rückwand. »Mein Bruder hat etliche Seelen auf dem Gewissen und viel Leid verursacht. Er war wirklich ein Ungeheuer.«

Kapitel 31

Nach kurzer Fahrzeit verringerte die Kutsche ihre Geschwindigkeit, und die Pferde kamen schnaubend zum Stehen. Ein Gardist öffnete die Tür und begleitete uns zu einer wartenden Eskorte. Der Trupp flankierte Ezekiel und Anaztasia und führte uns dicht an der Mauer entlang durch eine Tür in den Wehrturm, wo wir eine steile Wendeltreppe nach oben stiegen. Der Lärm war ohrenbetäubend. Draußen vor dem Haupttor musste sich die ganze Stadt versammelt haben.

Schnaufend trat ich auf den Wehrgang, und ein starker Wind blies mir mitten ins Gesicht. Mit zusammengekniffenen Augen trat ich an die Zinnen. Unter anderen Umständen hätte ich den Ausblick sicher genossen. Man konnte weit über die gesamte Stadt blicken, bis hin zum Hafen, wo das Meer wie eine silbrig blaue Schlange glitzerte und mit dem Horizont verschmolz. Die Schiffe mit ihren weißen Segeln glichen Stecknadelköpfen. Esteban war tatsächlich wunderschön, und ich wünschte mir, die Stadt kennenzulernen, zu erkunden und zu entdecken. Selbst auf der Mauer roch ich die fremdartigen Gewürze, sah die verwinkelten Gassen und die farbenfrohen Sonnensegel.

Ich klemmte mir die Haare hinter die Ohren und blickte hinüber zu Ezekiel, der voller Ehrfurcht auf die versammelte Menschenmenge tief unter ihm blickte. Anscheinend wurde er sich der Verantwortung, die er nun trug, noch bewusster – jetzt, da er seinen Untertanen direkt in die Augen sah.

Die Kaiserin hingegen stand wankend nahe den Zinnen und wurde von zwei Gardisten gestützt. Sie bewegte sich staksend vorwärts, als wäre sie eine aufgezogene Spielpuppe. Es fehlte ihr an Anmut und Leichtigkeit … und an Menschlichkeit.

Nach und nach verebbte das aufgeregte Gemurmel der Bürger Estebans, als sie Anaztasias schwarze Gestalt hoch über ihnen erblickten. Viele zeigten aufgeregt in die schwindelerregende Höhe und lenkten die Aufmerksamkeit auf die Kaiserin.

Anaztasia schwankte bedrohlich. Ihr Unterkörper wurde unsanft gegen die steinernen Zinnen gedrückt, und gerade noch rechtzeitig rissen die Gardisten sie zurück, bevor sie dem Volk vor die Füße fiel. Ich verzog mit hämmerndem Herzen das Gesicht.

Ohne eine Vorwarnung wurden die Hörner geblasen. Das Dröhnen ging mir durch Mark und Bein, die Erde begann zu vibrieren, die Gesteinsquader erzitterten, und das Beben raubte nicht nur mir das Gleichgewicht. Taumelnd packte ich eine Zinne und wartete mit zusammengebissenen Zähnen darauf, dass der schreckliche Laut endlich verebbte. Meine Ohren dröhnten, und mein Brustkorb fühlte sich an, als würde er jeden Moment bersten.

»Die Kaiserin Anaztasia von Genzabar!«, brüllte ein Offizier von der Mauer. »Kniet nieder vor der Kaiserin von Genzabar!«

Ohne zu zögern, gingen Männer und Frauen, Greise und Kinder auf die Knie. Es war ein merkwürdiger und gleichzeitig sehr bewegender Anblick. Anaztasia starrte auf die Menschen hinunter und klammerte sich krampfhaft am Stein fest.

»Volk von Genzabar, Bürger Estebans, ich verkünde die traurige Kunde vom Tode unseres allseits geliebten und verehrten Kaisers Vargaz und seines Sohnes, Prinz Runet. In aller Heimtücke fielen sie einem Mörder zum Opfer. Die Tat verlangt nach Vergeltung, und ich werde nicht eher ruhen, bis der Mörder gefunden ist und aufgeknüpft am Galgen hängt. Aus diesem Grund rufe ich zur Trauerwoche auf. Trauert um unseren Kaiser, trauert um unseren Prinzen«, rief Ezekiel.

Er biss sich auf die Unterlippe und trat zurück in die Mitte des Wehrgangs, während unter ihm die Menge aufgeregt zu murmeln begann. Auch wenn wohl nur die vorderste Reihe Ezekiels Worte akustisch verstanden hatte, verbreitete sich die traurige Kunde wie ein Lauffeuer, und bald wusste auch der letzte Bürger Estebans, was im Palast vorgefallen war.

Noch immer beobachtete Ezekiel die Menschenmenge, die nun als ein riesiger Chor ein Trauerlied anstimmte. Die traurige Melodie und die Vielzahl der Kehlen, die das Lied in den diesigen Himmel Estebans trugen, berührten mich zutiefst. Ich schluckte einen Kloß in meinem Hals herunter und wischte mir eilig über die Augen. Ob Ezekiel ähnlich fühlte? Etwas ging in ihm vor, er wirkte plötzlich entschlossen und unglaublich willensstark.

Er kam geradewegs auf mich zu, lehnte sich gegen die Brüstung und lauschte dem Klagelied.

»Es ist wunderschön«, sagte ich leise.

Ezekiel nickte bedächtig. »Götter, ja, das ist es.« Wehmütig blickte er auf die Menschen hinunter. »Seht sie Euch an, Rheanne. Sie sind so klein, so zerbrechlich und so abhängig von anderen. Ich werde in einer Woche ihr Kaiser sein. Ich muss sie beschützen. Ich muss jedes Übel von ihnen abwenden.« Er ballte die Hand zur Faust.

»Ich bin mir sicher, dass Ihr ihnen ein guter Kaiser sein werdet.« Brauchte er Bestätigung? Ich bemerkte mit wachsender Sorge die düstere Entschlossenheit in seinen Augen.

»Ich denke, es wäre besser, wenn Ihr Esteban noch heute verlasst.«

Der Schock saß mir tief in den Knochen. Ich suchte überrascht seinen Blick und überlegte, was zur Hölle ihn zu dem plötzlichen Sinneswandel gebracht hatte.

»Ja, je länger ich darüber nachdenke, desto mehr komme ich zu dem Schluss, dass es das Beste ist. Das Beste für Euch sowie für mein Volk.«

»Elder Ezekiel, wir suchen noch immer einen Dämon. *Den* Dämon«, warf ich nachdrücklich ein und hoffte, die Erinnerung an Caitlins schreckliche Taten würde ihn zur Vernunft bringen.

»*Ich* jage einen Dämon. *Ihr* habt Eure Pflicht doch längst erfüllt. Zusätzlich dazu habt Ihr einen Raubmord aufgeklärt. Fahrt nach Hause, Rheanne.«

»Es ist also wirklich Euer Ernst?«

»Mein vollster.«

»Ihr unterschätzt Euren Feind. Dämonen sind gefährlich, skrupellos und hinterhältig. Ihr solltet Eure Entscheidung nochmals überdenken.«

»Und Ihr solltet nicht noch einmal den Fehler machen, das Wort eines Kaisers in Frage zu stellen.« Die Milde verschwand aus seinem Gesicht. Drohend richtete er sich vor mir auf, sein Blick verlangte meinen Gehorsam. »Reizt mich nicht. Dies ist nicht länger Euer Fall, Rheanne. Und um ehrlich zu sein, war er es auch nie.«

Maverigk verfolgte wachsam unser Wortgefecht. Als unsere Blicke sich trafen, glitt seine Hand langsam, aber unmissverständlich zum Griff der Streitaxt unter dem dunklen Umhang. Schnell sah ich in eine andere Richtung.

»Es tut mir leid, dass Eure Reise so abrupt hier endet. Ich werde selbstverständlich eine Eskorte damit beauftragen, Euch zum Hafen zu bringen«, meinte Ezekiel schroff. »Euer Weg endet hier, Rheanne. Packt Eure Sachen.«

Ezekiel stieß sich abrupt von dem Geländer ab. Dunkle Schatten lagen um seine Augen und ließen ihn um Jahre altern. All der Schmerz, den er mühsam in seinem Inneren gehalten hatte, war plötzlich nach außen gedrungen und machte ihn zu einem verbitterten Mann. »Ich bin ihr Kaiser. Ich habe viel zu verlieren. Zu viel«, flüsterte er mit rauer Stimme und sah auf das Volk.

Ich folgte seinem Blick, betrachtete die bunte Menschenmasse und die eigenwilligen Gebäude der Stadt.

»Was geschieht mit Sedalé und Cormac?«, fragte ich.

»Euer Gefährte darf mit Euch die Stadt verlassen, genauso wie alle anderen Gäste auch. Ich werde die Ausgangssperre aufheben.«

Ich zog überrascht die Luft ein. »Und Sedalé?«

»Sie ist eine Gefangene meines Landes. Ihr Schicksal geht Euch nichts mehr an.« Ezekiel riss sich vom Anblick der Menschenmenge los, die sich langsam in alle Himmelsrichtungen zerstreute. Er winkte ungeduldig und gab den Gardisten zu verstehen, dass sie die Kaiserin zurück in den Palast eskortieren sollten. Die Prozession setzte sich in Bewegung, und Ezekiel stürzte ihr hastig die Wendeltreppe nach unten hinterher. Ich trat auf die gegenüberliegende Seite und sah, wie er Anaztasia in eine wartende Kutsche half, ehe er selbst in das Innere stieg. Mit lautem Peitschenknall fuhr sie dem Palast entgegen.

»Elda Ritterin?«, vernahm ich hinter mir Maverigks Stimme.

»Hm?«, machte ich unfreundlich. Forschend musterte ich den schwer gepanzerten Leibwächter, in dessen vergoldeter Gesichtsmaske sich schemenhaft die schwarzen Zinnen spiegelten. Mir war nicht nach Konversation.

»Ich begleite Euch ins Gästehaus.«

Ich stieß ein zynisches Lachen aus.und stieß mich schwungvoll von der Brüstung ab. Herausfordernd starrte ich in die schmalen Augenschlitze seiner Maske. »Ezekiel setzt wirklich alles daran, mich so schnell wie möglich loszuwerden. Seid Ihr jetzt mein Wachhund?«

»Ganz genau. Gehen wir.«

Seine knappen Anweisungen duldeten keine Widerrede. Er trat auf mich zu und zwang mich damit zum Losgehen. Widerwillig setzte ich mich in Bewegung. Dieses Mal wartete keine Kutsche auf uns, dieses Mal musste ich den Weg zum Gästehaus zu Fuß zurücklegen.

Die Stimmung war gedrückt und angespannt. Keiner von uns versuchte, ein belangloses Gespräch zu beginnen. Es gab Wichtigeres zu tun, Wichtigeres zu überdenken.

Ich blickte hinüber zum Palast. Die Glaskuppel funkelte wie ein riesiger Diamant im Sonnenschein. Vor dem Haupteingang tummelte sich das Leben; der Alltag war mehr oder weniger zurückgekehrt, und alle schienen bestrebt, den schrecklichen Mord am Kaiser zu verarbeiten.

Wir erreichten das Gästehaus. Sehnsüchtig schielte ich auf das Bett, in dem ich nicht eine einzige vollständige Nacht geschlafen hatte. Die Räume wirkten ohne Caitlins Anwesenheit leer und trostlos. Ich sah sie vor mir, konnte mich noch daran erinnern, wie Reynard sie aus der Schar der Angestellten herausgewunken und wie sie mich mit wildem Blick vor Vargaz gewarnt hatte. Es ergab plötzlich alles einen Sinn. Hätte ich ihr doch nur besser zugehört! Wenn ich bei ihr gewesen wäre und mehr Zeit mit ihr verbracht hätte … hätte ich sie dann aufhalten können?

Ich fühlte mich geschlagen. Es war Zeit, aufzugeben und nach vorne zu blicken. Vor mir lag eine Zukunft mit Cormac, und ich war glücklich, dass er mit mir zusammen den Palast verlassen durfte. Was kümmerte mich ein Dämon in Esteban?

Ich klaubte eilig meine Sachen zusammen und stopfte sie in den Seemannsbeutel. Es nahm nicht viel Zeit in Anspruch, schließlich hatte ich mein gesamtes Gepäck während des Schiffsunglücks verloren. Trotzdem ließ ich mir Zeit und freute mich insgeheim über Maverigks ungeduldiges Fußscharren.

»Beeilt Euch.«

»Ich bin fast fertig.«

»Und das Gepäck Eures Gefährten?«

Ich schulterte den Beutel und blitzte Maverigk verärgert an. »Ich hole es.«

»Wo hält er sich auf? Ich werde ihn holen lassen.«

»In einer der Lagerhallen.« Plötzlich wurde ich misstrauisch und wünschte mir, hinter Maverigks Maske sehen zu können. »Ezekiel sagte, unsere Eskorte würde am Haupttor auf uns warten. Ich brauche Eure Hilfe nicht mehr, ich kann Cormac allein holen.«

»Das werde ich nicht zulassen«, erwiderte er stur. Er streckte verlangend die Hand aus, und ich starrte sie fragend an. »Eure Waffe. Da Ihr nicht länger als Ermittlerin tätig seid, ist Euch als Privatperson das Tragen von Waffen innerhalb des Palastanwesens nicht gestattet.«

»Ich werde die Waffe dem Offizier der Eskorte übergeben.«

Maverigk nahm die Hand nicht zurück, sondern legte die andere stattdessen auf den Griff seiner Streitaxt. »Eure

Waffe«, forderte er ein zweites Mal, und seine Stimme war gefährlich leise.

Gegen die monströse zweischneidige Streitaxt hatte ich mit dem verlängerten Zahnstocher an meiner Seite nun wirklich nicht die geringste Chance. Wortlos schnallte ich den Waffengürtel ab und warf ihn Maverigk direkt vor die Füße. »Diese Art des Umgangs ist respektlos und gehört sich nicht. Ich kann Ezekiels Entscheidung in keinster Weise gutheißen, besonders nicht, da der Dämon noch immer nicht gefasst worden ist.« Ich blitzte Maverigk zornig an und ballte die Hand zur Faust.

»Wirklich traurig.«

Ich sah hinüber zu Maverigk. Der schwer gepanzerte Leibwächter schien mich zu mustern und wirkte dabei so starr und regungslos wie eine Steinsäule. Mein Blick glitt zum Dolch auf dem Boden. Eine innere Stimme riet mir flüsternd, ihn schleunigst aufzuheben.

Zeitgleich stürzten Maverigk und ich uns auf die am Boden liegende Waffe. Adrenalin schoss durch meinen Körper und verlieh mir ungeahnte Kräfte – doch im Wettstreit mit dem riesigen Leibwächter zog ich den Kürzeren. Maverigk rammte mich mit der gepanzerten Schulter, und ich wurde nach hinten geschleudert. Unsanft landete ich auf dem Hintern, zog mich an der Kommode hoch und sah zähneknirschend, wie er den Langdolch aufhob und prüfend in der Hand wog.

»Götter!«, sagte er lachend. »War das leicht!«

Ich blickte fassungslos zu ihm auf und verfluchte mich innerlich für meine Naivität. Ezekiels Ahnungslosigkeit hatte sich augenscheinlich auch auf mich übertragen. Mit bebendem Oberkörper wartete ich darauf, durch Maverigks Hand zu sterben. Er kam mir ganz nahe und starrte mir direkt ins Gesicht, sodass ich seinen fauligen Atem riechen konnte. In diesem Moment wusste ich es, und mir wurde schwindlig. Vor mir stand Namrael, die Dämonin.

»Es ist an der Zeit, die Bekanntschaft desjenigen zu machen, der ganz Xadur in Atem hält«, sagte Maverigk geschäftig und pikste die Spitze des Dolchs prüfend in das lederne Sofa. So scharf, wie die Klinge war, durchdrang sie das Leder mühelos. »Es macht mich außerordentlich neugierig, wie aus Kreaturen wie uns ein *Mensch* werden kann.« Maverigk sprach das Wort aus, als handelte es sich um eine unheilbare Krankheit. »Seid Ihr bereit?« Die Dämonin nickte zur Tür. »Los geht's!«

Kapitel 32

Namrael in Gestalt von Maverigk lief dicht hinter mir. Sie gab mir keine Gelegenheit, ihr den Dolch aus dem Waffengürtel zu entwenden oder ihr mit einer schnellen Drehung den Ellenbogen ins Gesicht zu rammen. Sie berührte mich zu keiner Sekunde, und doch erdrückte und lähmte mich ihre Gegenwart.

Ich lief vorwärts, war wie fremdgesteuert. Namrael nickte den vorbeiziehenden Gardisten zu, die den Gruß respektvoll erwiderten. Der hünenhafte Maverigk war bei den Gardisten sehr beliebt. Wenn sie nur wüssten, was in ihm steckte!

»Warum bist du hier?«, wollte ich wissen und blickte stur geradeaus. Ich spürte Namraels heißen Atem auf meinem Nacken. Vor uns tauchten die Wirtschaftsgebäude auf; wir kamen Cormac immer näher.

»Ich kam nicht, man rief mich. Ein grundlegender Unterschied. Es ist unhöflich, nicht zu erscheinen, wenn man darum gebeten wird.«

»Diejenige, die dich rief, ist tot. Was hält dich noch hier?«

»Mehr, als Ihr Euch vorstellen könnt, Elda Ritterin. Und

mehr, als Ihr fähig seid zu verstehen. Leistet meinen Befehlen Folge, und Euch wird kein Haar gekrümmt werden.«

»Ich traue keinem Dämon. Ich werde nicht zulassen, dass dir noch mehr Menschen zum Opfer fallen!«

Ich spürte Namraels starrenden Blick in meinem Rücken, ehe sie laut zu lachen begann. »Starke Worte für eine schwache Ritterin. Ich möchte Euch freundlichst darauf hinweisen, dass Ihr zurzeit unbewaffnet seid.«

»Du unterschätzt mich.«

»Ach so? Ihr denkt, weil Ihr Abzhalom getötet habt, habt Ihr mit mir ein leichtes Spiel. Mich mit ihm zu vergleichen kränkt mich. Abzhalom war ein … ein Teufel.«

»So wie du. Du hast ein unschuldiges Kind umgebracht und es an die Wand genagelt«, gab ich zornig zurück.

Namrael knurrte ungehalten. »Kollateralschäden lassen sich nun mal nicht vermeiden.«

Ich schüttelte den Kopf, wusste nicht, ob es der Dämonin ernst war oder sie einfach nur Spaß daran hatte, mich zu verspotten. Wir liefen weiter, folgten dem mannshohen Zaun bis zu dem Eingangstor.

»Nie hätte ich gedacht, wie schön die Erde ist. Diese Farben … diese Reinheit … diese Pracht!« Namrael hielt das Gesicht der Sonne entgegen und atmete tief die staubige Luft ein.

»Götter, warum tötest du mich nicht einfach und raubst mir die Seele?«

»Warum sollte ich? Die Seele des Kaisers liegt mir noch ziemlich schwer im Magen. Ich bin vorerst nicht hungrig, jedoch offen für konstruktive Gespräche.« Namrael blickte mich an, und ich sah mein verzerrtes Gesicht in der vergoldeten Maske, ehe sie nachdenklich fortfuhr: »Wir haben viel gemeinsam.«

»Ja. Und zwar den Wunsch, einander umzubringen«, grollte ich, während mich Namrael grob vorwärtsstieß.

»Das ist Eure Sicht der Dinge, Elda Ritterin. Ich dagegen habe ein klares Ziel vor Augen. Unsere Völker könnten viel voneinander lernen. Wir müssen in Zeiten wie diesen zusammenarbeiten, eine Ära des Miteinanders schaffen und prägen!«

»Das glaubst du doch selbst nicht. Dämonen und Menschen werden immer verfeindet sein, und zwar, weil euch euer brutaler Trieb im Weg steht.«

Wir passierten das schmiedeeiserne Tor und erreichten die Wirtschaftsgebäude. Vor dem Wohnhaus der Angestellten tummelten sich einige Bedienstete, die Karten spielten oder Wäsche aufhingen. Namrael beobachtete sie fasziniert, ehe sie sich wieder mir zuwandte.

»Ich töte nicht ohne Grund. Oder wollt Ihr mir etwa weismachen, dass der Kaiser seine Strafe nicht verdient hätte? Das Land … die ganze Welt ist ohne ihn doch viel besser dran.«

Ich schwieg. Ich wollte Namrael nicht den Gefallen tun und mich auf ihr krankes Spiel einlassen, denn ich brauchte meine Kräfte für den bevorstehenden Kampf mit ihr.

»Welche Lagerhalle ist es?«, fragte Namrael ungeduldig und sah suchend nach links und rechts.

Ich zeigte auf das dritte Gebäude. »Dort.«

»Sehr schön. Ihr geht vor, ich folge Euch.« Ihre übertriebene Höflichkeit machte mich verrückt.

Langsam näherte ich mich der Halle; im Gehen überlegte ich mir, wie sich Namrael am einfachsten besiegen ließ. Ich musste irgendwie an den Langdolch gelangen, und vielleicht fand sich in der Lagerhalle zusätzlich etwas, womit man die Dämonin durchbohren konnte. Ein Rohr, eine Holzlatte, irgendetwas musste es doch dort geben!

Ich klopfte den mit Cormac vereinbarten Rhythmus an die Tür und öffnete sie. Neben der Tür hing eine Laterne, die ich vom Nagel nahm und anzündete. Ungeduldig wartete ich auf Namrael, die leise die Tür hinter sich schloss.

»Sein Name ist Cormac, oder?«, wisperte sie plötzlich dicht an meinem Ohr, sodass sich mir die Haare sträubten.

Ich nickte atemlos und wich zurück.

»Dann kenne ich ihn! Zumindest beiläufig.«

»Rhea?« Ich sah eine schattenhafte Gestalt hinter einigen Fässern hervortreten. »Wer ist bei dir?« Ein lauernder Unterton schwang in Cormacs Stimme mit, und ich dankte den Göttern, nicht länger mit Namrael allein zu sein.

Namrael riss mir enthusiastisch die Laterne aus der Hand und trat vor. »Guten Tag, Elder Abtrünniger Cormac. Mein Name ist Namrael, und es ist mir eine Ehre, Eure Bekanntschaft zu machen.«

»Rhea? Geht es dir gut?« Cormacs Blick klebte an mir, seine Stimme war kalt und ausdruckslos.

»Ja … ich …«, antwortete ich überfordert, da Namrael noch immer keine Anstalten machte, über uns herzufallen.

»Ich habe schon sehr viel über Euch gehört, Elder Cormac«, fuhr Namrael unbeirrt fort. »Ihr seid in Xadur so etwas wie eine lebende Legende. Euer Ausbruch hat die Dämonen in zwei Hälften gespalten. Das eine Lager ist der Meinung, Euer Ausbruch wäre eine enorme Hilfe, die Welt der Menschen einzunehmen. Und das andere Lager denkt, dass Euer Ausbruch nie stattgefunden hätte und Ihr in Wahrheit irgendwo in der Hölle von Xadur verreckt wärt.« Sie hielt inne und neigte den Kopf. »Ich gehöre zum ersten Lager.«

»Glaub ihr kein Wort!«, entfuhr es mir.

»Elda Ritterin, ich bin nach wie vor der Ansicht, dass unsere Völker miteinander harmonisieren können. Schließlich waren auch wir einst Menschen. Es ist mehr als nur gerechtfertigt, dass wir wieder einen Platz *auf* der Erde und nicht unter ihr haben.« Sie rieb sich voller Tatendrang die Hände, sodass die ledernen Handschuhe knarzten.

Ich bemerkte Cormacs ratlosen Blick. Wie sollten wir vorgehen, was sollten wir tun? Plötzlich schwang die Tür auf und fiel knallend zurück ins Schloss. Pfeifend eilte ein Bediensteter zu einigen Mehlsäcken am anderen Ende der Lagerhalle und schulterte einen, als sein Blick uns zufällig streifte. Sein fröhliches Pfeifen endete abrupt.

»Oh«, machte er nur und wollte gerade eilig den Rückweg antreten, als Namrael sich ihm in den Weg stellte.

»Ihr stört! Man unterbricht nicht ein Gespräch, ohne sich dafür zu entschuldigen!«, rief sie aufgebracht und rammte dem unschuldigen Mann die Faust in den Unterleib.

Der Hieb durchdrang mit voller Wucht die Bauchhöhle des Mannes. Schmatzend glitt Namraels Hand aus dem Unterleib und glänzte blutig im Licht der Laterne. Voller Abscheu säuberte sie die Hand an dem Umhang, während hinter ihr der Mann dumpf auf den Boden schlug.

Dieser Moment genügte, er war ausschlaggebend. Namrael unterschied sich in keinster Weise von Abzhalom. Sie war ein Dämon, bereit zu töten, und sie würde damit nicht aufhören, wenn sich ihr niemand entgegenstellte.

»Dein Weg endet hier«, rief ich. »Dämonen sind nicht dazu in der Lage, am normalen Leben teilzunehmen, geschweige denn eines zu führen.«

»Schweigt! Ihr habt uns schließlich dazu gemacht!«, kreischte Namrael aufgewühlt. »Es war Euer Fehler!«

»Nein. Es war der Fehler längst Verstorbener«, entgegnete ich ruhig.

Namrael fauchte wütend, und ehe ich michs versah, zog sie die Streitaxt. Die Klinge war gewaltig und würde mich mühelos in zwei Teile spalten, wenn sie mich traf. Namrael umrundete uns wie ein hungriger Wolf.

»Ihr zwingt mich hierzu.« Namrael nickte auf die Axt in ihrer Hand und schwang sie drohend. Sirrend durchschnitt die zweischneidige Klinge die Luft und durchtrennte ein Seil. Eine Flut von Knoblauchknollen prasselte auf unsere Köpfe nieder.

Namrael war selbst überrascht. Diesen Moment nutzte ich aus. Mit zwei langen Schritten stand ich direkt vor der Dämonin. Ich spürte ihren hektischen Atem auf meinem Gesicht. Mit aller Kraft trat ich ihr in den Schritt und schrie selbst vor Schmerz auf, als mein Fuß gegen den Unterleibsschutz prallte. Aus den Augenwinkeln nahm ich wahr, wie

Cormac sich auf den Griff von Namraels Axt stürzte und diesen mit beiden Händen umklammerte, während ich noch mit dem Gleichgewicht kämpfte. Die Dämonin wankte, als sie versuchte, Cormacs Hände durch ruckartige Bewegungen von der Waffe zu lösen. Ich sprang vor, packte den Dolch, zog ihn mit einer fließenden Bewegung aus ihrem Gürtel und stolperte mit meiner Beute rückwärts.

Namrael brüllte vor Überraschung. Aufgebracht rammte sie die gepanzerte Schulter in Cormacs Brust und entlockte ihm ein Schnaufen. Er taumelte einige Schritte nach hinten und duckte sich instinktiv, als Namrael die Axt ein weiteres Mal über ihrem Kopf schwang. Es rauschte, ein kühler Luftzug traf mich, und ich sprang gerade noch rechtzeitig zurück. Dumpf krachte die Axt in den Boden.

Erde und Dreck stoben auf. Mit einem Ruck befreite Namrael die Klinge aus der Erde und setzte erneut zum Angriff an. Ich beobachtete sie atemlos, während sich mein Brustkorb schnell hob und senkte. Wie lange konnte ich ihr noch entkommen? Früher oder später würde sie uns bis an den Rand des Raumes treiben. Wir brauchten einen Plan. Oder einen Wink des Schicksals, eine göttliche Fügung.

»Betet zu Euren armseligen Göttern«, spie Namrael, als hätte sie meine Gedanken gelesen.

Die Axt krachte in die Fässer und spaltete sie mühelos. Ein umherfliegender Holzsplitter drang in meinen Oberschenkel, und ich spürte, wie warmes Blut meine Hose durchweichte. Zitternd humpelte ich rückwärts und prallte mit dem Rücken gegen die Wand. Es war aus. Cormac schäumte vor Zorn und sprang Namrael auf den Rücken. Sie wirbelte um ihre eigene Achse, während er ihr den Arm um den Hals legte und zudrückte. Er wollte mich beschützen, wollte Namrael das dämonische Herz aus der Brust reißen. Aber er hatte keine Waffe. Wütend zerrte die Dämonin mit der freien Hand an Cormacs Arm, lief rückwärts und presste ihn mit aller Kraft gegen die Holzwand. Cormac ächzte und war gezwungen, seinen Klammergriff vollends zu lösen. Schwer atmend kam er neben mir zum Stehen.

»Das Spiel ist aus«, sagte Namrael zufrieden. Sie legte den Kopf schief, und die vergoldete Gesichtsmaske musterte uns ausdruckslos. »Vorbei!« Langsam schob sie die Maske über die Stirn, und zum ersten Mal sah ich Maverigks junges, stolzes Gesicht.

Ich streckte die Hand nach Cormac aus. Wenigstens starb ich an seiner Seite.

Namrael schnatterte wirres Zeug, doch ich achtete nur auf Cormac und studierte seine markanten Gesichtszüge, sog jedes noch so winzige Detail auf.

»Ich liebe dich«, flüsterte ich.

In diesem Moment flog die Tür auf, und eine mir vertraute Stimme rief: »Himmel, warum dauert das so lange? Muss ich Euch eigenhändig aus dem Palast tragen?«

Ich war auf der Stelle bereit, für so viel Glück den Göttern mein Leben zu opfern.

Kapitel 33

»Ergreift sie. Sie versteckt sich hier irgendwo. Und dann schmeißt sie um Himmels willen vors Tor!« Aufgebracht wollte Ezekiel aus der Lagerhalle stampfen und die Arbeit den zwei Gardisten überlassen, die ihn begleiteten, als er das schwache Leuchten der Laterne bemerkte.

»Rheanne? Seid Ihr hier?«, rief er argwöhnisch, und ich hörte, wie er näher kam. »Zeigt Euch! Ihr könnt Euch nicht vor mir verstecken.«

»Ein weiterer Störenfried!« Namrael schoss wie der Blitz um die Ecke, und Ezekiels Augen weiteten sich vor Überraschung, als er Maverigk erkannte. Ich sah zu Cormac. Wir dachten beide dasselbe. Zum ersten Mal wandte Namrael uns den Rücken zu. Ich zog den Dolch, und Cormac hob einen großen Holzsplitter vom Boden auf.

»Maverigk, was soll der Unsinn?«, fuhr Ezekiel seinen Geliebten an, ohne zu ahnen, dass Maverigk nur noch eine leblose Hülle war. »Ich verlange eine Erklärung, und zwar auf der Stelle.«

»Verschwinde. Du störst«, brüllte Namrael und schubste Ezekiel grob Richtung Ausgang.

Sein anfängliches Erstaunen verwandelte sich in Fassungslosigkeit. Ezekiel wich einen Schritt vor Maverigk zurück und hielt sich die Schulter. Die Gardisten stürmten mit gezogenen Waffen in die Lagerhalle. Ezekiel hob verzweifelt die Hand und wollte sie aufhalten, da schrie Namrael entzückt auf, machte einen Satz nach vorn und hieb ihm die Hand ab. Ezekiel brüllte vor Schmerz und presste den Stumpf gegen den Brustpanzer. Seine Beine gaben nach, und er sank stöhnend auf die Knie. Namrael sah die Gardisten herausfordernd an. Ein Soldat fiel seinem Leichtsinn zum Opfer, als er mit schwingendem Schwert der Dämonin entgegentrat. Sie rammte ihm, ohne zu zögern, die Axt in den Hals. Der Kopf klappte nach hinten und entblößte die durchtrennte Kehle.

»Dämon!«, rief der andere Gardist panisch und wurde ebenfalls von Namrael geköpft.

Auf leisen Sohlen näherten wir uns der Dämonin. Cormac hielt den Holzsplitter fest mit beiden Händen umklammert. Seine Kiefermuskeln traten hervor, als er sich vor Anspannung auf die Zähne biss, und sein Blick war konzentriert auf Namraels Seite geheftet: die Körperstelle, die nur mit Leder und nicht mit Stahl geschützt war.

Wir hatten nur diese eine Chance.

»Erst das Herz!«, brüllte ich, und Cormac trieb den Splitter tief in Namraels Seite. Das scharfe Ende durchdrang Fleisch und Muskelgewebe, bis es das Herz erreichte.

»Dann den Kopf!«

Ich holte schwungvoll aus und schlug zu. Der Dolch

drang seitlich in Namraels Hals – und blieb dort stecken. Brüllend packte die Dämonin meine Hand und riss mich vom Boden. Ich flog durch die Luft, prallte gegen ein Fass und landete direkt auf einem toten Soldaten. Mit zusammengebissenen Zähnen rollte ich von der Leiche, kroch auf allen vieren vorwärts und sah direkt vor meiner Nase das Schwert des Soldaten liegen.

Ich packte es, schwang es prüfend und sah aus den Augenwinkeln, wie Namrael Cormac ins Visier nahm. Es war der perfekte Augenblick. Es war der alles entscheidende Moment. Ich war bereit, und alles um mich herum verblasste, bis auf Namrael.

»Nein!«, brüllte Ezekiel entsetzt, als er ahnte, was ich vorhatte. Was ich tun *musste*.

Ich ignorierte ihn. Eine einzige fließende Bewegung, ein kraftvoller Aufschrei, und das Klingenblatt trennte Namraels Hals von den Schultern. Der Ausdruck des Entsetzens stand in den toten Augen, als der Kopf im hohen Bogen durch die Luft flog und dumpf auf der Erde landete. Raschelnd und klirrend sackte der kopflose Rumpf in sich zusammen.

»Nein!«, schrie Ezekiel und kroch mühsam zu Maverigks Überresten. Ich sah die Tränen auf seinen Wangen glitzern. »Maverigk. Ihr … Ihr seid ein Monstrum!« Sein hasserfüllter Blick traf mich vollkommen unvorbereitet.

»Er war besessen«, rechtfertigte ich mein Handeln. »Ich musste es tun! Maverigk war schon längst tot.«

»Musstet Ihr nicht. Es hätte einen anderen Weg gegeben. Irgendeinen …«

»Der Dämon in ihm tötete Euren Bruder! Er tötete Euren Neffen! Habt Ihr das etwa vergessen?«

»Er war doch meine Liebe«, flüsterte Ezekiel heiser. »Er war unschuldig.«

Ich stand vor ihm, hilflos und unfähig, ihn mit Worten zu besänftigen. Er würde nicht verstehen, dass meine Tat notwendig war. Vielleicht irgendwann, aber nicht jetzt. Würde es mir denn anders ergehen?, durchfuhr es mich jäh. Ich sah zu Cormac. Was, wenn dasselbe Schicksal ihn ereilt hätte?

Ich trat zu Ezekiel und streckte ihm die Hand entgegen, so wie er es bei mir getan hatte. Er hob den Kopf und blickte mich aus leeren, hoffnungslosen Augen an.

»Es tut mir leid«, sagte ich.

Er runzelte die Stirn und richtete den Blick auf meine Hand, ehe er verächtlich auf sie spuckte und sie dann wegschlug. »Ihr seid ein Fluch für Esteban.«

»Macht nicht mich für Maverigks Tod verantwortlich«, antwortete ich ruhig.

»Oh doch. Ihr habt ihn vor meinen Augen *hingerichtet*!«

»Er war doch schon längst tot. Ihm wurde die Seele geraubt.«

»Genug! Seid still!«, verlangte Ezekiel. Sein Atem ging ungleichmäßig. Wild sah er mich an. »Dafür werdet Ihr büßen. Und nicht nur Ihr! Blut verlangt nach Blut, und diese Botschaft wird Merideth noch vor Eurer Hinrichtung erreichen.«

»Das könnt Ihr nicht tun«, flüsterte ich.

»Rhea«, sagte Cormac und packte ungeduldig meinen Arm. »Wir müssen verschwinden.«

Ich schüttelte ihn ab und trat dicht an Ezekiel heran. »Wollt Ihr wirklich einen Krieg beginnen? Wir haben Euer Leben und das der Einwohner Estebans gerettet! Lasst Astran aus dem Spiel. Mein Land hat damit nichts zu tun!«

»Und ob! Ihr werdet mit Eurem Blut büßen«, zischte Ezekiel und reckte entschlossen das Kinn. Er machte einen unbeholfenen Schritt in meine Richtung, als er, geschwächt vom Blutverlust, zu Boden sackte. Die Finger seiner verbliebenen Hand krallten sich in den lehmigen Grund, den Stumpf presste er gegen den blutverschmierten Brustpanzer. »Wachen. Wachen!«, schrie er.

»Rheanne!« Cormac sah mich eindringlich an. »Wir müssen gehen. Sofort! Wir sind hier nicht mehr sicher.«

»Ich …«, setzte ich verzweifelt an, da ich einen Krieg um alles in der Welt verhindern wollte.

»Du kannst nichts mehr tun. Es ist zu spät!« Er stieß mich in Richtung des Ausgangs und hob einen hölzernen Keil vom Boden auf. Ehe ich ihn aufhalten konnte, schlug er den künftigen Kaiser von Genzabar bewusstlos. Als hielte er heiße Kohlen in den Händen, warf er das Stück Holz schnell von sich. »Los! Zur Wäscherei! Durch die Tunnel haben wir eine Chance, lebend aus dem Palast zu kommen.«

Ich blickte ein letztes Mal über die Schulter zu Ezekiel und wünschte mir, dass es niemals so weit gekommen wäre.

Dreckig, blutend und unendlich erschöpft kletterten wir eine rostige Stiege nach oben und gelangten ins Freie. Wir befanden uns auf einem kleinen Platz, von dem mehrere Straßen abzweigten. Es waren nur wenige Menschen zu sehen, die meisten waren in ihren Häusern und trauerten um den Kaiser und seinen Sohn. Wir wandten uns zügig der Stadt zu, um dort unterzutauchen. Nach einer Weile kamen wir im Schatten einer winzigen Gasse zum Stehen. Ich lehnte mich gegen eine Hauswand, um zu verschnaufen.

Tief atmete ich ein und schüttelte den Kopf. »Hier stehen wir, zwei tapfere Helden, die den Dämon bezwungen haben, und zum Dank müssen wir wie Verbrecher fliehen.« Ich reckte entschlossen das Kinn. »Ich muss nach Astran. Ich muss Merideth vor Ezekiels Rachezug warnen und sie von meiner Unschuld überzeugen.«

»Du kannst nicht nach Astran zurückkehren. In Merideths Augen bist du eine Landesverräterin und Mörderin. Niemand wird dir zuhören oder beistehen, Rheanne, man wird dich einfach hinrichten!«

Ich suchte seinen Blick, eine einzelne Träne kullerte über meine Wange. »Es werden unzählige Menschen sterben, Cormac. Und ich trage die Schuld daran.«

»Falsch.« Er wischte die Träne mit dem Daumen weg. »Durch deine Tat hast du unzählige Menschen gerettet, und zwar die Einwohner Estebans. Der Krieg ist Ezekiels Entscheidung. Er wird die Schuld am Tod der Menschen in Astran tragen.«

»Ich kann es einfach nicht glauben. Wie konnte es nur so weit kommen?«, flüsterte ich erschöpft. »Trotzdem kehre ich nach Astran zurück. Irgendwann.«

»Irgendwann«, wiederholte Cormac und küsste meinen Scheitel.

Ich holte tief Luft. »Man wird mich suchen, Cormac. Ezekiel und Merideth werden meine Flucht nicht hinnehmen. Früher oder später werden die Kopfgeldjäger die Jagd auf mich eröffnen. Ich muss so schnell wie möglich nach Nebbräi.«

»Nebbräi? Wo liegt das?«

»Nordwestlich von Oskanon. Wir müssen den Ozean überqueren.«

»Eine gewagte Reise. In Esteban können wir auf keinem Schiff anheuern. Wir müssen uns durch das Landesinnere schlagen und in einer größeren Hafenstadt an Bord eines Schiffes gehen – und hoffen, dass wir es vor Ezekiels Soldaten erreichen.«

»Ja, es wird gefährlich werden. Aber in Nebbräi bin ich sicher. Vorerst. Es ist ein neutraler Staat, mit niemandem verfeindet und niemandem verpflichtet. Ich werde den König um Asyl bitten.«

Nebbräi war ein kleines Land, das sich an die nördliche Grenze Oskanons schmiegte und von reißenden Flüssen, dichten Mischwäldern und zerklüfteten Bergen durchzogen war. So mancher sagte, dass sich Verhandlungen mit dem Clankönig Daerwan als äußerst zäh und schwierig erwiesen. Die Einwohner Nebbräis waren stolz und Fremden gegenüber skeptisch, doch sehr gastfreundlich und warmherzig, wenn man ihr Herz eroberte.

»Gut. Dann soll das unser Ziel sein.«

Ich sah in Cormacs ernstes Gesicht. Er hatte Blutspritzer auf der Nase und den Wangen, er roch genauso nach Schweiß wie ich, aber er war frei. Hatte ich nach allem, was passiert war, nicht auch das Recht dazu?

Langsam glitt mein Blick zu meiner rechten Hand, an deren Zeigefinger der goldene Ring funkelte. Ich befand mich noch immer in Abhängigkeit des astranischen Adlers. Er schwebte direkt über meinem Kopf, jederzeit bereit, mich mit seinen scharfen Krallen zu packen.

Entschlossen riss ich den Ring vom Finger. Eine Weile wog ich ihn in der Handfläche.

»Du hast recht«, meinte ich und nickte bestätigend. »Dieser Ring war und ist meine Geißel.« Und mit diesen Worten schleuderte ich ihn mit aller Kraft von mir. Er beschrieb einen hohen Bogen; ein kleiner funkelnder Stern am helllichten Tag, bevor er klackend gegen eine Hauswand prallte.

Cormac strich mir eine Haarsträhne aus dem Gesicht. »Bist du dir denn wirklich im Klaren darüber, was du für mich aufgibst?«

»Ich habe keine andere Wahl. Und ich gebe nichts auf.« Meine Augen glänzten. »Ich gewinne gerade sehr viel mehr dazu. Tief in meinem Herzen werde ich stets eine Ritterin bleiben.« Ich lächelte glücklich. Ich sah uns beide, alt und mit grauen Haaren auf einer Bank sitzen, während um uns unsere Enkel tobten. »Ich will eine Zukunft mit dir. Der Ring und die Pflicht halten mich nur davon ab. Nichts soll mehr zwischen uns stehen.«

Ohne ein weiteres Wort schlang Cormac den Arm um

meine Hüfte und zog mich dicht an sich. Ich roch seinen unverwechselbaren Duft und sog ihn ein, als wäre er mein Lebenselixier.

»Du machst mich zum glücklichsten Mann der Welt, Rhea«, murmelte er in mein Ohr. »Ich möchte dich kennenlernen. Ich möchte mit dir die Welt kennenlernen.«

»Es wäre mir eine Ehre«, flüsterte ich, ehe ich den Kopf nach hinten legte, um ihn zu küssen. Rings um uns ging das Leben der Stadtbewohner weiter, aber ihre Gegenwart war uns gleich. Hinter uns im Palast tobte wahrscheinlich das Chaos, doch vor uns ebnete sich ein neuer Weg. Wir lösten uns voneinander, und Cormac nahm meine Hand. Er küsste meine Finger.

Ein letztes Mal warf ich einen Blick über die Schulter und sah in der Ferne die schwarze Mauer, hinter der sich so viel Leid verbarg.

Würde Ezekiel sein Land retten? Was würde mit Sedalé geschehen? Sie hatte den Tod nicht verdient, auch wenn ich sie nicht leiden konnte und wir immer gegensätzlicher Meinung waren. Ihr Schicksal lag in Ezekiels Händen, und ich hoffte, dass ich sie eines Tages wiedersehen würde.

Ich nahm Cormacs Hand, drückte sie und suchte lächelnd seinen Blick. Wir schritten einer ungewissen Zukunft entgegen und blickten nicht ein einziges Mal zurück.

Ihre Heimat sind die Feuerinseln. Doch ihre Bestimmung liegt am Grund des Meeres …

608 Seiten. ISBN 978-3-7341-6143-8

In Heike Knaubers Roman lauert an jeder Ecke tödliche Magie, geheimnisvolle Wesen kämpfen in der Arena um Leben und Tod, und die Seiten knistern nur so vor Romantik. Dabei spielt die vielschichtige Handlung sowohl am Grunde des Meeres als auch in einem Wüstenreich, das im Sandmeer zu versinken droht: Knaubers Heldin Meliaé ist Thronfolgerin des legendären Najaden-Volkes – doch weiß sie nichts über ihre Herkunft. Als zwei grausame Brüder sie entführen, scheint Meliaés Tod unausweichlich, doch dann entdeckt sie ihre dunkle Liebe zu einem Mann, der sich für sie sogar mit dem Gott der Unterwelt anlegen wird …

Lesen Sie mehr unter: **www.blanvalet.de**